永遠の片隅で君と

園田 裕彦
Hirohiko Sonoda

風詠社

装画　園田裕彦

人は皆、限りある命を生き、やがて永遠の無に還る。
この小説は、息子・直生《なおき》が書いたものを基にまとめた。
過酷な運命の中で、美しい物語を紡いだ二人がいたことを書き残したい。

目次

第1章　出逢い

1

「ご本人には辛《つら》いお話になりますが……、検査の結果、肺ガンが見つかりました」

本多直生が、人生に重くのしかかる告知を受けたのは、まだ20歳と３カ月の時だった。

直生が体に異変を感じたのは、１年浪人して大学に入って間もないころである。直生は、小学校の低学年までは体が弱かったが、その後は丈夫になり、あまり親に心配をかけずに育った。しかし、大学入学後5月ごろから軽い咳《せき》が出始めた。初めはカゼかと思ったが、１カ月経っても２カ月経っても治らず、むしろ悪化した。そのうえ、顔にむくみが出て来たため、授業や大学のサークル合宿が一段落した8月下旬に病院を受診した。

様々な検査を受け、揚げ句に聞かされた診断結果が、この告知である。

直生は、診断結果を聞いたとき〈ガンの告知は、こんなにストレートにされるのか〉と少し驚いた。しかし、驚きつつも、まだ十分に実感できずに冷静でいられる自分がいた。

〈ガンも今日では治るケースが多い。そのために、あっさりと告知するのではないか〉

期待を持って解釈した。だが、医師の言葉は期待に沿うものではなかった。

「ガンは、かなり大きく直径５㎝あり、周囲の組織にも浸潤しています。今のところ、肝臓や脳など離れた組織への転移は認められないので、ガンの進行度は「ステージ3」と思われます。『扁平上皮《へんぺいじょうひ》ガン』と言って、肺ガンの中では転移しにくいタイプですが、肺門部という、気管や大血管、縦隔《じゅうかく》リンパ節などが集中する部分にできているため、手術は困難で、治療の選択肢としては、抗ガン剤や放射線療法を考えています。しかし……」医師はそこで言葉を切った。「完全にガンを取り除くのは、難しいかもしれません」

直生は、その言葉にハッとした。全身の血液が冷たくなった。

「完全にガンを取り除くのが難しいということは……、もう治らないということですか？　もっと分かりやすく言ってください」直生は、続けて一番核心的なことを尋ねた。「つまり……、もう助からないということですか？」

「そうは言っていません。治療には全力を尽くします。しかし、楽観できないことは事実です。できるだけ早く入院してください。すぐに治療を始めましょう。現状を正しく認識いただくためにあえて言いますが、何も治療しなければ、半年後の命はお約束できません」

〈半年後の命は約束できない⁉〉

直生は、唖然《あぜん》とした。

〈まだ、二十歳《はたち》だというのに、あと半年もない命だというのか？〉

無限の暗闇に突き落とされた気持ちだった。

医師は、蒼《あお》くなった直生に気付き、フォローの言葉を継いだ。

「ちゃんと治療しなければ、という話です。治療は早く行うほど、良い経過が期待できます。あさってから入院できますから、すぐに、ご両親と相談して手続きをしてください」

医師は話を続けた。しかし、直生の耳に、その声は徐々に遠ざかり小さくなっていった。

〈そうだったのか……〉

直生は命の危機を理解した。理解と同時に、心は現実から逃げるように扉を閉め始めた。医師の話は聞こえており、その話を手元のノートにメモさえしていたが、心はどんどん現実から遠ざかっていった。悪い夢を見ているような不思議な感覚だった。


しばらくして自分を取り戻した時、直生は病院内を歩いていた。

人のいない場所を求めてどんどん歩いて行くと、エレベーターの脇に階段があった。特に理由はなかったが、その階段を昇り始めた。

〈不幸というのは突然に訪れるものなんだな〉階段を当てもなく昇りながら直生は考えた。〈1年浪人したとはいえ、第一志望の大学に入ってまだ5カ月。これから、僕の人生が始まると思っていたのに……。前途にはキラキラした未来が待っていると思ったのに……。もう、学校も将来の夢も諦めなくてはならないのか?〉

暗い気持ちで昇り続けた。

〈でも、まだ死ぬと決まったわけではない!〉自らを励ますように、直生は顔を上げた。目の前に鉄の扉があり、開けるとそこは病院の屋上だった。青空が見えた。

彼にはちょうど良かった。ただ遠くの景色を見たかった。

まだ午後4時を回ったところで、あたりには、車椅子を押してもらい散歩をする人や、干した物を取り込んでいる人がいた。

地上を見下ろすと、都会の街並みが今日も雑然と、しかし活気に満ちてそこにあった。何ということもない夏の終わりの風景だ。一人ひとり忙しそうに歩いている姿が見える。自分も、さっきまでその内の一人だと思っていた。

しかし、今は、その人たちと自分は別の世界にいる。

〈来年の今頃は、もう僕はどこにもいないのかもしれない〉と思った。〈来年も同じように季節は巡り、同じように人々は毎日を暮らすのだろうが、僕は、その世界のどこにもいない……。そのまま、もう二度とよみがえることもなく、永遠に消滅するのだ〉

永遠の無……。

その実感が突如直生を襲い、絶望感で全身が冷たくなった。どこにも救いのない究極の絶望だった。心が押しつぶされそうになり、叫び出したかった。苦しみから逃れるために、金網のフェンスをよじ登り屋上から飛び降りたいとすら思った。その衝動を抑えるために目をつぶり、頭を抱え押さえ込んだ。

「……大丈夫ですか？」

近くで声がした。どうやら直生は、いつの間にか頭を抱えてうずくまっていたらしい。

「大丈夫ですか？　気分が悪いのですか？」

見るとそこには、車椅子に乗った若い女性が直生を心配そうに覗《のぞ》き込んでいた。

「気分が悪かったら、病院の人を呼びますよ」

「いえ、大丈夫です。ちょっとめまいがしたというか……」

「めまいがするなら、そこのベンチに座った方がいいですよ」

近くのベンチを指されて、直生は素直に従った。

直生が腰を掛けると、彼女は車椅子を直生の斜め前に付けた。

「顔がまだ蒼《あお》いです。やっぱり病院の人を呼びましょう」

「いいえ、もう大丈夫です」

直生は頭を振り、両手で頬をたたき、意識を覚醒した。

「大丈夫ならいいんですけど……」彼女は直生の目を覗き込み、「さっきより、目が普通になってきました。よかった」と少し微笑んだ。

そして、少しの間、黙って直生の姿を見た後、「それじゃ、お大事に……」と軽く会釈をして去って行った。

直生は、彼女が行ってしまうと、もう二度と会えなくなると思い、とっさに声をかけた。

「病室まで送ります」

直生が駆け寄ると、彼女は少し驚いたようだった。

「いいえ、具合が悪かった人にそんな……。それに、私は外の空気を吸いに、今、屋上へ上がって来たところですから……もう少し屋上にいます」

「それじゃ、僕も屋上を一緒に廻《まわ》ってもいいですか？　もし、嫌じゃなかったら……」

「嫌ってことはないですけど、本当にもう大丈夫なんですか？」

「あなたを見たら元気が出ました！」

自分でも思わぬ言葉が口から出た。しかし、それは本当だった。「地獄に仏」というたとえがあるが、まさにそのような印象で、彼女が暗闇に手を差し伸べる天使のように思えた。

まだ、死ぬと決まったわけではない――それを気付かせるために神サマがこの子を寄こしてくださったように思えた（直生は基本的には〝無神論者〟だったが、「神サマ」という言葉は深く考えずに都合よく使っていた）。

しかし、「地獄に仏」ではあっても、初対面の女の子にいきなり「あなたを見たら元気が出ました」などという言葉を発したことは、直生自身にとって驚きであった。

直生は、この日まで彼女いない歴20年。小学6年生の時、初恋は経験したものの、うまく伝えられるはずもなく、以後は、むしろ男女交際的なものを避けるというか、テレビや歌で語られる恋愛をウソっぽく感じ、毛嫌いしてきた。自分から女の子に話しかけることさえ、あまりなかった。それなのに、数分前に出会った女の子になぜそのような言葉が出たのか？　自分でもよく分からなかった。絶望の淵《ふち》で温かい心を感じ、すがる思いがあったのかもしれない。

しかし、彼女には「調子のいい奴」と思われたのか、反応はそっけなかった。

「じゃあ、少しだけ……」そう言うと、彼女は車椅子を回して、南の方へ転がし始めた。

直生は、一瞬どうしたものかと迷ったが、

「車椅子を押させてください」と言うと、南のフェンスの方へ押して行った。

その日は９月１日で、屋上からの眺めには、まだ夏が色濃く残っていた。

黙っていると、直生の空咳《からせき》だけがあたりに響いた。薬でいくらか抑えられているとはいえ、ガンの影響で咳が出るのだ。直生は、〈何かしゃべらなくては……〉と思ったが、何をしゃべったらいいのか分からなかった。だから、今の自分の心にあることをそのまま話すことにした。それは病気のことだったが、努めて明るく話した。

「実は、今日、病気が見つかってしまって……。今まで健康だったのでショックでした。あさってから入院して、検査漬けの日々になりそうです」

「……咳が出てますものね」

「そうなんです。でも、この咳はうつりませんからご心配なく。厄介な病気のようですが、僕は必ず治します。だってまだ二十歳ですから……。やりたいことがいっぱいあります。大学は、少し休学になるかもしれないけれど、絶対に卒業して世の中に良い影響を与えられるような人になりたいんです」

自分でも不思議だったが、いつもより快活にしゃべっていた。きっと、彼女に良く思われたいという気持ちが働いていたのだろう。今までの自分とは違う人格が出て来たようで、その積極的で快活そうな自分に、直生は少し驚いていた。

「何になりたいんですか？」彼女が聞いた。

「いや、まだよく分からないんですけど……。っていうか、やっぱりマンガ家かな？」

「マンガ家？」彼女はビックリして直生を見た。大きく見開いた目がとても可愛《かわい》かった。

「あ、おかしかったですか？　でも、マジメです。マンガ家、あるいは小説家になり、人の心に影響して世の中を良くするような作品を描きたいんです」

「マンガ家かぁ……。よく分からないですけど、夢があっていいですね」

遠くを見ながら彼女が言った。

「でも、現実にはまだ全然なにも描けていないんです。高校生のころは、高校を出たら大学にも行かずにひたすらマンガを描いて投稿しようと思ったんですけど……。高校3年生のとき、『マンガ家を目指すので大学には行かない』って親父《おやじ》に言ったら、いつもは放任だったくせに、この時ばかりは妙に怒って『世の中はそんなに甘くない！　マンガ家を目指すのは勝手だが、大学だけは出ておけ！』と言うので、それに従ったというわけです」

「お父さんの言うことが正しいと、私も思います」

「僕も、最終的にはそう思ったから大学へ行くことにしたんですが、大学受験に気持ちを切り替えたのが高校3年の10月ごろだったんで、ちょっと受験勉強が足りずに……1年浪人してしまいました。今、二十歳なんですが、今年の春に大学に入り、まだ1年生なんです」

「それなのに入院なんて悲しいですね。私も似たようなものですけど……」

彼女は少し寂しそうな顔をし、遠い空を見た。直生は何と言葉を返していいか、ちょっと迷った。すると彼女の方から、

「絵は？　絵はうまいんですか？」と聞いてきた。

「うまくはないですが、高校時代、マンガ部にいましたから、少しは描けます。何なら、似顔絵

「を描きましょうか？」

「えっ⁉　私のですか？　いきなり……、ちょっと恥ずかしいです」

「そんなことない。描かせてください」

直生にとって、自分とは思えない積極性だったが、その時は普段の自分とは違う人格が出て来ているようだった。バッグからノートと筆記具を取り出すと、車椅子に座る彼女の前に片膝を付いて、顔の高さを彼女に合わせた。

改めて真正面から見ると、彼女はとても可愛らしい人だった。

「輪郭は玉子型かな。アゴがシュッとして……前髪は横に分けて、眉はやさしい形ですね」

ペンを走らせながら、直生の口は彼女を退屈させないようにしゃべり続けた。高校の文化祭で似顔絵を描いていたので、描き出すとすぐに調子が出て来た。

直生の言葉を聞きながら、彼女は「えー？」とか「ホントですか？」とか言いながら、笑ったり恥ずかしそうにした。その表情の変化が、とても可愛らしかった。

彼女は、やさしい眉をして、黒目が大きく、その瞳が表情豊かにくるくる動いた。口は世間で言う〝アヒル口〟っぽいというか、いつも少し笑っているような印象だった。その一方で、鼻やアゴはきれいなラインを描き、丸いおでこからの輪郭を含めた全体の印象は、とても気品のある顔立ちだと思った。年はいくつだろう。直生より年下に見えた。

「できました」

３分ほどで描いた似顔絵をノートから外して彼女に見せた。色鉛筆がなかったので、唇と頬だけ赤鉛筆でアクセントを入れた。そのため、ちょっと厚化粧っぽくなってしまったが、それを除けばママアの出来だと思った。

「え～⁉　コレ、私ですか？」

彼女は第一声、驚いたように言い、頬を染めた。

「似てませんか？」

「似てますか？　コレ……。可愛らしいけれど、ちょっとマンガっぽくないですか？」

「何しろ、マンガ家志望ですから……。でも眉毛も目も、ちょっとアヒル口っぽい口もそっくりだと思いますよ。自画自賛ですが……」

「ありがとう。似顔絵なんて初めてだから、ちょっと照れくさいけどうれしいです」

「良かった！　喜んでもらえれば、僕もうれしいです」

「コレ、いただいてもいいんですか？」

「もちろんです。受け取ってもらえたらうれしいです」

「じゃあ、大切にします。本当にありがとうございます」

気が付くと、時刻は午後4時半を回っていた。

「あぁ、もうこんな時間。帰らないと……」

「送って行きます」

「ありがとう……。でも、知らない人と一緒なのを病院内で見られるのはちょっと……」

「そう……ですね。それじゃ、エレベーターの入り口まで」

直生は車椅子を押したが、エレベーターの入り口まではアッという間に着いてしまった。

別れ際、直生は思い切って言った。

「僕は、本多直生といいます。あさってから、ここに入院します。あさっての午後4時以降ここにいますから、もし……もし気が向いたら、また来てください」

彼女は、一瞬ちょっと驚いたような顔をした後、軽く会釈すると、来るとも来ないとも言わずエレベーターの中に入って行った。

直生は、エレベーターの扉が閉まってから、少しの間ボーッとしていた。
〈今までの時間は何だったんだろう。もしかして、夢ではないのか……〉
いきなりの肺ガンの告知も悪い夢のようだったが、今しがたの彼女との出逢いも夢のようで現実とは思えなかった。しかし、彼女と会っていた20分ほどの間、自分がすっかり病気のことを忘れ、元気なころの心に戻っていたことに感激していた。まだまだ、自分にはこんなに元気がある
――そう自信を持つことができた。

2

直生の家は、新宿から20分ほど電車に乗った三鷹にあった。翌々日には入院するため、両親に診断結果を説明しなければならない。できるだけ心配をかけないように……。

家に着くと、幸いまだ誰も帰って来ていなかった。母親は、毎日パートに出て、午後6時半ご

ろに帰宅するので、直生はそれまでの間、自分の病気をパソコンで調べることにした。

調べた結果、肺ガンは、直生がかかった「扁平上皮ガン」以外に、「腺ガン」「小細胞ガン」「大細胞ガン」などあることが分かった。このうち「扁平上皮ガン」は、他の肺ガンに比べ転移しにくいとのことだ。早期発見できれば外科手術で完全に取り除ける可能性があり、手術後の経過も比較的良いらしい。

残念ながら、直生の場合は、すでに大きさが5㎝に達しており、気管や大血管などが集中する部分にできているため「手術は困難」とのことだった。しかし、どこか別の病院で手術できないだろうか。そこに望みをかけ、探ってみようと思った。手術で取り除くことができれば、しめたものだ。一方、手術ができなければ、肺ガンの「ステージ3」の5年生存率はインターネットによると21%だった。

これらの事実を、どう親に伝えるべきか……。

考えた結果、直生は、「検査で肺にガンが見つかり入院することになったが、ガンの種類は『扁平上皮ガン』といい、肺ガンの中では比較的転移しにくいものである。しかし、大きさが5㎝もあるため手術はできない。抗ガン剤と放射線で治療をするため、あさってから入院する。しばらく世話をかけるが、心配しないでほしい」と伝えることにした。

母親は、いつもより早く午後6時過ぎに帰宅した。検査結果が今日出ることは伝えていたので、直生の顔を見るなり心配そうに尋ねてきた。そこで、なるべく明るく結果を伝えた。

しかし、母親は「ガン」と聞いて真っ青になり動転した。「どうするの？　どうするつもりなの？」と何度も聞き、「すぐにお父さんに知らせなきゃ」と父親に電話をかけた。

ビジネス関係の出版社に勤める父親が、母親からの電話で早めに帰宅したため、もう一度同様の説明をした。父親は冷静に話を聴き、「手術をしてくれる病院があるかどうか」が重要なポイントであるという直生の意見に賛同した。そして、手術できる病院があるか、入院する直生に代わって探してくれることになった。

両親にとって、直生の話は青天の霹靂《へきれき》で、ショックであったが、それでも、直生自身が、動揺せずに病気に立ち向かう姿勢を見せたことが救いだった。あさってからの入院でこの病気を克服することを目標に、家族が協力し合うことを確認した。

夜寝る前に、直生は、今日聞いた話をパソコンでまとめ、インターネットで集めた情報と共にプリントアウトした。そして、Ａ４の角形封筒に「病気克服まで」と大きく書いて、それらの紙を入れた。いつかこの封筒を、笑い話のように振り返る日が来るのだと信じようとした。

ベッドの上に横になると、改めて今日１日のあれこれが頭に浮かんだ。

〈もっと早く受診すれば良かった〉としみじみ思った。胸に手を置き、この中に５㎝もの大きなガンがあるのか……と思い、茫然《ぼうぜん》とした。

〈しかし、悔いても仕方がない。自分には今と未来しかなく、その未来は自分の行動にかかっているのだ〉そう思った。

〈まだ、死ぬと決まったわけではない〉そうも思った。

そして、今日会った名前も知らない女の子の顔を思い浮かべて、少し心を安らかにした。

3

2日後、直生は入院した。直生は「呼吸器内科」の病棟に入った。

この日は両親と共に来たので、早速、主治医から病状と今後の治療方針について説明を受けた。その後、両親と別れ、検査が始まり、時間は慌ただしく過ぎていった。

数々の検査を受け、気が付くと午後3時半になっていた。直生は、おととい少女に言った午後4時より前に検査から解放されホッとした。そして、まだ4時までに時間があったが、また呼ばれて拘束されると困ると思い、早めに屋上へ上がることにした。

9月3日だというのに、この日、屋上から見る空は真夏のようで、気温も高めだった。

空を見て心を落ち着けようとしたが、時間の経過と共に心は落ち着かなくなる一方だった。一番の心配は、彼女が本当に来てくれるのか、ということだった。おととい、エレベーターの前で、直生は「あさっての午後4時以降、ここにいますから、来てください」と言った。しかし、彼女は軽く会釈を返しただけで、来るとは言っていない。来てくれるなんて保証はどこにもないのだ。そう思うと、時間が経つに連れ不安は増すばかりだった。

そして、4時になったが、彼女は現れなかった。

〈どうしよう。やっぱりダメだったのか……〉

そう思った時、エレベーターが開き、彼女が現れた。顔がやや緊張しているように見えた。

「こ、こんにちは」直生の第一声は少しどもってしまったが、「……来てくれてありがとう。よく来てくれました」そう言うと、後は普通に声が出た。まだ緊張していたが、彼女の姿を見て、自然に笑顔になるのが自分で分かった。

　彼女も緊張が解けたのか、少し柔らかな表情になった。

　改めて見る彼女は、可憐《かれん》な印象だった。車椅子に座っていることもあり、小さく華奢《きゃしゃ》に見えた。微笑んだ瞳の上まぶたがやさしいラインを描き、直生は自分の心までやさしくなるような気がした。今日は、オレンジ色っぽいパステルカラーの半袖ブラウスに、ペパーミント色の薄手のふんわりと長いスカートをはいていた。

　その姿があんまり可愛らしいので正視できなくなり、直生は視線をそらすと「今日もいい天気ですね」と、どうでもいいことを言った。

　彼女が、車椅子を自分で進め始めたので、直生は、慌てて後ろに回って椅子を押した。

「本当に、よく来てくれましたね。来てくれないかと思いました」

「どうしてですか？」

「だって、おとといの別れ際、僕が『あさっての午後４時以降、来てください』と言っても、軽く会釈してくれただけだったから……」

「ごめんなさい。でも、おとといエレベーターのドアが閉まった後、描いてくださった似顔絵を見ながら、私、ニコニコしていたんですよ。そして、自分が久しぶりに笑ったことに気付いたんです」

「えっ⁉　久しぶりに笑ったって？　そんなに幸せそうなのに？」

「私、幸せそうに見えます？　……そうでもないですよ」彼女は視線をそらし目を伏せた。伏せた睫毛《まつげ》が美しいと思った。

「じゃあ、僕も今日は検査、検査で大変だったから、お互い笑える話をしましょう。あ……、その前に、名前を教えてください。僕は、本多直生と言います」

直生は、車椅子の前に回ると、西洋の貴族がするように、右腕を肘の所で直角に折って胸の前に置き、深々と一礼した。「どうぞよろしく」

「私は、青木美貴子です」彼女は微笑み、「どうぞよろしく」と車椅子に座ったままスカートの左右を貴族風に持ち上げ、軽く会釈した。

「じゃ、青木さんって呼びますね」直生が、少し照れながら言うと、

「はい、本多さん」美貴子も照れながら答えた。

おとといと同じように、南のフェンス近くに車椅子を付け、直生はその横のベンチに腰掛けた。

直生は、何から話そうかと迷ったが、まず趣味のことから聞くことにした。

「青木さんの趣味ってなんですか？　僕は、この前も話したけれど、マンガを描くのが趣味で、あと映画を観たり、読書も好きだし、ヒコーキも好きです」

「多趣味ですね。私も映画は好きです。音楽や手芸も好きです。あと、この間　描いていただいた似顔絵を見て思い出したんですけど、小学生のころはマンガが大好きでした」

「ホントですか？」

「小学校6年生の時は、マンガをクラスメイトと三人で描いていました。完成したものはなかっ

たけれど、とても楽しかった」

「どんなキャラクターを描いていたんですか？」

「どうって、……普通の少女マンガの女の子ですよ」

「描いてみてください」と、直生は肩にかけていたバッグからノートと筆記具を出した。

「えぇ!?　私がですか？　そんなの覚えていません。無理です」

「描いてみれば描けるもんです。頭では忘れている気がしても、指が覚えているんです」

ためらう美貴子を促し、ペンを渡した。

「えー!?」と言いながら、美貴子はペンを取り、少しずつ描き始めた。すると、スイスイと一人の少女の姿が現れた。わりと上手に描けていて、何年かぶりに描いたようには見えない出来ばえだった。

「うまいじゃないですか！　本当に久しぶりなんですか？」

「描いてみると描けるもんですね。もう8年も前のことなのに……」

美貴子は、自分でも少し驚いていた。

「8年前に小学6年生ってことは……、もしかして二十歳ですか？」

「そうです」

「それじゃ同い年だ！　僕より年下かと思った」

「ガキんちょに見えました？」

「いや、そうじゃないけど、18歳か19歳くらいかと思っていました。同い年なんですね」

「本多さんは二十歳って、この前言ってましたものね」

「そうでしたっけ？　5月30日が誕生日なので、まだ20歳と3カ月です」

「じゃあ、私より少しお兄さんですね」

「誕生日はいつですか？」

「8月2日です」

「妹よ！」直生が美貴子の頭の上で、髪に触れないように〝いい子いい子〟と撫《な》でるようなしぐさをすると、美貴子は「やだぁ」と照れながらにっこり笑った。

それからのことは、直生はよく覚えていない。アッという間に1時間が経ち、あまりにたくさんのことを話したので覚えきれず、日記にも書けなかったのだ。彼女とのやり取りは全部覚えていたかったけれど、彼女の笑顔を見て話すだけであまりに幸せだったため、直生は夢中になってしまった。

でも、最後には忘れずに言った。

「また、明日もここにいますから、よかったら来てください」

「はい」美貴子は少し恥ずかしそうに、でもにっこり笑ってはっきりイエスと言ってくれた。

直生は、心の中で〈やったぁ！〉とガッツポーズをした。

4

その翌日もいろいろな検査をした。血を採られ、注射を打たれ、大きな検査機器に入れられ、半日の間、憂鬱《ゆううつ》な時間を過ごした。その間、頭の中で美貴子に会うことだけを考え、希望の光のように感じていた。

午後３時半になると、早々と屋上に上がった。残念ながら、その日は雨が降りそうな空模様だった。しかし、今日は、美貴子が来てくれるという確信があった。だから、

〈あと30分したら、確実に青木美貴子さんと会っているんだなぁ〉

直生はそう思い、美貴子の笑顔を思い浮かべ、幸せな気持ちになった。屋上から見えるのはどんよりした景色だったが、美貴子を待つ直生には、何もかもが輝いて見えた。

美貴子は４時少し前に屋上に現れた。

すでに雨が降り出していて外には出られなかったが、エレベーターホールで二人は話し、直生は、人生最大の苦難の中に、オアシスのようなひと時を味わった。ずっと灰色のエレベーターホールにいたのだが、この日も１時間以上がアッという間に過ぎ、気が付くと５時過ぎになっていた。

二人の心には、なにか懐かしいような、幸せな気分が残った。

翌９月５日、直生は午前中、主治医に呼ばれた。これまで行った検査の結果が集まり、改めて外科の医師と検討を行ったという話であった。しかし、やはり「手術は無理」との結論は変わらないそうである。予想された答えだったが、やはり直生は落ち込んだ。ただし、「現状で手術は無理だが、抗ガン剤や放射線でガンが小さくなれば、手術できる可能性もある」とのことだった。

それは、直生には貴重なひとことだった。ともかく、主治医は「まずは抗ガン剤治療」という方針なので、それに従うことにした。

そして、第1回目の抗ガン剤治療は、次の週の9月9日から行うことになった。〈辛《つら》いと言われる抗ガン剤治療がいよいよ始まるんだな〉と直生は思った。しかし、仕方のないこととして受け入れる覚悟であった。

午後3時半になると体が空いたので、また早々と屋上に上がった。

やはり、美貴子のことを考えていたが、午前中、「手術は無理」だの「9月9日から抗ガン剤治療を始める」だのと聞かされたので、病気のことばかりに意識が向かった。そして、美貴子はなぜ入院しているのだろう、ということに思いは巡った。

お互い、なぜ入院しているかは、これまで何となく触れないようにしてきたので、彼女の入院の理由はまるで分からなかった。

〈青木さんは、きっと大したことじゃないのだろうな。足をケガしただけかもしれない〉

そう思っていた。

そんなこともあり、4時に美貴子が現れると、聞いてみたくなった。初めて出逢った時からこれで会うのは4回目であり、お互いにかなり打ち解けてきたので、特に問題はないだろうと思った。いろいろなことを40分ほど話した後、話をそちらへ向けた。

「あの……、差しさわりがなかったら教えてほしいんだけど、入院はもう長いんですか？」

「ううん。今週の月曜からだから今日で5日目。今、検査とリハビリをしているんです」

「それじゃ、初めて逢ったのが入院した日だったんですね。ケガか何かで？」

「ううん。……いいじゃない、そんなこと」

美貴子は、この話題についてはあまり話したくない様子だった。この4日間で、このとき初めて二人の間に沈黙が訪れた。

後に、彼女の本当の病状が分かってから思い返せば、直生と二人、束の間の安らぎを得られる屋上の時間だけは、美貴子も病気のことを忘れて健康な二十歳の気分でいたかったのだろう。だから、病気の話題には、触れたくなかったのだ。

美貴子が話したくないようだったので、直生は話題を変えることにした。

「話、変わりますが、もし……もしよかったら、携帯の番号を教えてもらえませんか？」

「えっ？」美貴子はやや驚いたようだった。

「もしよかったら……」直生は、美貴子が驚いたので、気弱に繰り返した。

「……」美貴子は少し考え、そして言った。「でも、病室で携帯は使えないから……」

「そう……ですね」

たしかに、入院時の説明で、病室で携帯電話などの電子機器を使えないことは承知していた。しかし、そうだとしても、今後に向けて連絡先を交換しませんか、という意味を込めて言ったつもりだったので、直生は少し落胆した。

「ごめんなさい。本多さんと連絡先を交わすのが嫌というわけではないんです。こうして本多さんと会えることは楽しいと思っています。でも、今はお互い入院しているので携帯で気軽に連絡を取れるわけではないし、まだいいかなと思うんです」

直生の落胆を察してフォローする美貴子の言葉が、直生にはうれしく、少しホッとした。

「分かりました。ちゃんと説明してくれてありがとう。でも、きっといつか教えてくださいね」

「ええ……」美貴子は頷《うなず》いたが、少し迷いがあるように見えた。

しかし、美貴子はこの話題を続けたくないようだったので、直生は、また話題を変えた。

「そうそう、僕は、明日の土曜、あさっての日曜と外出許可をもらって実家に帰るんです」

「私もです！　5日ぶりですが、やっぱり家がいいですよね」

「美味《おい》しいご飯も食べられるし……」

「そうですね。病院食もまずいとは思いませんけど、やっぱり母親の作ってくれるご飯が一番ですよね。お母様は料理が上手なんですか？」

「いいえ、僕の母親は料理が嫌いと公言しており、実際手抜き料理しか作りません。けれど、長年食べていると舌がそれに慣らされるというか、美味しく感じちゃうんですよね」

「うふふ、消極的な褒め方ですね」

「まぁ、そんなことで、明日、あさっては来られませんが、その次の日は来ますから……」

「私も次は月曜日に来ます。明日、あさってのこと、言ってくださってありがとう」

美貴子の顔は、またいつもの明るい表情になっていた。直生の方を見てにっこりする笑顔は、本当にやさしい表情で、直生の不安な気持ちは一気に吹き飛んだ。

5

次の日、直生は、実家に帰った。たった3日ぶりなのに、すごく懐かしい気がした。自分の部屋に入ると、本棚に飾ってあるジェット機の模型など、入院前は当たり前の〝景色〟になってしまい意識することもなかったものが、新鮮な感覚で目に入ってきた。

しかし、そうした好きなものがたくさんある自室に入っても、直生の心は、美貴子のことでいっぱいだった。

ペンケースから、美貴子が絵を描くときに握ったペンを出し、〈これは青木さんが触ったものなんだなぁ〉としみじみ見入った。また、前日の会話の中で、美貴子が「世田谷に住んでいる」と言ったので、窓からその方角を見て〈青木さん今ごろ何をしているのかなぁ〉と考えた。きのう、携帯電話の番号を教えてくれなかったことは少し心配なことだったが、そのあと「本多さんと会うことは楽しい」と言ってくれたので、〈僕のことを嫌いというわけではない、大丈夫、大丈夫〉と自分に言い聞かせた。

その瞬間、自分は、恋をしているのかもしれないと思った。

こうして、家に帰ってから病気のことはあまり考えなかったが、両親と共に過ごす時間は、もっぱら直生の病気のことが話題になった。

父親は、現在の病院には信頼を寄せていたが、他の病院にセカンド・オピニオンを聞くべきだと考えていた。すでに、いろいろガンについて書かれた本を買い情報収集しており、そこで得られた知識によると、肺ガンの中で、扁平上皮ガンは抗ガン剤の効果が出にくく、「できれば、手術が一番ではないか」という意見だった。

その点については、直生がインターネットで調べた情報とも一致していた。しかし、現在、直生が入っている病院も一流の病院である。まずは、そこの治療に委ねてみようと直生は考えた。もちろん、どこかの病院で、5㎝まで大きくなった肺門部のガンを切ってくれる所があれば一番だが、そんな病院があるかどうかは分からなかった。あるかどうか分からない病院を探して治療を遅らせるより、まずは今の病院で治療すべきだと思った。

現在の病院では、9月9日から16日まで第1回目の抗ガン剤治療の予定で、その後、体へのダメージを考えて間を空け、9月30日からは、放射線治療と第2回目の抗ガン剤治療を同時に行う予定だった。直生は、これらの治療で何らかの効果が出れば……と考えていた。

両親と話し合った結果、三人の考えを総合して、当面は、今いる病院で抗ガン剤治療を受け、その間、父親に手術をしてくれる病院がないか、情報を収集してもらうことにした。

6

月曜日は、午前9時半に病院に戻った。翌9日から抗ガン剤治療が始まるため、両親も一緒に来て主治医の説明を聴いた。

話の内容は予想されたとおりで、抗ガン剤は、正常な細胞にも影響を与えるため、吐き気や下痢、便秘などいろいろな副作用があり得るとのことだった。直生は、嫌だと思ったが、この治療は避けることのできない試練なのだと覚悟を決めた。

病室に戻ると、明日からのことをぼんやり考えた。入院以来、検査は多かったものの、直生の体に点滴などはつながれなかったため、どこへ行くのも自由だった。しかし、明日からは点滴が続くので、どこかへ行くときは点滴台を転がして行かなくてはならない。そのうえ、もし抗ガン剤の副作用がひどい場合は、ベッドに伏せってしまうかもしれない。

〈そうなったら、青木さんに会うこともできない……〉直生は暗い気持ちになった。

ふと思い立ち、「リハビリルーム」へ行ってみようと考えた。もしかしたら、美貴子がいるかもしれない。明日からは点滴が続くので、行くなら身軽な今日がよい。美貴子には行くと言っていないが、リハビリをしているくらいなので問題はないだろう。

院内の案内図を見ると、リハビリルームは１階の端にあった。エレベーターで１階まで降り、廊下の突き当りが大きなリハビリルームになっていた。

リハビリルームへ入ると、通路の先に赤い線が引いてあり「関係者以外立ち入り禁止」の札が立っていた。その手前には長椅子が置かれ、患者の付き添いと思われる人が一人座っていた。どうやら、この先は、勝手に入れないらしい。しかし、赤い線の所から中を見渡せたので、直生は、そこに立って覗き込んでみた。

中は、想像以上に広かった。歩行器を使って歩いている人が数人いて、ほかにも大勢の人がいろいろな場所でリハビリをしていた。直生のいる場所から見ると、中に美貴子がいるのかどうか、にわかには見分けがつかなかった。

しばらく眺めていたが、リハビリする人も、それをサポートする人たちも、みんな一生懸命だったので、自分のようにのんびり見に来るというのは場違いな気がした。そこで、結局、美貴子が中にいるのかどうか分からないまま帰ることにした。残念な気もしたが、中に入るわけにはいかないので仕方ないと思った。

しかし、ちょうどその時、リハビリルームにいた美貴子からは、直生の姿が見えていた。直生が、こちらを見回していた時、美貴子は椅子に座り、左足の義足を外し、足を休ませているところだった。美貴子の左足は、膝関節から下がなかった。

最近、新しい義足に交換し、それがフィットするよう、毎日リハビリしながら調整してもらっていたのだ。今日も歩行練習を行い、ようやく良い感じになって一息ついたところだった。ふと目を上げると、入り口に直生が立ってこちらを見回していたので、愕然《がくぜん》とした。

とっさに、美貴子は左足をタオルで隠した。顔も入り口とは反対を向いた。直生に見つかったかどうか分からなかったが、こちらからは鮮明に直生が見えたので、直生の方もこちらが分かったと思った。そのまま、顔をうつむけて凍ったように動かずにいると、

「青木さーん、どう？　フィットの具合は……」

と、担当の義肢装具士が大きな声で美貴子に声をかけた。

〈あぁ、見つかる！〉

美貴子は、一層顔を伏せたが、義肢装具士が「どうしたの？　青木さん」と肩に手をかけるの

で、仕方なしに顔を上げ、盗み見るように入り口の方を見た。すると、もうそこに直生の姿はなかった。


直生にとって待望の午後４時が近づいたので、屋上に上がった。

しかし、その日は、４時になっても美貴子は現れなかった。

「あれれ……」とやや不安になり、なおも待つと、４時半近くなって、美貴子がエレベーターから現れた。しかし笑みはなく、直生に視線を合わせないまま車椅子を直生の横に付けた。

直生が、いつものように車椅子の後ろに回ろうとすると、その手を制して美貴子が言った。

「今日、リハビリルームに来ましたか？」

「あ、ごめんなさい。ちょっと興味があって行きました。青木さん、あそこにいたんですか？あんまり広くて、よく分からなかった」

「そう……」

美貴子は内心ホッとした。しかし、なおも直生には視線を合わせようとしなかった。

直生は不安になったが、美貴子の次のひとことはさらに深刻な打撃を与えた。

「私、明日、退院することになりました。もう、会えないと思います」

「えっ⁉……」

視線を合わせないまま、うつむいて話す美貴子に、直生はなんと言葉を返していいか分からなかった。頭の中は沸騰するように熱くなったが、顔は冷たくなるのが分かった。

静かに美貴子が言った
「先週、いろいろな検査をして、大きな問題がないようだったので、明日、退院することになりました。明日は、朝9時過ぎには母が迎えに来るので、時間が……ないと思います」

あんまり突然の別れの言葉だったので、直生の心は叫び出しそうだった。けれども、震える喉を抑えて、ようやく言葉を絞り出した。

「……分かりました。……退院できて……良かったですね。でも……、もう、今日かぎりで二度と会えない…んですか？」

「ごめんなさい……」

美貴子は、一層顔を伏せるようにし、小さな声で言った。

直生は〈それはそうだろうな〉と思った。病気の男なんて、病院の中だから会ってくれるのであって、退院してまで会う気にはならないだろう。しかも、ちゃんと伝えてないけれど、自分の場合、病気は深刻なものだし……。しかし、これっきりになってしまうのは、あまりにも悲しい。まだ、たくさん話したかったたし、その笑顔を見て、もっと声を聞きたかった！

だから思わず言った。未練たらしいと思ったが、聞かずにはいられなかった。

「メールアドレスとか、教えてもらえませんか？」

「……」

「ダメですか？」

「………」

長い沈黙の後、美貴子は顔を上げて言った。

「私は、この数日間、あなたと会っている時、本当に楽しかった……。心からお礼を言います。ありがとう」

そう言うと、直生の方に手を差し出し握手をした。思った以上にほっそりした小さな手だった。冷たく湿っていた。

「だったら、なぜ、もう会えないなんて言うんですか?」

握手している美貴子の右手に、直生は左手も重ね、強く握った。

「私の本当のことを知ったら、本多さんはきっとがっかりします。だから、もう会えないんです。……ごめんなさい」

「がっかりなんかしません」

「いいえ、絶対にがっかりします。がっかりして、私のこと嫌いになります。私は、あなたが考えているような女の子じゃないんです」

そう言うと、美貴子は手を離し車椅子の向きを変えた。そしてエレベーターの方に車椅子を転がし始めた。直生は、ショックと迷いとで一瞬動けなかった。しかし、車椅子を転がす美貴子に駆け寄り言った。

「明日、朝8時半にここに来ます。できたらもう一度、ほんの少しでいいからもう一度だけ、会ってくれませんか」

美貴子は顔を伏せ、何も答えない。

「僕も今晩、自分を整理します。だから、もう一度だけ、もう一度だけ会ってください」

美貴子は顔を上げなかったが、やがて直生に背を向けたままコクンと頷いた。少なくとも、直生にはそう見えた。そしてエレベーターの扉が開き、美貴子はそのまま車椅子の向きを変えず、中に入った。顔を伏せたままの美貴子は、肩を震わせ泣いているように見えた。


直生は、その夜、手紙を書いた。

彼には〈そもそも、自分のようなガン患者が、退院する彼女に交際を期待するなんてこと自体バカげている。何を考えているんだ〉という思いがあった。しかし、一方では〈でも、治るかもしれない。彼女は僕といることを楽しいと言ってくれたのだし、治ればなんの問題もないじゃないか〉という思いもあった。

いろいろな思いが頭をぐるぐる回りまとまらなかったが、必死に自分の真実の言葉を集め、精いっぱいの気持ちを込めて、徹夜で一通の手紙を書き上げた。

7

翌9月9日の朝8時半過ぎ、美貴子はやや遅れて現れた。直生は、美貴子の顔を「これが最後になるかもしれない」と目に焼き付けようとしたが、美貴子は目を伏せたままだった。

直生は手紙を差し出した。

「青木さんにまだ言っていなかったこと、でも言いたかったことを書きました。僕のことを記憶から消したい場合は読まなくても結構ですが、受け取ってもらえたらうれしいです」

美貴子は、静かに手を伸ばすと手紙を受け取った。そして言った。

「あなたのことを記憶から消したいだなんて思っていません。そういうんじゃないんです」

真っすぐに直生を見る美貴子の瞳にみるみる涙があふれた。その涙に朝日がきらめき、忘れられない印象を残した。

美貴子は、重ねて言った。

「ありがとう……。あなたのこと、ずっと忘れません」

吸い込まれるように美しい、切実な瞳だった。

そして、美貴子はうつむき、肩から下げたポシェットに手紙を入れた。その手やポシェットに涙がはらはらと落ちた。そのまま、小さく会釈すると、美貴子は車椅子をエレベーターに向けた。

直生は、立ち尽くすだけで、一歩も動くことができなかった。


手紙には、次のように書かれていた。

前略　青木美貴子さま
９月１日以降、たびたび会ってくれて、本当にありがとう。とてもうれしかったです。心からお礼を言います。
きのうは、退院のことを教えてくれて、これについては、おめでとうと言わせていただきます。

早く退院できて良かった！　あなたには、輝かしい未来があるのだから……。

僕にはもう会えないと言いましたが、それは当然のことだと思います。きのうは、突然の話だったので気が動転してしまいましたが、冷静に考えれば、あなたの言うことは理解できます。あなたはとても可憐な可愛らしい方で、細やかな気遣《づか》いのできるやさしい人です。退院して、これから未来ある世界に生き、たくさんの幸せが待っているでしょう。それに対して、僕は病院に残り、未来があるかどうかも分からない世界をさまようのですから……。

すみません。僕は、自分のことで、まだ言っていないことがありました。重要なことを隠していました。実は、僕は9月1日、ステージ3の肺ガンの宣告を受けました。扁平上皮ガンという種類の肺ガンだそうで、転移は比較的しにくいようですが、僕の場合、ガンが直径5㎝もあり手術はできないと言われました。それで、抗ガン剤と放射線治療をするために、この病院に入院したのです。

青木さんに初めて逢ったのは、その宣告を受けた日でした。僕は、一人になりたくて屋上に出ましたが、先のことを考えると目の前が真っ暗になり、うずくまってしまいました。そんなとき、声をかけてくれたのが、あなただったのです。

あなたが声をかけてくれた時、僕は救われた気持ちになりました。だって、天使のような人が目の前に現れてくれたんですから……。そして、あなたと話すことで、僕は、従来の自分とは違う、明るく前向きな人格が自分の中に生まれ、すごく元気が出ました。

それで、自分はガン患者なのに、つい調子に乗って、何回かあなたに会ってもらってしまいました。あなたはとても可愛らしく、また繊細なやさしさにあふれていました。あなたと話し、笑顔を見、声を聞くと、心の底から幸せな気持ちになりました。あなたの前では、なぜかとても安心して心が潤います。僕は、あなたをどんどん好きになってしまう自分を、どうすることもできませんでした……。

それは僕にとって素晴らしい時間でしたが、よく考えると、自分の立場も考えずに会っていただくのは良くなかったように思います。

本当は、きのう「もう会えない」と言われたとき、どうしても、このまま会えなくなるのは嫌だと思い、手紙を書くことにしたのです。自分の病気のことも全部正直に書くかわり、何とかメールアドレスを教えてもらって、細くてもいいから青木さんとつながっていたいと思いました。もう二度と会えないというのだけは嫌だったから……。だから、この手紙で、「よかったらメールアドレスを教えてください」と書くつもりでした。

でも、手紙を書くうちに冷静になり、自分でも分かってしまったのです。それは、バカげた願いだって……。

僕は、叫び出したいくらい、あなたに会いたいです。泣きたいくらい、あなたが好きです。でも、世の中には、どんなに望んでも、かなわないことがあるのだと分かってしまいました。どんなに好きでも、どうしようもない想いもあるのだ……と。

こんな病気のくせにバカな奴だと笑ってください。記憶から消しちゃってください。

僕は、青木さんに出逢えただけで十分に幸せです。たとえ、もう二度と会えなくても、青木さんがこの世に元気で生きていてくれるだけで幸せです。

どうぞ、青木さんがたくさんの幸せに包まれますように……。

本多直生

草々

封筒の裏には、直生の家の住所を書いた。もし返事をもらえれば……。それだけが、直生にとってもう一度美貴子に会える一縷《いちる》の望みだった。けれど、直生が手紙の下書きを読み返してみると、それはほとんどお別れの手紙であり、返事を期待するのは無理だと思った。

実際、美貴子からは、1週間経っても2週間経っても返事はなかった。

こうして、暗い闘病生活の中で、直生の心の支えとなっていた淡い恋は消えた。

第２章　霧の中

１

彼女が去ってしまった９月９日から、抗ガン剤治療が始まった。

生まれて初めて点滴をされ、しかもそれが抗ガン剤だというので、どんな不快な症状が出るのかと不安に胸をドキドキさせながら、その日はベッドで本を読むことにして身構えた。しかし、体に異常はなく、食欲も普通にあった。

次の日も、ややだるい感じはあるものの、大きな異常はなかった。移動する場合はどこへ行くにも点滴台と一緒という煩わしさはあったが、それ以外はほとんど何も変わらず、自分は、抗ガン剤に強いのではないか、と思った。

それが、３日目から症状が出始め、副作用に苦しむ日々となった。

最初に出た症状は、下痢である。何度も何度もトイレに行って座り込まなければならなかった。また、吐き気もあったが、それはひどいものではなく、吐き気止めの薬をもらうとほぼ治まった。ちゃんとお腹も減ったし、食欲もあった。

しかし、次に出た症状はひどいものだった。それは、便秘である。いや「便秘」などという生やさしいものではなく、５日経っても６日経っても、まったく便が出ないのである。当然、食べたものは、体内に溜まるのでだんだん腹が張って苦しくなる。しかし、いくら下腹が重く苦しくなっても、一向に出る気配がないのだ。

トイレに行きたい気持ちはあり努力するのだが、まったく出る気配がない。

どうしようもなくなり看護師に症状を伝えると、手袋をしてカチカチの便をかき出して浣腸をしてくれた。それにより少しは症状が改善したが、恥ずかしいし、看護師に申し訳ない気がして、どうしようもないとき以外は頼みたくないと思った。

脱毛こそなかったが、その後も、湿疹、食欲不振、白血球減少、味覚障害、口内炎など様々な副作用に苦しめられた。食べられないため体は弱り、生きるのがやっとという有様だった。


こうした副作用との戦いの中、美貴子からの返事を待つことがわずかな希望であったが、前述のとおり、1週間経っても2週間経っても返事はなかった。彼女のことは諦めるしかないと自分に何度も言い聞かせた。

しかし、それにもかかわらず、翌日になると〈彼女から返事があるかもしれない……〉とわずかな望みを抱く自分がいた。

直生は未練たらしく、屋上に出ては彼女を想い、彼女の面影を頭に浮かべた。空を見ても雲を見ても、浮かぶのは彼女の笑顔、彼女のしぐさ、彼女の眼差しだった。

彼女の触れたペンを見つめ、「青木さんに会いたいなぁ」と何度もつぶやいた。

「青木さんに会いたいなぁ……」ふと本を読む手を休め、つぶやいた。

「青木さんに会いたいなぁ……」寝る前に、天井を見ながらつぶやいた。

何度も何度もつぶやいてしまう自分がいた。

しかし、さすがに2週間が経過すると、もう期待することは無理だと悟った。諦めるしかなかった。でも、頭で無理だと分かっても、心には「会いたい」という気持ちが残り続け、直生を苦しめた。

〈もう、二度と彼女に会うことはないんだなぁ〉と、しみじみ思い、病院の屋上から、彼女が住んでいると言った世田谷の方角を見つめていた。

2

抗ガン剤の投与は9月16日の点滴でいったん終わり、2週間空けて2クール目の抗ガン剤治療が9月30日に始まる。その間、いろいろな検査が行われた。しかし、直生の期待に反して、ガンの縮小は認められず、腫瘍マーカー（血液中の特定物質の変化でガンの勢いを測定する検査）の数値を見ても、効果は認められなかった。

もともと本やインターネットの情報で、直生がかかった「扁平上皮ガン」は「抗ガン剤が効きにくい」とされていた。それだけに、大きな期待を持ってはいけない、と思ってはいた。しかし、あれほどひどい副作用を経験し、辛さと闘っているのに、効果が認められないというのは、あんまりな結果だと思った。

直生自身としては〈抗ガン剤はもうやめた方がよいのではないか〉と思い始めていた。

この間、直生の父親は、手術してくれる病院がないか、仕事の合間を縫って探していた。つてをたどって三人の呼吸器専門医に話を聞いたが、うち二人は、現在入院中の病院の名前を聞き、直径が5㎝の肺の扁平上皮ガンで、肺門部の難しい場所にあり、その病院が手術不可と言うならば、他でも無理な症例であろう、という意見だった。

ただ、三人目の医師は、現在入院中の病院から肺の画像データを借りて来てほしいと言った。そこで、病院から画像データのコピーをもらい、検討を仰いだ。しかし結果は同じで、「肺だけでなく上大静脈など心臓に近い血管まで手術できるような医者でないと手術は無理だが、自分の紹介できる範囲でそういう医師はいない」と言った。ただし、ガン専門のB病院のT先生なら、もしかしたら手術できるかもしれないと教えてくれた。

父親は、ともかくB病院のT先生を訪ねてみることにした。

9月27日は土曜日で、抗ガン剤の副作用が少しましになった直生は外泊の許可をもらい、3週間ぶりに家に帰った。そこで、父母と意見交換をし、9月30日からの2回目の抗ガン剤治療は断ることに決め、代わりに放射線治療だけ行うことにした。また並行して、父親が見つけたB病院の医師を訪ね、手術の可能性を聞くことにした。

29日の月曜日、直生は病院に戻るとすぐに「2回目の抗ガン剤治療はやめたい」と主治医に申し入れた。直生は、1回目の治療後、検査をしても明確な効果が見られない段階から、副作用への不満をさんざん伝えていたので、主治医はあっさり了解してくれた。

そして、翌30日から放射線治療だけを始めた。朝10時、「放射線管理区域」と書かれた扉を開けて中に入ると、ものものしい大きな機械がベッドに向けて置かれていた。〈これが放射線を発射する装置なのか〉と思うと、ちょっと怖い気もした。しかし、「放射線治療は痛くない」と聞かされていたし、今さら逃げるわけにもいかない。直生は覚悟を決めて、促されるままベッドに横たわった。

直生の胸には、あらかじめ放射線を当てる目印がいくつも付けられていた。その目印に放射線が当たるように体の向きを決め、1回数分程度、月曜から金曜まで週5日照射する。これを6週間行う予定である。いろいろな角度から放射線を当て、正常細胞はなるべく傷つけずに、ガン細胞だけをたたくのが目標だ。

実際に放射線を当てられても特に痛いとか熱いとかいうことはなく、同じ姿勢で数分間固定されることを除き、肉体的な苦痛はなかった。

しかし、照射が繰り返されるに従い、その部分の皮膚には軽いやけどのような跡が付き、放射線は確実に直生の体に影響を与えているようだった。

放射線治療が始まったのは美貴子に手紙を渡してから3週間後だったが、なんとその日、彼女から直生の家に手紙が届いた。それを母親から受け取った時、直生の心臓は痛いほど高鳴った。早速、手を震わせながら封を開け、期待して読んだ。しかし、中身は深刻な内容だった。そこには「もう会えない」と書いてあった。

彼女は「ユーイング肉腫」という病気で、左足を膝上で切断しているというのだ。

前略　本多直生さま
ごめんなさい。こんなに返事が遅くなってしまって……。

本多さんの手紙を読んで、衝撃を受けました。病気のこともそうですが、私と境遇が似ていたからです。

すぐに返事を出そうと思いましたが、書き始めると、私自身についての知られたくないことまで書かなくてはならず、悩みました。

どうせ、お返事を出しても、この先、何かにつなげられるわけではないので、もう返事を書くのはやめようかとも思いました。

けれど、あなたの手紙を読み返すと、その切実な想いが伝わって来て、涙を抑えることができませんでした。この手紙に返事を出さないような、そんな人間ではいけないと思い直しました。

だから、自分にとって、嫌なこともすべて書きます。

実は、私こそ、あなたに隠していたことがあります。それは、私が、やはりガンの一種のユーイング肉腫という病気で、そのために、左足を切断しているということです。しかも、私の場合は病気に気付くのが遅くて、足を切っても、どこか体の別の場所に転移している恐れがあり、毎月、その兆候がないか検査をしています。

この病気が判明したのは、去年の5月、私が大学に入って間もないころでした。

その前、大学受験が終わったころから左足に痛みがあったので、近所のお医者さんには診てもらっていました。そのお医者さんのお話では別の病気だという診断で、薬をいただき、様子を見ていました。卒業、入学と重なったので、ほかの病院には行きませんでした。

しかし、一向に良くならず痛みがひどいため、大学に入って一段落した5月に、今、本多さんが入っているA病院で診ていただいたのです。その結果、ユーイング肉腫であることが分かり、病気が進行していたため左足を膝上で切らなければなりませんでした。

足を切った時、私はまだ18歳でした。想像してください。普通なら、大学に入って夢いっぱいでこれからという18歳の女の子が片足を切られ、さらに抗ガン剤の治療も受けて、副作用で赤ちゃんが産めない体になるかもしれないと言われたのです。

それ以来、治療に努め、今年の4月からは大学にも復学しましたが、片足ってものすごく不便です。そんな自分は、もう、男の子と交際したり、そういうことはないんだろうと思いました。いつ再発するかも分かりませんし……。この髪の毛だって、ウイッグ（かつら）なのです。転移が起こらないように、手術前から合わせると1年近く抗ガン剤治療を続けてきたので、髪の毛は抜けてしまいました。その後、また生えてきましたが、まだ短いので、ウイッグを付けているのです。入院前の髪型から変わるのが嫌なんです。最近では、抗ガン剤の影響で心臓の筋肉が弱っていることも分かり、薬を飲んでいます。もう八方塞がりです。

驚いたでしょう？　私の実態を知って……。がっかりしたでしょう？　だから、あなたには本当の私を知られたくなかったのです。

私の方こそ、こんな病気を持っているので、あなたにお会いする資格はないのです。でも、あなたと会っている時は、まるで健康な普通の女の子のような気持ちになって、とても幸せでした。私も健康だったら、こんなふうに男の子と楽しくお話できたんだなぁって思いました。……だから、私の本当のことは知られたくなかったのです。

あのまま会っていれば、いずれは私の本当のことが分かる日が来て、あなたも私も結局は悲しいことになってしまうのは分かっていました。だから、私の退院を機に、お別れすることにしたのです。

せめて、あなたとの楽しいひと時は、きれいな思い出として残しておきたかったのです。

ごめんなさい。これまで隠していて……。

本多さんとの時間は楽しかったし、書いてくださった手紙は「どんなにステキな女の子のことを書いているのかしら」と思うほど褒めてくださって、とてもうれしかった。あなたに、私のような者を好きだと言っていただいて、本当に幸せです。

お互い健康な時にお会いできていたら、どんなに良かったでしょう。

でも、ここに書いたのが私の現実です。

ですから、お互いのために、もうお会いすることはできません。

とても悲しいですが、どんなにまたお会いしたいと思っても、それはかなわないことなのです。

なので、私の住所は書かずにお手紙を出します。失礼をお許しください。

あなたのご病気が良くなり、あなたの未来が幸せに包まれることをお祈りします。

かしこ

青木美貴子

読みながら、直生は涙があふれるのをどうすることもできなかった。一つは美貴子が深刻な病気であることにショックを受けたこと、もう一つは、手紙の中に書かれた美貴子の切ない思いに涙が出たのである。

彼女は、ものすごくいろいろなことを考え、直生のことも気遣って書いてくれていた。それが手に取るように分かった。だから返事に３週間もかかったのだと思った。

直生は、屋上に出てスマートフォンを点け、「ユーイング肉腫」について調べてみた。秋の空は真っ青に晴れ渡っていたが、明らかになる病気の実態は恐ろしいものであった。

インターネットの情報によると、この病気は、小児や20歳くらいまでの若い人に発生するガンの一種で、ユーイングという人が見つけたことからこの名が付いたという。悪性の骨腫瘍の５％程度に発症する稀《まれ》な病気とのことである。骨の腫瘍であるにもかかわらず骨の外への進展が速く、痛みや周囲の腫れがとても強いとある。そして、骨や肺などに転移しやすく、５年生存率は10～40％程度と悪性度が高いと書かれていた。「年齢が15歳以上」の症例は治りにくいという記述もあった。

それを読んで、直生は茫然とした。彼女の病気は、簡単なものじゃない！　なぜ……、なぜ彼女がこんな病気になるのか？　自分にガンがあると分かった時も同様に思ったが、彼女の病気は、それにも増して理不尽で非情なものだと思った。

そうしたユーイング肉腫に関する情報を理解したうえで、もう一度、彼女からもらった手紙を読み返し、よく考えてみた。

自分も深刻な病気だし、彼女の病気も同様に深刻なものである。ネット情報によれば、5年後の生存率は、直生が2割程度、美貴子が1～4割程度だ。

常識から考えれば、ここから何かをスタートさせるのは難しいかもしれない。

しかし、お互い治る可能性がないわけじゃない。彼女も「あなたと会っている時は、とても幸せでした」と書いてくれた。それなら、むしろ二人が会うことはお互いの励みになるのではないか？　交際してくれと言うのが適切でないならば、友達だっていい。直生は、心の底から美貴子に「会いたい」と思った。

そこで、再度、手紙を書くことにした。もし、僕に会うのが嫌でなかったら、一度でいいから会ってほしいと……。

前略　青木美貴子さま
お手紙をくださり、本当にありがとう。
もう返事はないものと諦めかけていましたので、家族からこの手紙を受け取った時、驚きのあまり心臓が飛び出そうでした。
言いたくない病気のことまで書いてくださり、誠実なお気持ちに感謝します。

青木さんが、なぜそんな病気になったのか……。病気を憎みました。僕の病気もそうですが、理不尽だし、この世には神も仏もないように思います。けれど、現実に起きてしまったことは仕方がありません。同じような立場の僕が言っても説得力はないかもしれませんが、お互いまだ二十歳なんだし、必ず治しましょう！　きっと良くなると信じています。だから、今の自分に悩むより、未来に目を向けませんか？

病気のことを書いてくださったので事情は理解しましたが、僕はそんなことでガッカリなんかしません。むしろ、今まで以上に青木さんが愛しくなりました（僕は今までほとんど女の子を好きになったことがないので、こんなことを書くのは恥ずかしいのですが、なぜか青木さんに対しては「愛しい」と書けるし、書きたい！）。

青木さんが「あなたも私も結局は悲しいことになってしまう」と書かれた気持ちは分かります。「もうお会いすることはできません」という気持ちも分かります。

けれど、僕は青木さんに会いたいです。お顔が見たいし、声が聞きたいとも思ってしまいます。病気の僕がそんなことを思うのって、とても非常識な悪いことなのでしょうか？

もちろん、青木さんが本当に再会を望まないのなら、僕は諦めるしかありません。

けれども、青木さんは、僕と会っている時は「とても幸せ」で「本多さんとの時間は楽しかった」とも書いてくださっています。それなら、僕は青木さんに会いたい！　９月初めの屋上の日々のように、青木さんの顔を見て、瞳の動きを見てお話することは、何ものにも代えがたく素晴らしいことだと思ってしまうのです。
僕は、どうすれば良いのか、すごく迷い、困惑しているんです。

だから、いけないことかもしれませんが、伺ってしまいます。また、せめてもう一度、会っていただけませんか？ それとも、これはとても非常識な好ましくないお願いなのでしょうか？
（非常識だと思ったら、ここで読むのをやめてください）

よくよく考えると、お互いに病気があったとしても、「友達として会ってください」というお願いならば、青木さんが楽しいと思ってくださるなら何ら問題はないようにも思います。それとも、病気の僕がこういうお尋ねをすること自体、間違っているのでしょうか？ ……あまり考えると、自分ではよく分からなくなります。
青木さんがリラックスしたい時、
青木さんが笑いたい時、
マンガや趣味などの話をして、励みや新たな活力を得たい時……
――そんな時に、会っていただくことはできないでしょうか？
せめて、もう一度だけでいいから会っていただけないでしょうか？

もちろん、僕にとって、青木さんの幸せは何より大切なことですから、会うことを好ましくないと思うのでしたら、もう申しません。どんな答えでも、笑顔で受け入れます。その場合は、これでやり取りするのも最後になるでしょう。

僕にとっては、この世に青木さんがいるというだけでうれしいので、会うのがかなわなくても大丈夫です。９月初め、青木さんに出逢い、屋上で楽しく語り合う機会を持てただけでも、僕にとっては信じられないくらい幸せなことです。

こんなに心から好きだと思える人にめぐり逢えたのですから、それだけで青木さんにも神様にも感謝したいくらいです。

どうぞ、率直なお気持ちを聞かせてください。

草々

本多直生

そして最後には、自分の電子メールアドレスを書いておいた。

3

問題は、どうやってこの手紙を彼女に渡すかだ。彼女の住所を調べて送るのが一番だが、病院に聞いても「個人情報ですからお教えできません」と言うだろう。

まず、「フェイスブック」をはじめインターネットで探してみると「青木美貴子」という名前は複数出て来たが、彼女らしき人はいなかった。

次に、電話の番号案内で調べることを考えた。病院の屋上で話をした時、彼女は「世田谷区に住んでいる」と言っていた。親のファーストネームは分からないが「世田谷区に住む青木さんの電話番号を教えてください」と尋ねれば、数軒に絞れるかもしれない。

しかし、実際に調べてみると、世田谷区に住む「青木さん」は81軒もあり、このほかに「電話番号簿へ掲載しない世帯」があるとのこと。この方法で探すのは無理そうだった。

直生はあれこれ考え、こうなったら、1階ロビーにある「受付機」を見張って、美貴子が来院するのを待つしかないと思った。

美貴子は「毎月、再発がないか検査をしている」と書いていたので、毎月、小児科外来へ受診に来るはずだ（ユーイング肉腫は小児ガンの一種なので、この病院では「小児科」が担当だった）。受診の際は診察カードを「受付機」に通すため、ロビーで見張っていれば必ず会えるはずである。

問題は、いつ受診に来るかだ。

前回は、9月1日に入院し、9月9日に退院している。毎月、定期的に受診しているなら、前回9月上旬に検査した後は、1カ月後の10月上旬に検査に来るのではないかと思われた。

直生は、美貴子から9月30日に手紙をもらい、すぐに返事を書き、手紙をどうやって渡そうかと考えたのは10月1日の午後だった。だから、すでに10月1日に美貴子が来院していたらチャンスを逸したことになるが、翌10月2日以降の来院なら、そこで会える。もし見かけたら、手紙だけ受け取ってもらおうと思った。

直生は心を決め、10月2日から外来の「受付機」を見張ることにした。1階は、会計を待つ人や初診の手続きの人などで混雑しているため、その人たちに紛れて「受付機」を見張るのは容易なことに思えた。

ただし、美貴子が何時ごろに来院するかは分からなかった。受付は朝8時半に始まり、午後に来院するケースも考えられる。ずっと見張っていたいところだが、放射線治療が始まっていたし、先生の回診もあった。

取りあえず、この計画の初日である10月2日は前回の美貴子の入院からおおむね1カ月後に当たるため、朝8時20分ごろから1階ロビーの椅子に陣取った。そして、放射線治療以外のすべての時間、「受付機」を見張ってみた。

実際に見張ってみると、特に朝は受付機を通す人が多かったが、受付機は5台が1列に並んでいたので見逃すことはなさそうだった。ただし、美貴子は親と一緒に来るかもしれず、足の悪い美貴子に代わり、親が受付機を通すかもしれない。したがって、受付機だけでなく、周辺にも目配りする必要があり、相当の注意を要した。

1日目は何ごともなく過ぎ、午後4時には受付機を通す人もなくなったが、結局、美貴子は現れなかった。直生は、お昼も食べず7時間以上も集中していたので、落胆も混じり大きな疲れを感じた。

しかし、他に方法がない以上、直生はこの方法に賭けるしかなかった。

そこで、翌日も、朝8時20分ごろから受付機の見える場所に座った。前日は、ずっと自分のベッドを空け、昼食も手を付けなかったため看護師から注意を受けたが、今は美貴子が一番来院する可能性が高い時期なので仕方がない。

　しかし、結局、この日も美貴子は現れなかった。


　こうして1週間見張ってみたが、美貴子は現れなかった。直生が回診や昼食時にたびたび不在なので、病棟に知れ渡り、直生はとうとう看護師長に問い詰められた。

「毎日、昼食も取らずに四六時中どこへ行っているのですか？」

「いや……、ちょっと……」直生は、それしか言えなかった。

「入院中は、病院のルールを守ってもらわなくては困ります」

「はい。……それは……分かっています」直生は、うなだれた。S師長の言うことはもっともで、返す言葉がなかった。しかし、受付機を見張らないわけにはいかない……。

「何か事情があるのなら、話してください」

　S師長にとって、直生は息子の世代だったし、1カ月以上入院して来てこれまでとても真面目だっただけに、何か特別なわけがありそうだと感じてくれたようだった。

　直生は、この先も受付機を見張り続けるためには、本当のことを話す必要があると思い、事情をかいつまんで説明した。

　S師長は、その話を親身になって聞いてくれた。

「そう……。手紙をその子に渡したいのね？　う～ん。その子の住所は個人情報だから病院としては教えられないけど……、何か方法があるか考えてみるわね」

「えっ⁉　本当ですか？」

「期待しちゃダメよ。病院には病院のルールがあるから……。でも、考えてみましょう」

そう言うと、Ｓ師長は病室を後にした。

その日の午後、Ｓ師長は、小児科部長のＫ先生に相談した。Ｓ師長は、小児科勤務の経験があり、Ｋ先生とは旧知の仲だった。

Ｋ先生に話すと、意外な相談に初めは驚いたようだったが、

「いっぺん、その本多くんという子に話を聞いてみるかな」と言ってくれた。

Ｋ先生に呼ばれ、直生は、二人の手紙を交互に確認しながら、どんなやり取りだったかを一生懸命説明した。小児科部長のＫ先生は50代後半の先生で、長年小児科医をしてきたこともあり、子供に対する時のやさしい表情で直生の話を聞いてくれた。そして言った。

「分かった。本来は、患者のプライベートには立ち入らないことが原則なんだが、君の気持ちも分かる。また、君の話すとおりなら、青木さんにとっても君の気持ちは大切なことかもしれない」そこで一息つくと、心を決めたように言った。「よし、今度の受診時に青木さんに手紙を渡してあげましょう。ただし……」Ｋ先生はそこで言葉を切った。

「ただし？」直生は、緊張に胸をドキリとさせながら尋ねた。

「ただし、青木さんは自分の手紙に住所を書かなかったくらいだから、君の手紙を受け取らないかもしれない。その場合は、残念だが渡すことはできないから、そのつもりで……」

「はい。分かりました。……お願いします」

直生はそう言うと、美貴子への手紙をK先生に託した。

4

この間、直生の父親は、ガン専門のB病院へ行き、呼吸器外科部長のT先生を訪ねた。T先生は、一度肺の画像データを見せてほしいと言い、父親は翌週、画像のコピーを持って再訪した。

T先生は、直生の肺の画像を真剣に見、やがて言った。

「たしかに大きなガンですが、扁平上皮ガンなので、手術ができるかもしれません。この画像を撮ってからも1カ月半ほど経っていますし、周りの組織への浸潤や他の臓器への転移なども調べないと手術の可否が判断できませんので、うちへ転院して検査を受けていただきたいと思いますが、いかがでしょうか」

直生の父親は、初めて手術の可能性を聞かされて、希望をつかんだ気がした。

「なるべく早く連れてまいりますので、よろしくお願いします」

そう答えると、その足で、直生の入院する病院へ向かった。

父親から話を聞き、直生も期待を持った。手術できるかもしれないという医師は今回が初めてだった。T先生は著名な医師であり期待が持てる。

すぐにもB病院へ行きたいところだったが、入院中の病院では、直生への放射線治療が進んでいた。放射線治療の効果は大きく、10数回目から顔のむくみが治り、咳もほとんど出なくなった。

胸に静脈が浮き出ていたのも消えた。放射線治療は、１回始まると６週間程度かかると聞かされていたため、直生としては、治療が一段落したところでＢ病院に転院したいと思った。Ｂ病院へ行くのは遅くなるが、仕方がない。

父親もそれに同意した。Ｂ病院でも、まずは検査からスタートするため、検査の結果が出るまでには日時を要する。その間にガンが大きくなってしまうかもしれず、それならば、すでに始まっている放射線治療を優先すべきだと考えた。

そんな中、直生に朗報が伝えられた。美貴子が手紙を受け取ってくれたのだ。10月15日のことであった。Ｓ師長が明るく言った。

「Ｋ先生の話によると、青木さんは、手紙のことを聞いて最初は驚いたようだったけど、手紙を渡すと、ちゃんと受け取ってくれたそうよ」

「ありがとうございます。後でＫ先生にもお礼に行って来ます」

直生は、ひとまず安心した。これで美貴子に伝えるべきことは伝えた。返事がないかもしれないが、なかったらそれが彼女の返事だ。それでいいと思った。

そのまま日が経ち、美貴子からの返事は来なかった。けれども、直生は手紙を受け取ってもらえたので、あとは静かに待つことにした。

放射線治療に要する時間はわずかだったので、直生は、毎日病院の屋上へ出て、本を読んだり、もの思いにふけった。10月の屋上は秋の爽やかな風が吹き抜け、心地よかった。

〈ああ、1カ月半ほど前は、ここで青木さんと話をしていたんだなぁ〉

もうずいぶん前のことのように思い出していた。彼女も病気だと知った今、最初の手紙を書いた時より、さらに切実に彼女のことを想った。

「青木さんが、今日も元気で、たくさんの幸せに包まれますように……」

いつしか直生は、屋上に上がると美貴子の住む世田谷に向かいそう祈るようになった。

「青木さんの病気が完治して、素晴らしい未来が開けますように……」とも祈った。

心を込めて手を合わせて祈った。

直生は〝神様〟を信じていなかったから、何に向かって祈っていたのかは、自分でもよく分からなかった。ただ、何か大きなものに向かって祈らざるを得ない気持ちだった。

たとえ、美貴子から返事が来なくても、この祈りはずっと続けていこうと考えていた。


1週間しても、2週間しても、美貴子からの返事はなかった。最終的に返事がない場合は、それを返事として受け止め、この気持ちは思い出の中に沈めようと覚悟を決めた。しかし、それでも一日会いたいという気持ちはどうすることもできなかった。気が付くと、

「青木さんに会いたいなぁ」

と声に出してつぶやいている自分がいた。

けれども、美貴子の方から返事がない以上、もう手紙を出すわけにはいかない。それが分かっていたので「やっぱり諦めるしかない」との思いは日に日に大きくなっていった。

ある時は、病院に外出許可をもらい、美貴子が通っていると言った西荻窪にある女子大へ行ってみた。そこへ行っても、おそらく美貴子には会えないだろうと思ったが、それでも、〈一日会えたら……〉との思いに突き動かされ、学校の正門前にあるインテリアや小物のお店に入り、行き交う人をしばらく見ていた。もちろん、会えるはずもないのだが……。


こうして、美貴子に手紙が渡ってからまた3週間が過ぎようとしていたころ、直生の自宅宛に美貴子から手紙が来た。そこには、こうしたためられていた。

「本当は、もう会わない方がよいという気持ちは変わりません。けれども、あの病院の屋上を最後に、それっきりというのは、私も悲しい気がします。だから、自分でも言うことが矛盾していておかしいと思うのですが、もう一度だけお会いしたいと思います。ちゃんとお会いして、しっかりお話をしましょう」

もう一度会えることになり、また封筒には美貴子の住所が記されており、直生は狂喜した。しかし、文面は「ただし、お会いするのは、本当にもう一度だけ」という言葉で結ばれており、彼女の覚悟を感じさせた。

直生は、美貴子に手紙を書き、次週とその次の週の土曜・日曜で都合のよい日はないかと尋ねた。そして、日程の調整についてメールで返事をもらえませんか、と書いた。

これに対して、彼女からメールが来て、11月15日の土曜日に二人で会うことになった。

5

11月15日の12時に、直生は、井の頭公園のそばにあるイタリアン・レストランの入り口で美貴子と待ち合わせた。

それは、直生にとって、美貴子との念願の再会の日であり、初デートと言ってよかった。しかし、最後になるかもしれない日でもあった。直生は、複雑な思いで何を話そうかいろいろ考え、メモを作って胸ポケットに入れた。しかし、考えはまとまらず、そんなメモが役に立たないことは自分自身が一番よく分かっていた。

〈とにかく、これが最後になるとしても、正直なありのままの自分で接しよう……〉

そう心に決めていた。

直生は、待ち合わせ場所に20分前に着き、吉祥寺駅から来る道を見つめていた。11月も半ばであったが、土曜のお昼どきなので、道は思ったより人が歩いていた。

〈この道に、もうすぐ青木さんが来る！　あと30分後には確実に会っている！〉

そう思うと、限りない喜びが湧き上がってきた。

やがて、直生の目は、吉祥寺駅から来る道の彼方に、美貴子の姿を見つけた。その姿はとても遠かったが、直生にはすぐに分かった。そして、同時に、直生はこの店を待ち合わせ場所に選んだ自分の配慮のなさを後悔した。

美貴子は、杖《つえ》を突いて、一歩一歩こちらに向かって歩いていたのだ。

あんなに美貴子のことを考えていたはずなのに、駅から5分とはいえ一人で歩かせてしまうなんて……。なんと配慮が足りなかったのだろう！　そう思いながら、直生は、慌てて美貴子に向かって走り出した。

美貴子は、メールに「今は歩けるし、自宅から車で行くので、お店で待ち合わせましょう」と書いていた。それで、直生は、待ち合わせをお店にしたのだが、この細い道に車で入って来るわけもなく、彼女が歩くことになるのは想像できたはずだ。それに気付かないなんて……。

直生は、悔いながら走った。道は大勢の人が歩いていたため、避けながら、とにかく走った。走りながら涙が込み上げたが、構わずそのまま走った。途中から、人混みの中で目立つようピョンピョンとジャンプし、彼女に向けて手を振った。

美貴子の前にたどり着いた時、涙が滲《にじ》み、鼻水も出、髪の毛もぐちゃぐちゃになっていたが、構わずに言った。

「来てくれて、ありがとう！」

美貴子は、直生の姿を見てちょっと笑いそうになり、おかげで久しぶりに直生に会う緊張が一気に吹き飛んだ。そして、やさしい目をして言った。

「こんにちは……。お久しぶりです」

微笑む彼女を見て、直生は、まぶしさに目を細めた。もう二度と会えないと思った美貴子にやっと会えた！　こうして会える日が来て、感激だった。

彼女は、おしゃれをして来てくれた。白いセーターにクリーム色のふんわりしたスカートをはいていた。

病院の屋上で会った時、彼女の素肌は十分にきれいだったけれど、その日はほんのり薄化粧をし、淡いピンクとオレンジ色が混ざったような口紅を付けていた。直生は、こんなふうに彼女がおしゃれをして自分のために時間を作ってくれたことが、とてもうれしかった。

「こんにちは……。本当にお久しぶりです」

直生は、そう言いながら、清楚《せいそ》な美しさに包まれた彼女をまぶしく見た。

そして、こわばる頬を精いっぱい笑顔にして言った。

「すごくうれしいです。けれど、何だか緊張します」

舞い上がりたいくらいうれしいのに、緊張もあり動きがぎこちないのが自分で分かった。

「すごく元気そうですね。良かった！」

直生の病状を心配していた美貴子もにっこり笑って、屈託なく言った。その笑顔を見て、直生も少し緊張が解けた。

「青木さんに会えるんだから、飛び跳ねたいくらい元気です！」今度は、少し自然に言えた。

「少し痩せましたか？　何だか前より精悍《せいかん》な感じがします」

「ははは……、引き締まった今の方が、僕の本来の姿なんです」

さすがに、以前は顔がむくんでいたとは言えず、直生は笑ってごまかした。

そして、美貴子の歩調に合わせて、ゆっくりレストランへ向かった。

「ごめんなさい。最近はいつも〝杖なし〟で歩けたんですけど、張り切り過ぎたのか、きのうから足が痛くなってしまって……。杖なんてカッコ悪くて泣きたいです」

美貴子は杖を突いていることを謝っているらしかったが、直生は、隣に美貴子がいるそれだけで幸せだった。

レストランの入り口には4段ばかり階段があり、扉の中にはさらに10数段の階段があった。店に着いて初めて知ったのだが、お店は2階なのだ。そこで直生は美貴子に手を差し伸べた。美貴子は「ありがとう」と言い直生の手を取った。お店は友達の紹介で知ったため、こんなに階段があるとは知らなかった。失敗したと思ったが、一方で、直生は美貴子と手をつなぐことができ、うれしかった。美貴子の華奢な手は、今日はほんのり温かかった。

レストランには予約を入れていたので、井の頭公園の木々が窓外に広がる良い席に案内された。店内は白を基調にした明るい空間で、落ち着いて清潔感があった。

事前のやり取りで、美貴子は「好き嫌いがない」と言っていたので、直生はコースを予約していた。料理のことはよく分からなかったし、料理の注文に手間取るより、美貴子とたくさん話したかった。

「お飲み物は何にいたしましょうか？　最初はシャンパンになさいますか？」とウエイターに聞かれて、直生は「シャンパン、飲みますか？」と美貴子に聞いた。しかし、「ごめんなさい。アルコールはダメなの」という返事なので、二人ともウーロン茶を頼んだ。

直生は、今日のことはすべて覚えておきたかったので、意識を鮮明にするためにもアルコールは飲まないのが正解だと思った。

目の前に美貴子がいる。あれほど会いたかった美貴子がいる！　直生は胸がいっぱいになった。

そして、今日は病気のことを忘れるくらい笑わせて、楽しくしてあげたいと思った。

「青木さん、今日は来てくれてありがとう」

直生は、改めて言い、丁寧にお辞儀をした。美貴子は微笑み、

「今日はお誘いいただいて、ありがとうございます」と答えた。

「屋上のとき以来ですね。覚えていますか？　青木さんの似顔絵を描いたりして……」

「もう2カ月以上も経つかしら……。でも、もちろん覚えていますよ。とっても楽しかった……。

私にとって宝物のようなひと時だったたんですもの」

「僕にとっては宝物でしたが、青木さんにとってはそうでもないのかと思っていました。だって、
急に『もう、会えない』なんて言うから……」

「その理由はお手紙に書いたとおりです。いじわるね」

美貴子は、少し怒ってみせた。

「話は違いますが、青木さんって話し方が上品というか、ちょっと昭和の映画みたいですね」

「えーーーっ、そうですか？」美貴子は、驚いた表情をした。

「だって、僕には妹がいるんですけど、そんな『なにですもの』とか『なになにかしら』なんて、絶対言わないですよ」

「それは、今、まだ会ったばかりで少し緊張しているのと、もう一つは、私のお母さんがそういうしゃべり方をするからかもしれません」

「お母さんもそういうしゃべり方なんですね？　うちは違いますけど……」

「ええ。私、小さいころは兄と一緒に遊んでいたので、木登りしたり、自転車の後ろに木の板を引いてそれに乗ったり、主に男の子と遊ぶようなお転婆だったんです。水泳が得意だったし、いつも日焼けして真っ黒でした」

「えー⁉　そんなイメージないですけど」

「とんでもない！　今だって、そういう部分は残っています。というか、本質的には変わらない気がします。でも、高校に上がるころだったかしら、少し女の子らしくなりたいと思って、母のしゃべり方を真似るようにしたんです。最初は変な気もしたんですけど、いつの間にか、それが普通になりました。でも、そんなに同世代の子と変わらないと思いますよ」

「いや、うちの妹とは全然違います」

「妹さんがいらっしゃるんですね」

「ええ。一つ下の年子で、今、アメリカに行っています」

「え⁉　アメリカですか？」

「そうなんです。昔からアメリカの音楽とか大好きで、将来は、歌手かネイルアーティストになるって言ってます。高校のころから東京ドームで、背中にビールのタンクを背負ってビール売りのアルバイトをしてお金を貯め、この夏からアメリカに行ってしまいました。もちろん、親の支援もあるので行けたんですけど……」

「すっごく行動的！　うらやましいです」

美味しい料理を食べながら、そんな話をした。

直生は、中学・高校時代は髭《ひげ》をボーボーに生やして、自分がいかに変な奴だったか、いかにモテなかったか、先生にもどれだけあきれられていたか——などを話した。直生のとんでもない話に美貴子はちょっと引くこともあったが、総じてお腹を抱えて笑っていた。

美貴子もつられたのか、中学2年生の時、スケートボードで通学していた話をした。

「えーーーっ⁉　青木さんの中学は、そんなのＯＫだったんですか？」

「特にダメとも言われてなかったんです。うちの近所ではスケボーが流行っていて、休みの日は友達とそのへんを走り回っていました。私の場合、通学路が住宅街だったので、安全だったんです。で、毎日じゃないですけど、遅刻しそうな日とか、スケボーで行ったんです」

「で、どうなったんですか？」

「1カ月くらい断続的にスケボーで通っていたら、先生が気付きました。職員室で怒られたので、校則には『自転車通学は許可制とする』とあるだけで、スケボーがダメとは書いてありませんと言い返してやりました」

「そしたら？」

「スケボーなんかダメに決まってんだろーーって怒ってました」

「う〜ん……先生の言うことも分かる気がする」

「以来、校則に『通学は、徒歩で行うものとし、自転車通学は許可制とする（スケートボード等は認めない）』と追加して書かれ、私はしばらく皆に〝レジェンド美貴子〟って呼ばれていました。校則を書き変えさせた女って」

「レジェンド美貴子……。いいなぁ、伝説の女になったんですね」

そんなやり取りをして、お互いお腹が痛くなるまで笑って、楽しい時間を過ごした。

気が付くともう午後2時半を回っていた。この店のランチタイムは午後3時がラストオーダーなので、あと1時間くらいはいられそうだったが、そろそろ真面目な話もしなければならない。

そこで、直生は切り出した。

「楽しいなぁ。今、青木さんが目の前にいて、生き生き話をし、笑顔を見せてくれて、本当に楽しいです。夢のようです」

「ありがとう……。私も、久しぶりに本多さんとお話できて、とても楽しいです」

「よかった！　でも……、手紙には、もう一度だけ会いましょうとありましたが、本当に、もうこれっきりになってしまうんでしょうか？　それとも、またこんなふうに会うことができるんでしょうか？」

「………」

美貴子は、一瞬、虚をつかれたように直生の目を見たが、やがて視線を外し、窓の外の井の頭公園の木々に目を向けた。そして、しばらくして、ポツリと言った。

「本当は……、もっとこんなふうにお話がしたいです」

「だったら……、だったらまた会いましょう！」

「でも現実は違うの。現実はもっと残酷なの……。最初、私は片足がないことをあなたに知られたくなかった。会えない一番の理由はそのことだったかもしれない。でも現実に片足がないんだし、それは手紙でも伝えたし、今日こうしてここに来るのはすごく勇気が要ったけれど、自分さえ恥ずかしがらなければ、ここに来ていいのだと思いました」

「そうです。来ていいどころか、今日会って、ますますあなたの素晴らしさを知りました。前より、もっともっとあなたを好きになりました」

「でも、片足がないことよりさらに重大なのは、私の病気は将来のことが分からないので、本多さんに会う資格がないということです。これは分かってください」

「資格がないなんてそんな……」

そこまでは言ったが、直生はその先、何も言えなかった。将来のことが分からないので会う資格がないというなら、直生だって会う資格がない……。美貴子がそう思っているのだったら、返す言葉がない。

沈黙が続き、あたりはだんだん日が傾いてきた。今日は、もうあと頑張っても30～40分しか時間がないだろう。

〈あと30～40分ほどで、もう二度と会えなくなるかもしれない……。何か話さなければ……。でも何を？　ええい、ここは、何もかも正直に心をさらけ出して真心だけでぶつかろう〉

直生は開き直り、もう説得することなど考えず、真心だけで話そうと思った。

そして、言った。

「将来のことが分からないので会う資格がないと言うなら、僕だって会う資格はありません。そういう考えに立てば、本当は、僕のような病気の人間が『会ってほしい』なんて手紙を書くこと自体が常識外れのとんでもないことなのでしょう。でも、将来のことは、健康な人だって分かりませんよ」

　直生は、真っすぐに美貴子を見て続けた。

「青木さんは、きっと、ちゃんと病気が治って幸せな人生を歩む人だと思います。あなたは素晴らしい人だし、きっとこれからステキな人生が待っているでしょう。でも、あなたについて一つだけ心配な点があります。それは、自分の病気を気にするあまり、未来に向けて積極的な気持ちになれていないように見えることです。そのことだけが気がかりです」

「そんなことはありません。私だって未来に向けて積極的な気持ちで歩いていこうと思っています」

「それならば大丈夫。あなたが積極的な気持ちでいれば、素晴らしい未来が開けるし、ステキな出逢いもあるでしょう。僕なんか比較にならないような良い人が待っているんだと思います。だから、あなたが未来に向けて積極的な気持ちで生きていくなら、僕は、あなたのことがどんなに好きでも、あなたを遠くから応援するだけの人になります。あなたの幸せが一番大切です。あなたにはものすごく会いたいですが、どんなに会いたくても、あなたの未来を邪魔するようなことはできません」

「邪魔するなんて、そんなふうに考えていません」

「もちろん、それは分かっています。あなたはそんな人じゃない」

「私だって、本当はもっと本多さんに会いたいです。それだけは、分かってほしかったことです」

「ありがとう。それだけで十分です。とにかく、病気のことを気にして『将来のことが分からないので会う資格がない』なんて、誰に対しても言わないでください。もっと普通の二十歳の女性に戻って、彼氏をバンバン作ったりするべきだ」

「そんな……。あなたには、私の気持ちなんて分からないんです」

「ごめんなさい。言い過ぎました。けれど、僕は、あなたが幸せに包まれることを願っているんです。病気が治らないことを前提に考えるのではなく、治る前提で前を向いてほしいんです」

「でも、片足を失くし、再発の恐れを抱え、心臓にまで問題がある人間に、それを気にするなというのは無理だと思います」

「もし、同世代の健康な人たちに対して気後れがあるなら、気後れがなくなるまでの間でいいから、友達でいいので僕と会ってくださいませんか？　あなたの気持ちが、病気を吹っ切るまででいいから……。その間、僕がいっぱい笑わせてあげるから、僕がいっぱい楽しくしてあげるから……、友達でいいから……、一緒の時間を持ってくださいませんか？　僕を未来に向けた心のリハビリの材料にしてくれていいですから……」

　気が付くと、直生は涙を流していた。

〈なぜ、僕は泣いているんだろう。彼女に会いたくて哀願しているのか？　それとも彼女の幸せを願って泣いているのか？〉

直生は、自分自身でも泣いている理由が分からなかったが、とにかく、病気で閉ざした彼女の心を真剣に開いてあげたいと願っていた。自分が相手でなくてもいいから、「将来のことが分からないので資格がない」なんて言わず心を開いてほしい。彼女に幸せになってほしい……。それだけを切に願っていた。

「本多さん……」彼女も目を潤ませていた。「あなたの言いたいこと、少し分かります。私のことをそんなに想ってくれてありがとう。本当にうれしいです。私だって、本当はもっと前を向きたいし、本多さんに会いたいんです。だから、そんなふうに自分を言わないで……」

「僕は、青木さんが病気であることも、足を手術されたことも、気にしていません。僕だって簡単な病気ではないので、もし、青木さんが僕の病気を好ましくないと思うのなら、もう『会いたい』なんて言いません。でも、青木さんが自分の病気のことを気にして僕に会えないと言うのなら、それは考え違いです。僕は、あなたの病気のことは一切気にしていません」

「気にしないと言われても、それでは先のことを考えなさ過ぎです。現実を見なければ……」

美貴子はそこで言葉を切ると、意を決したように続けた。

「私の場合、5年生存率は多分2割ないと思います。先生がそう言ったわけではないけど、インターネットなどで調べると、私のような年齢で、発見が遅れた症例は予後がとても悪いの……。だから……現実を見たら、私には本多さんの言うように考えられないんです」

直生は、「5年生存率は2割ない」という言葉にひるみかけた。しかし、負けずに言った。

「僕の現実だって厳しいです。それは、はっきり認識しています。でも、そんな現実を見ているからこそ、迷いがないのです。今、僕が考えるのは、病気を治すことだけです。病気の克服が確実になるまでは、今この瞬間を生きることがすべてです。僕には明日が見えないから、今この瞬間がすべてなのです。そして、今、僕は、青木さんに会いたい！　青木さんと会っている時間だけが、僕にとって本当に生きている時間なんです。将来、僕は治るかもしれない、死ぬかもしれない。でも、それは今の僕には分からない。それはその時に考えるしかない。僕にとっては、今、治そうと前向きになることがすべてなのです」

直生は続けた。「だから、僕の病気が理由で会えないと言うのなら納得して引き下がり、もう二度と会いたいとは言いませんが、あなたの病気が理由で会えないと言うのなら絶対に引き下がりたくありません。これは、命がけの切実な願いなんです」

彼女は、何も言わず、ただ泣いていた。目に当てたハンカチを指が白くなるほど握り締め、震えていた。

直生は、彼女を泣かせてしまい悲しかったが、かける言葉を失い、茫然とするしかなかった……。

……気が付くと午後4時近くになっていた。アッという間に4時間が経っていた。11月も半ばになり、日が落ちるのが早くなっていた。もう行かなくてはならない。

「駅まで送ります」

ぽつり言うと、二人で店を出た。

そこからは二人ともほとんど無言だった。初めてのデートは、このまま最後のデートになってしまうのか……。

美貴子の母親が駅近くの駐車場まで迎えに来ているそうなので、そこまで一緒に歩いた。

駐車場に着いた時、美貴子の母親は、直生のことをどこまで聞いているかは分からなかったが、軽く会釈して微笑んでくれた。

直生が「今日は、ありがとう」そう言って美貴子に握手を求めると、目を伏せたまま手を差し出してくれた。

「本多さんの気持ちはとてもうれしいです。でも……」

それだけ、小さな声で言うと美貴子は一つお辞儀をして、立ち去って行った。

第3章　愛

1

直生は、美貴子と会った翌日はボーッとしていた。そして、お昼の12時になると、〈きのうの今頃は、青木さんに会っていたんだなぁ〉と彼女が住む方向の空を見ながら思い返していた。

直生は、自分でもどうしてこんなに美貴子に会いたいと思うのか不思議だった。会って何がしたいわけでもない。ただ、会いたい。会って笑顔を見、声を聞きたい……それだけなのだ。それだけなのに、なぜこうまで〝その人に会いたい〟と思うのか？　これが恋というものなのか？

……恋の経験がほとんどない直生には不思議でならなかった。考えても答えはなく、直生は、ただ〝美貴子に会いたい〟という思いに胸が張り裂けそうになるのだった。

その翌日、直生は気を取り直し、美貴子にメールを書いた。それは次のような内容だった。


「こんばんは。本多直生です。

吉祥寺でお会いした日から2日が経ってしまいました。

あの日は、青木さんの前に座り、ずっとお顔を見ながら話をすることができました。

ずっと会いたかった青木さんがそこにいる……。その笑顔を見、声を聞きながら、『ああ、目の前にいるのは、あのかけがえのない青木さんなんだなぁ……』と思って見ている幸せなひと時でした。

あの日は、青木さんから『一度だけ』と言われていた日でした。だから、『これが、最初で最後かもしれない』という思いもありました。

でも、実際に会って、青木さんという存在を身近に感じてお話していると、どうしてもその素晴らしさに我を失って、また、こうした時間を持ちたくなってしまいます。

僕は、もっと青木さんに会いたいと思ってしまうのですが、『会ってもらえませんか？』という問いかけは、してはいけないことなのでしょうか？


前にも書きましたが、僕は、青木さんが元気に生きていてくださるだけで幸せです（たとえ、会えなくても、です。この世で、こんなに好きと思える人にめぐり逢えただけでも、ものすごく幸せなことだと思うのです）。

それが前提なのですが、やはりこの間のように、実際に目の前に青木さんの顔を見て、声を聞いて話をすると、その素晴らしさは何ものにも代えがたく、また会いたくなってしまいます。

会ってたくさんお話がしたい。笑顔を見たいです。

しかし、僕は、今後どうなる命かも分からず、だから、あなたの幸せのことを考えれば、このような僕が会いたがったり、メールを出したりすべきではないとも思います。それが、正しい判断なのでしょう。

その二つの思いがあり、困惑しているのです。

でも、青木さんはこの前、言いました。僕と会うことは楽しいって、もっと会いたいって……。だけど『私の病気は将来のことが分からないので、本多さんに会う資格がない』と言っていました。本当に、それが会えない理由なら、僕は納得できません。そんなことが理由だと言うのなら、僕は『会う資格がない』とは思わないので会いましょう！　僕は、この世に命がある限り、青木さんに会いたいです。1回でも多く、1秒でも長く、会いたいです。

けれども、もし、青木さんが病気の僕を好ましくないと思うのなら、もう『会いたい』なんて言いません。そういう理性は、僕にもちゃんとあります。

どちらなのか、どうかご自分の本当の気持ちをよく見つめてください。

どちらの答えでも、僕は受け入れます。


なお、僕がどんなに青木さんのことが好きで恋心を持ったとしても、青木さんにとって僕はそこまでの存在でないことは承知しています。だから、会っていただくのは〝友達〟としてで構いません。

僕はそれで十分です。もし、僕に少しでも会いたいと思ってくださるなら、どうか、また会ってください。

そして、お互いにとってプラスになるような良いものを……真心や励ましを、分かち合えたら、と望みます。

　本多直生」


このメールに対しては、美貴子からすぐに返事が来た。

「メールを拝見しました。

本多さんの真剣で誠実なお気持ちを書いてくださって、拝見しながら涙を抑えることができませんでした。

このような私をいつも本多さんの純粋な心で見てくださり、本当に幸せに思います。

今は胸がいっぱいで、すぐに言葉に表すことができないので少しお待ちください。

おやすみなさい
　青木美貴子」


直生は、美貴子からすぐに返事が来たことに驚いた。同時に、「涙を抑えることができませんでした」という表現が気になった。直生の気持ちに感動してくれたのならうれしい。しかし、重い病気の人間から真剣な気持ちをぶつけられ、困惑も感じて涙が流れたのなら、それは彼女を苦しめていることになる。

　いずれにせよ、短い文面なので心の内までは読み取れなかった。「少しお待ちください」とあるので、次のメールを待つことにした。

2

11月19日は、友人の上村に呼び出されて、外出許可を取り、吉祥寺の焼き鳥屋で会った。

上村は、直生の小中学校からの友人で、高校は別々だったが、それぞれ浪人した後、大学でまた一緒になった間柄だ。全然女の子と交際したことがない直生よりは男女交際の経験があり、先日、美貴子と会ったイタリアン・レストランも彼が教えてくれたのだった。

「で、お前の体の方はどうなんだ。見たところ、元気そうだけど……」

「うん、抗ガン剤治療と違って、放射線治療は体の負担があまりないので、このとおりピンピンしているよ。顔のむくみも取れたし、放射線は効いていると思うんだ」

「よかったな。いずれにせよ早く良くなって復学してくれよ。せっかく同じ大学になって仲良くやろうと思っていたんだから」

「ありがとう」

「そういや、この間 教えたイタリアンの店、良かったろ?」

上村は、親指で通りを隔てた向かいの建物を指さした。その老舗の焼き鳥屋は、井の頭公園へ降りる階段の脇にあり、4日前に美貴子と会ったレストランのちょうど真向かいにあった。

「うん。中が明るくてきれいで、料理も美味しかったよ。彼女も喜んでくれた」

「だろー。よかった、よかった」

直生は、美貴子とのことを少し話したくなった。

「会話も弾んですごく楽しかった。だけど、やはり、お互いに病気がある身だろう？　後半はそういう話になって、『また、会ってくれますか』と聞いたら彼女が言うんだよ。『私の病気は将来のことが分からないので、本多さんに会う資格がない』って……。それを言われちゃうとね……。僕自身も同じ立場だし、〝病気で今後どうなるか分からない〟というその気持ちが分かるだけに、返事に困っちゃうんだよね」

「で、何て答えたの？」

「病気について将来に不安を持つ気持ちは分かるけど、病気におびえるより前を向きましょう、病気は治す前提で、未来に向けて積極的な気持ちになってくださいって答えた。『将来のことが分からないので会う資格がない』なんて言わないでくださいって……」

「そうだよなー。それでいいと思うよ。本当に好きなのかどうかが大切なんだ。病気におびえちゃダメだ。病気を克服する意志や、病気でも人生を積極的に生きる気持ちがないと、病気に負けちゃうよ。病気が悪くなる前提じゃなくて、必ず良くする前提で考えろって」

上村は快活に言った。健康な人間には、美貴子や直生の心は完全には分からないと思ったが、励ましてくれるその気持ちがうれしかった。

その翌日、美貴子からメールが来た。

「本多さんの真剣なお気持ちを書いてくださったメールを、自分の気持ちを透明にして読みました。

今回のメールだけでなく、これまでにいただいたお手紙を通して、本多さんの私への純粋なお気持ちが何度も伝わってきました。私はそのたびに何度涙を流したでしょう。

前にもメールに書きましたが、このような私を本多さんのような方が好きになってくださり心から幸せに思います。

吉祥寺で一緒にお時間を持つことができて、もう5日が経つのですね。あの日も、病院の屋上でお会いした日々と同じように、アッという間に時間が過ぎてしまいました。本多さんとは9月に初めて会ったのですが、不思議とそのようには思えず、まるで小さいころから知っているような感覚でお話ができます。

本多さんのそばにいると楽しく、不思議と安心感のような気持ちが生まれます。恋心ではないかもしれませんが、私にとってこの安心感、信頼感は大切なものです。

だから、このままお会いできないのは、私も淋しい気がします。

そこで、心を透明に、真っ新《まさら》にして考えてみました。

病気のことなどを考えると、お互い本当は会ってはいけないようにも思います。けれど、本多さんの言うように、お友達として交流するのなら構わないのではないかと思うようになりました。

お互いの興味のあること、楽しいこと、好きなこと、その他、聞いてほしいことなどをメールでやり取りして、会いたくなったときは会いましょう。そんなふうに交流ができればと思います。

ただし、私はとても弱い人間ですし、わがままで淋しがり屋の幼いところがあり、本多さんが思ってくださるような素晴らしい女性ではないと思うのです。それを分かっていただけたらと……（本多さんをがっかりさせてしまうのでは……という心配も実はあります）。

　　青木美貴子」


直生は、その文面を見て胸がいっぱいになった。

また会えることはもちろんうれしかったが、二人のこれからについて美貴子が一生懸命考えてくれたことがうれしかった。「お友達として」と書いてあったが、それで十分だった。こんな自分……1年後にはどうなっているかも分からないような自分に会ってくれるだけで十分だった。

早速、直生は返事を書いた。

「こんばんは。本多です。メールをくださりありがとう。

またお会いできること、心から感謝し、うれしく思います。

お書きいただいた
『9月に初めて会ったのですが、不思議とそのようには思えず、まるで小さいころから知っているような感覚でお話ができます』

――は、僕もまったく同感です。

そう！　まるで、小学生の時から知っているような気がします！

また、僕に「安心感、信頼感」を感じてくださり、大した人間でもない僕を、そんなふうに言ってくださって、少し恥ずかしいですが、うれしいです。

また、

『これまでにいただいたお手紙を通して、本多さんの私への純粋なお気持ちが何度も伝わってきました。私はそのたびに何度涙を流したでしょう』

――と書いてくださり、僕ごときに涙を流してくださって、もったいないですが、そのやさしい気持ちがうれしいです。

僕の「純粋な気持ち」と書いてくださいましたが、もしそうであれば、それは、青木さんが僕のそういう部分を引き出しているのです。僕には純粋とは言えない面もたくさんあります。でも、青木さんに接すると、僕の中の純粋できれいな人格が出て来るような気がします。

今後、お会いできるとして、大学もあり忙しいのは青木さんの方ですから、日程は、お任せします。

もし、少しでもご負担に感じたら、どうぞ遠慮なく言ってくださいね。

必ず、自分の想いより、青木さんの幸せを優先しますので……。

本多直生」

こうして、メールのやり取りが始まった。

直生は、美貴子と話したいことがたくさんあり、メールをどんどん書きたかった。けれど、美貴子は大学に復学していたので、あまりメールを送っても迷惑かと思い、回数はなるべく控えようと思った。その分、直生が書くものはメールにしては長いものになった。自分の好きなマンガや映画のこと、小説のことや音楽のことなどを書いた。

美貴子の返事はすぐに来た。メールにしては長い返事をくれた。美貴子も映画が好きで、「ローマの休日」とか「サウンド・オブ・ミュージック」とか、特に古い時代の名画が大好きだった。美貴子の両親も映画好きなため、夏休みと冬休みには、青木家の家族全員で映画に行く習慣が小中学生のころにあったそうだ。その後も週末の午後に、父親が集めた映画のＤＶＤを観る習慣が続き、古い名画は、そんな中で観たのだそうだ。それを読むと、美貴子が温かな家庭で育てられ、また美貴子も家族をとても愛していることが伝わってきた。

病室では、スマートフォンの電源を切るルールなので、直生は、屋上に出て美貴子のメールを読み、美貴子へのメールを書いた。屋上で美貴子とメールをしていると、まるで、すぐそばに美貴子がいるような気がした。もう11月も下旬で、屋上は寒い日が多かった。けれど、美貴子のメールに感じる温かさに比べたら、気温は問題にならなかった。

メールは、相手の顔も見えないし、声も聞こえない。しかし、美貴子の心に触れることができ、二人の心がどんどん近くなる気がした。もちろん、会って話をするのが一番だが、会うのとはまた違うその人の内面に触れられる気がして、メールを読むのが楽しみだった。

映画は、直生も大好きだったので、メールで映画の話をしているうち、今度、一緒に行こうということになった。

ちょうど、「グレース・オブ・モナコ　公妃の切り札」という映画をやっていたので、それを観に行くことになった。1950年代半ば一世を風靡《ふうび》したグレース・ケリーという女優は、1956年にモナコ大公のレーニエ3世に嫁いで電撃引退してしまった。そのモナコ大公に嫁いでからの実話を基に作られた映画である。美貴子と直生は、グレース・ケリーをオードリー・ヘップバーン、エリザベス・テイラーと並ぶオールド・ムービーの美人女優として評価していたので、二人ともこの映画には興味があった。

11月30日に、前回11月15日の吉祥寺以来2週間でまた会えることになり、直生は、会えるというただそれだけで、胸の底が熱くなるような幸せを感じた。

当日は、渋谷のハチ公前で待ち合わせた。待ち合わせの定番の場所であり、周囲には大勢の人がいた。しかし、直生が先に着き、美貴子が来そうな方向を見ていると、群衆の中に美貴子の姿が何か特別な存在であるかのように浮かび上がり、目が吸い寄せられた。美貴子も気付いたらしく、手を振ってくれた。

直生が駆け寄り、二人で笑顔になった。その日の美貴子は、ふんわりしたパンツ姿で杖はついていなかった。美貴子の頬はほんのり桃色に染まり、直生は〈こんな自分が一緒に歩くのはもったいない〉と思うほど可愛らしかった。

映画を観たあと、お昼を食べ、そのまま喫茶店で話をした。話は途切れず、アッという間に時間が経ち、気が付くと午後5時まで、その日は7時間も一緒にいた。

直生の中で、美貴子の存在がますます大きくなっていった。

3

直生に対する放射線治療が終了したのち、ガンへの効果が検査で調べられた。その結果、うれしいことに直生のガンは縮小が確認できた。放射線照射前と比べ明らかに縮小しており、レントゲン写真を見ると直径が5㎝から一回り以上小さくなっていた。〈やった‼〉直生は心の中で叫んだ。入院以来、明確な効果は初めてだった。

放射線治療は、抗ガン剤治療に比べて患者の負担が少ない。そのうえ、1回の治療でこれだけガンを縮小できるならば、今後、どんどん続けていけば、やがてガンをやっつけられるのではないか？　直生は、一筋の希望をつかんだ気がした。

しかし、医師と話すうちに意外な事実を知り、直生は落胆した。ガン細胞を破壊するためには、かなりの放射線量を当てなければならない。直生の場合も、すでに目いっぱいまで放射線を当てており、そのため、もうこれ以上は放射線を当てられないと言うのだ。

だが、そうだとすると……、抗ガン剤治療が効かず、放射線治療がもうできないのであれば……、これ以上、打つ手がないということではないか！

直生は愕然とした。打つ手がなくなり、ガンが大きくなるのを見守るしかなければ……、その先にあるものは明白である。

〈もう、こうなったら、最後の望みは「手術できるかもしれない」と言ってくれたB病院しかない〉直生は改めて思った。

放射線治療が続いていたので行きそびれたが、父親が見つけてくれたB病院だけが今後の唯一の可能性に思えた。父親が訪問してから随分経ってしまったが、まだ受け付けてくれるだろうか？　ともかく、お願いするしかない。そう決意した。

そこで、一とおりの治療計画を終えた最初のA病院は退院し、B病院に予約を入れ受診した。呼吸器外科部長を務めるT先生は50歳くらいで、とても信頼のおける人に見えた。その先生の指示で、2日にわたりいろいろな検査を受けた。その結果を見て、手術できる可能性があれば、入院を認めてくれるという。

直生は、最後の望みをT先生に託す気持ちで、検査結果を待つことにした。

美貴子とは、その後もメールのやり取りが続き、12月13日にはまた二人で会った。直生が「手術できるか検査を行った」とメールに書いたところ、美貴子が、病気治癒《ちゆ》のご利益がある「巣鴨のとげぬき地蔵尊」にお参りをしようと言ってくれたのだ。

その日は土曜日で、お昼に待ち合わせ、駅近くのレストランで食事をした後、とげぬき地蔵尊にお参りをした。

とげぬき地蔵尊は、「巣鴨地蔵通り商店街」を200mほど入った右側にあった。

入り口に「とげぬき地蔵」のいわれを書いた看板があったので、直生はじっくり読んだ。江戸時代、地蔵尊を信仰する男が、出産後体調を崩し医者からも見放された妻を救いたいと、毎日一心に病気治癒の祈願を続けた。すると、夢に黒衣の僧が現われ、翌朝枕元を見ると、紙に描かれた〝地蔵尊の御影《みかげ》〟が残っていた。それを基に版を彫り一万体の御影を作り、両国橋から一心に祈願しながら流すと、その翌日から妻の病は快方に向かい、以後無病になったという。後年、毛利家出入りの僧がこの〝地蔵尊の御影〟を入手し、毛利家の女中が誤って針を飲み込んでしまった際に〝地蔵尊の御影〟一枚を水で飲ませたところ、女中が吐き、飲み込んだ針が〝地蔵尊の御影〟を貫いて出て来たという。

じっと読んでいると、美貴子が言った。

「本多さんは『とげぬき地蔵なんて……』ってバカにするかもしれないけど、私の知り合いで、肺ガンになって脳にまで転移した人が完全に治ったんです。その人は、とげぬき地蔵のことはあまり信じていなかったけれど、お母さんの勧めで〝地蔵尊の御影〟を飲んだんですって。その後、完全に治ってもう20年以上も元気に過ごしているんです。そういう話を聞いていたので、どうしても本多さんを連れて来たくて……」

「いや、バカになんかしないよ。まだ科学では解明されていないことがいっぱいあるし、人間には、僕らが知らない力が隠されていて、信仰がそれを呼び覚ますのかもしれない……」

「よかった。バカにされたらどうしようって思ってた……」美貴子は、明るい顔になった。

その後、境内の「洗い観音像」に患部の治癒を祈願し、本堂でお参りした。美貴子が直生のために「とげぬき地蔵尊御影」を買ってくれた。それは、地蔵尊の御影が描かれた小さな和紙で、痛い所に貼ったり、飲んだりすると、悪い所が治るのだそうだ。

直生が、買ってもらった御影を見ていると、美貴子が言った。

「これをどうするかはお任せします。何より大切なのは、病気を治す！という強い信念を持つことだと思うの。ホスピスへ入った人でも、元気に退院していく人がいるって聞いたことがあります。だから、どんな状況でも治る可能性はあり、治るんだ、治すんだという気持ちが大切なんだと思います」

「そうだね。『がんは「気持ち」で治るのか⁉』という本を読んだんだ。精神免疫学の先生が書いた本なんだけど、気持ちの持ち方で、体の免疫力が上がったり下がったりするらしい。だから、自分の免疫力を強くし、病気を治す力を高めるためにも、気持ちの持ち方は大切だと思う。僕は、この御影に力をもらって、必ず治すんだという強い信念を持つよ」

「ありがとう。とげぬき地蔵を誘った後、改めて考えて、もし変な顔をされたらどうしようって思った。でも、どうしても治ってほしかったから、連れて来たの。分かってくださいね」

「ありがとう。僕のためにとげぬき地蔵へ誘ってくれた、その気持ちがうれしい」

直生たちは、その後、「お年寄りの原宿」と呼ばれる地蔵通り商店街を歩き、有名な赤パンツ専門店などを見て楽しんだ。


巣鴨駅に戻るとまだ午後3時過ぎだったので、駅前の喫茶店に入って話をした。

そこで、美貴子が突然言った。

「本多さんに、一つお願いがあるんですけど……」

直生は、改めて言う美貴子に、やや驚いて「何？」と聞いた。

「私のこと『ミコ』か『ミコちゃん』って呼んでくれませんか?」

「え?」

「『青木さん』でもいいんですけど、何だかちょっとよそよそしい気がして……。『ミコ』というのは小学生のころからのニックネームで、自分でも気に入ってるんです。ダメかしら?」

「ううん、ダメなんてことない。ミコかミコちゃんか……じゃあ、ミコちゃんって呼ぶ」

「ありがとう!　うれしい」

「じゃあ、僕も、本多さんじゃなくて、もっと別の呼び名で呼んでほしいな」

「何がいいかしら」美貴子はいたずらっぽい目をした。「高校では何て呼ばれてました?」

「高校時代は『トラオ』って呼ばれてた。虎に男と書いて〝トラオ〟」

「え?　そんなにワイルドな感じだったんですか?」

「いや、家で頭を刈っていたんで、いつも変な虎刈りで、髭もボーボーだったから……」

「どん引き〜。嫌だぁ、そんなの……」

「……じゃあ、名前で呼んで」

「なんて?」

「直生か、直生さん、直くん、直ちゃん……、何でもいい」

「じゃあ、直ちゃんって呼ばせて!」美貴子は、きっぱり言った。

「直ちゃん、それいいね」

「じゃあ、今からそう呼びます。直ちゃん!」

包まれた。

「ミコちゃん……」

午後の陽がやさしく入る喫茶店で見つめ合い、ただそれだけのことなのに、二人の心は幸せに包まれた。

4

検査結果が出揃《そろ》うのを待って、12月19日にB病院を再び受診した。

T先生の診察室に入ると、いきなり「入院の手続きをしてください」と切り出された。

「……というと、手術ができるということなんですね」直生の父親が聞いた。

「まだ、断言はできませんが、手術できる可能性があると判断しました。詳細は入院後に調べますが、現状では、肝臓や脳など離れた場所への転移は認められませんので、手術をしてガンを全部取り除くことをねらいます。肉体的に手術は負担になりますが、本多さんの場合、まだ若いですし、手術できれば、した方が予後は良いでしょう」

「僕は、手術をしていただきたいと思います」

直生はきっぱり言った。もうこれに賭けるしかないと考えていた。

「手術は、どのようなものになるのでしょうか？　肺をどの程度切るのでしょうか？」

父親が慎重に尋ねた。

「詳しくは、入院後さらに詳しく調べたうえで決定します。右肺に広がったガンを全部取り、さらに、ガンが周囲に浸潤している部分を確認し、それらも取り除きます。完全にガンを取り切る

「手術は安全なものでしょうか？　命の危険はないでしょうか？」

父親がさらに聞く。

「万全を尽くしますが、どんな手術でもリスクはあります。本多さんの場合も、重要な血管や気管、縦隔リンパ節などが集中する部分を手術するので、時間がかかる大掛かりな手術になるでしょう。大きな血管を人工血管に取り替える可能性もあり、この場合は、心臓を止めて人工心肺につなぐことになります。百パーセント安全とまでは申し上げられませんが、同様の手術はこれまでにも行っており、できると考えるから手術するのです」

直生は、それを聞いて恐怖を感じた。〈手術さえできれば……〉と思って来たが、手術そのもので命を失う可能性までは考えていなかった。重要な血管を傷つけてしまうなど手術中に事故が起こった場合は、ガンの進行を待たずに、それっきり死んでしまうこともあり得る。そう考えると、体中の血が冷たくなるような戦慄を覚えた。

〈しかし、もう後へは引けない〉直生は、改めて自分にそう言い聞かせた。

〈このチャンスに賭けるんだ。もし、チャンスをものにできれば、また、健康な日々に戻れる！　ミコちゃんとの人生も開けるだろう〉

直生と父親は手術を行うことを決意し、ベッドが空き次第、B病院に入院することにした。

5

クリスマスの前日は、直生から美貴子をランチに誘った。本当は、夕食に誘ってクリスマス・イブを共にしたかったが、毎回、美貴子の母親がどこかの駅まで車で迎えに来てくれるので、夕方の5時ごろには帰してあげなくてはいけないと思った。

B病院への入院が決まった話は、すでに美貴子に伝えており、すごく喜んでくれた。そして、「いっぱいお見舞いに行くね」と言ってくれた。

しかし、病院のある場所は、美貴子の家がある世田谷からも、学校のある西荻窪からも遠い。だから、「家とも学校とも離れているし、いいよ、無理しなくて」と言うと、

「あら、学校は、もう冬休みよ。だから、いっぱい行ってあげる！」

そう言って、にっこりした。

直生は、そんな彼女の姿を見て〈僕のことをどう思っているのだろうか？〉と考えた。

こうして会ってもらえることになった時のメールでは「友達として」と書いていた。その後、たくさんのメールを交わしたが、映画のことや家族のこと、お互いの趣味や好きなことなど〝友達〟的なやり取りが中心だ。〝お付き合い〟をしているとは言えない気がする。

とげぬき地蔵は、彼女の方から誘ってくれたが、それは、直生の入院の話があったから、〝友達〟として病気の快復を願って誘ってくれたのだろう。

直生と会っている時は、とてもいい笑顔を見せてくれるし、声もはしゃいでいるように思う。

とげぬき地蔵の日は、「ミコちゃんと呼んで」とも言ってくれた。「いっぱいお見舞いに行ってあげる」とも言う。全体的に見て良好な関係は間違いないのだが、本当のところ、彼女にとって自分がどういう存在なのか、つかみ切れない気がした。

直生にとって美貴子は、切ないくらい愛しい存在だ。これほど人を愛しく思ったことはない。美貴子のことを考えるだけで、胸キュンどころか、心が叫んでしまいそうだった。

本当は恋人同士になりたい。しかし、自分には病気のことがあるので、美貴子が「友達」と思っている以上、「付き合ってください」とか恋人関係を求めることはできない。だから、階段などで美貴子に手を貸したり、別れ際に握手することはあっても、美貴子の手を握ったことはなかった。そういうことは「してはいけない」と思っていたからだ。

〈でも……〉と直生は考える。

もし、彼女の心が、自分に対して Like 以上の Love を感じてくれるのなら、手術に成功して快復の見込みが立ったら「付き合ってください」と言いたい。

〈しかし……〉と直生はさらに考える。

もし、彼女の気持ちが Like だけなら、「付き合ってください」という言葉が重荷になって、今の関係が壊れてしまうかもしれない。そうすると、もう会うことはできなくなる。「友達として」が前提なのに、自分からルールを侵して何もかもダメにしては、あまりにも悲しい。

そんなことを堂々巡りで考え、直生は困惑していた。

クリスマスの前日もレストランでランチを食べながら話は弾み、ランチタイムが終わり外に出た後も、喫茶店に入って延々話をした。いつも、二人でいると時間がアッという間に過ぎる。何を話しても二人の間は会話が絶えない。本当に楽しいと思うのは、直生だけではないという実感があった。

病気がこの先どうなってしまうか分からず、本当に心細かったけれど……、二人でいる、ただそれだけで幸せなひと時だった。

だから、午後5時になり、その日もまた5時間一緒にいても名残惜しく、彼女の家の近くの千歳烏山駅《ちとせからすやま》まで送って行くことにした。

駅には、午後5時40分ごろに着いた。美貴子の母親とは6時に待ち合わせているそうなので、まだ20分ほど時間があった。そこで、ホームのベンチに腰掛けた。

すると美貴子は、直生の方を向いて直生の胸に右手を当てて目をつぶり、何かを唇の中でつぶやき始めた。口元に意識を集中すると「手術が成功して治りますように……」と祈っているようだ。ベンチに座り、人や電車が前を通り過ぎるのも気にせず、美貴子は直生の胸に手を当てて一心に祈り続けた。「手術が成功して治りますように……」

直生は、美貴子から自分の胸に温かいものが伝わって来るのを感じた。

その温かいものが直生の胸にあふれ、直生は、気持ちを抑えることができなくなった。

「ミコちゃん！」美貴子を見つめると、驚く彼女に言った。

「手術が成功したら、僕と付き合ってください」

真っすぐ美貴子の目を見て言った。彼女は一瞬驚いた後、瞳にみるみる涙をあふれさせた。

「ごめんなさい……」美貴子は言うと、両手に顔を埋めた。「そう言ってもらって、本当はうれしい……。でも……イエスという答えは言えないの」

涙があふれ落ちる。直生は、慌ててハンカチを取り出すと、美貴子に渡した。

「手術は成功してほしい。でも、手術が成功した時、私はもうあなたにふさわしくない……」

「何を言っているの？　今の君のこと、病気とかすべて知ったうえで、付き合ってくださいって言っているのに、ふさわしくないってどういうこと？」

「手術が成功して健康になった直ちゃんには未来があるけど、私には未来があるかどうか分からないんだもの……」

「まだ、そんなことを言っているの？　まだ病気におびえているの？　とげぬき地蔵に連れて行ってくれて、病気には気持ちが大切だって教えてくれたのはミコちゃんだよ？　どうして、自分に対してだけそんなに弱気になるの？」

「弱気とかそういうことじゃないの。私、直ちゃんといると楽しいし、もう好きになってしまっているかもしれない……。でも、好きになってしまったからこそ、あなたには幸せになってほしいの。そのためには、私じゃダメな気がする……。私じゃ〝お友達〟以上になってはいけない気がする……」

「どうして？　僕がこんなに好きなのにどうして？」

「私の問題なの。前にも言ったけど、私の5年生存率は2割ないと思う。そんな私じゃ、直ちゃんにふさわしくない。手術が成功した直ちゃんには幸せになってほしい。私は、いつ再発して死んでしまうか分からないのに、お付き合いなんてできない……。あなたが苦しむようなことはしたくない。それなのに……、あなたといると楽しくて、自分のことから目をそらし、見ないようにして、あなたとの時間を楽しんでいるの。本当はそんなことといけないと分かっているのに……」

「そんなこと言わないで！　ミコちゃんは、僕には、唯一のかけがえのない人なんだよ。もう、そういう人になってしまったんだよ。どんな病気も、どんな未来も必ず受け止め、愛し続けるから、どうか、ふさわしくないなんて言わないで！」

「ごめんなさい。……やっぱり今は、ごめんなさいとしか言えない。だって、これは生死の話で、自分ではどうすることもできないもの……。もう、自分でもどうしていいのか分からない……。今は答えを出せないの……。少しお時間をください」

美貴子は、泣きながらそう言うと立ち上がった。

直生は、改札口へ降りるスロープまで一緒に行った。美貴子は、「ありがとう。今日はここでいいです」そう言うと、一人でスロープを降りていった。

直生は、美貴子を苦しめてしまったことを悔いた。

その夜、直生がメールを書き、「友達」として会ってもらっているのに「手術が成功したら、付き合ってください」と言ったことを詫《わ》びた。

すると、1時間ほどでメールが来た。そこには、次のように書かれていた。

「メールをありがとうございます。

　本当は、お付き合いしてくださいって言われて、うれしかったのです。あなたといると本当に楽しいです。健康な普通の女子大生だったとしても、こんなに一緒にいるのが楽しい人には出逢えなかった気がします。あなたは、心がきれいなステキな人です。でも、だからこそ、戸惑いがあるのです。こんな私じゃいけないんじゃないかって……。

　手術して元気になったら、きっと健康で私よりステキな人に出逢えると思います。それを思うと、あなたにとって、私じゃ良くない気がします。

　でも、私も、もうあなたを好きになってしまっているみたいです。それで、ふさわしくない自分に目をつぶり、それを見ないようにして、あなたと会っているひと時を楽しんでいるのです。

……それが、私の罪悪感につながっています。

　本当は、もうお会いしない方がいいのかもしれません。でも、今は、お別れしたくないし、できない……。ごめんなさい。今は答えが出せません。しばらくお時間をください」

　直生は、もう一度メールを出した。

「自分を責めちゃダメです。ミコちゃんは何も悪くないです。

もう、ミコちゃんは、僕にとってかけがえのない人になってしまいました。ミコちゃん以外の女の子なんて考えられません。ミコちゃんが、自分をどう思っていても、僕にはミコちゃんが必要なのです。どうぞ、未来を信じて、一緒に前を向いて歩いていきましょう。

　お答えは、僕が生きている限りいくらでも待ちます。だから、もう会わない方がいいとか、お別れなんて言わないでください」

　こうして、クリスマス・イブの夜は過ぎていった。

6

　B病院には、12月26日に入院した。14階の呼吸器外科に入った。ただし、年末でもあり、検査のスケジュールは立て込んでおらず、直生は主に読書をして過ごした。

　そこへ、美貴子が来た。この間のことが何もなかったかのように、明るい笑顔で、毎日のように来てくれた。直生が見たいと言った映画のDVDやプレイヤー、プラスチック粘土で自作した小さな花などを持って、世田谷の家からわざわざ来てくれた。

　年末年始は、直生は自宅に帰った。そして、正月の2日にも美貴子に会い、井の頭公園の弁天神社にお参りをした。相変わらず美貴子は屈託のない笑顔で楽しそうにしていたが、直生にはそれが、自分との最後の日々を精いっぱい楽しんでいるようにも見え、不安になった。

　正月明けの5日から、本格的に検査が再開した。何本も血液を採られ、様々な検査機器の中に入り、口からファイバースコープを入れられ、あらゆる角度から調べられた。

　そして、2週間後のある日、T先生から「手術の説明をしたいので、ご両親も交えてお話をしたい」と言われた。とうとう手術が確定したのだ。

　両親と共に聞いた説明は、おおよそ次のとおりだった。
①肝臓や脳などへの遠隔転移は確認されなかったため、手術の対象になる。ただし、肺の入り口

近くにできたガンは上大静脈や気管に密着しているため、手術は難しいものになる。
②上大静脈には、すでにガンが浸潤して（食い込んで）おり、患部を切除し人工血管にする。心臓を一時止めて行う大きな手術になるが、これが一つ目の手術である。
③気管にもガンは広く接しているが、食い込んでいなければガンを剥がせば済む。一方、ガンが気管に食い込んでいたら、患部を切除し、残った気管をつなぐ必要がある。ここで一番問題なのが、直生はすでに放射線治療で大量の放射線を浴びているため、傷が治りにくいことである。気管の縫い目から痰《たん》などが漏れ、肺や心臓に感染すると命の危険がある。気管については手術してみないと分からないが、これが二つ目の手術である。
④三つ目は、肺にあるガンの本体を取り除くこと。どの程度切るかは、行ってみないと分からない。最小で右肺の上3分の1の切除、最大で右肺全部を取ることになる。
⑤いずれにしても、大きな手術でリスクはある。しかし、同様の手術は実績を積んでおり、手術で亡くなる可能性は少ない。ガンを治すために受ける価値はある。ただし、ガンを完全に取り切れるかどうかは、手術してみないと分からない。
——そういう説明であった。

そして、T先生は直生に、毎日朝晩、1階から19階まで階段を1往復ずつ昇り降りすることを勧めた。こうすると、心肺機能が高まって、肺を切除してもダメージが軽くなるという。直生は、これを忠実に守り、毎日朝晩、19階の屋上庭園まで階段を昇り降りした。

この間、美貴子は大学が始まり来る回数は減ったが、それでも1日おきに来てくれた。来たときは、いつも明るく屈託がなく、手術ができることをすごく喜んでくれた。しかし、クリスマス・イブの一件については、いまだ答えがなく、それが直生の気がかりだった。

手術の日は、美貴子も直生の両親と共に病院で待ちたいと言うので、直生は、急遽《きゅうきょ》、美貴子のことを両親に話した。両親は、うすうすは気付いていたようだったが、「手術の日に立ち会うような彼女がいたとは思わなかった」と驚いていた。

「いや、まだ彼女じゃないんだ」そう答えて、美貴子のことを、命にかかわる病気も含め、すべて話した。

説明し終わると、母親は泣いていた。

父親は、「手術を成功させて、彼女と晴れて付き合えるようにしような」と言ってくれた。

7

手術は2月2日の朝9時からに決まった。そこで、直生は、1月31日の土曜日に外泊の許可をもらい、翌2月1日の夕方には病院に戻ることにした。

1月31日は、朝から三鷹の実家に帰ると、自分の部屋を整理した。T先生は「手術で亡くなる可能性は少ない」と言ってくれたが、やはり最悪の場合も覚悟しなければならない。そう考えて、部屋を整理することにしたのだ。

しかし、直生は、モノを取って置く性格だったので、部屋は、本やDVDなどであふれ、夕方になってもあまり片付かなかった。本棚には、読みたくて買ったのに読んでいない本がたくさん並び、それらを手にしながら、〈いつか読める日が来るだろうか〉と考えた。
自分の部屋にいると、これまでの人生がいろいろ思い出された。直生は、小学6年生からこの家に住んでいるので、9年近くの思い出が部屋に詰まっていた。
夕方、疲れてベッドに横になり、バカな中学時代、後悔の多い高校時代を振り返った。〈人生はいつも初めての経験ばかりで、どう生きたらいいか分からなかった。だから、あんなふうに生きることしかできなかったんだ〉
そう思った。みんなそうなんじゃないかと思う。後から振り返れば、あのとき、ああすれば良かった、こうすれば良かったと言えるけれど、それは後のことを知っているから言えるのであって、その時はどうすればいいか分からないのだ。
自分に限らず、人はそんなふうに自分の置かれた環境——たまたま生まれた時代や場所、家族、入った学校など、運命の中で翻弄《ほんろう》されながら、みんな精いっぱい生きているんだ、と思った。
頭の良い人も、それほどでもない人も、
美しい人も、それほどでもない人も、
健康な人も、そうでない人も、
——みんな、自分では選べない運命の下に、どうすればいいか分からない、初めての、たった一度きりの人生を、それぞれ一生懸命生きているんだ、と思った。
直生はかつて、自分は、頭も大したことないし、イケメンでもないし、親だって金持ちじゃないし……などと、自分にないものばかり考え、〈良いものにはあまり縁がないな〉と思ったことがある。しかし、今考えると、とんでもない間違いだった。

自分には、健康があった。若さと未来があった。そんな一番素晴らしいものを持っていたのに、そのありがたさに気付かず、愚痴《ぐち》ばかりたれて人生を無駄に過ごしてきたように思った。

自分が持っていた素晴らしいものは、まるで〝空気〟のように何も感じず、自分にないものばかりに憧れ、そして、自分が持っていたものが失われようとするとき、初めてその大切さ、素晴らしさに気付くなんて……。なんと皮肉なことだろう……。そう思い悔やんだ。

〈でも……〉と直生は思う。過ぎたことは仕方がない。今ある素晴らしさに目を向けよう。今、自分が持っているものを大切にしよう。今ある命と、残された未来の可能性を大切に思い、与えられた運命の中で、毎日、精いっぱい生きよう――そう思った。

それに……、自分は二十歳でガンになってしまったが、そのおかげでミコちゃんに出逢うことができた。運命のマイナス部分だけでなく、プラス部分も評価し、信じたい……。

夜、家族と鍋を囲んだ。改めて父親と母親に自分を育ててくれたお礼を言うと、母親が泣き出してしまった。直生も父親も、「大丈夫。手術は大丈夫ってT先生も言っているから……」と、高ぶった母親の心を必死になってなだめた。

翌日は、B病院のそばのレストランを予約し、直生と両親に加えて、美貴子も呼んで一緒にランチを食べた。美貴子が両親に会うのはこれが初めてだったが、明るくやさしく両親に接してくれて、父親も母親も一気に美貴子のファンになったようだった。

食事は午後2時ごろ終わり、「それじゃあ、明日朝、病院で」と言って両親は帰った。そのあと、直生は美貴子と喫茶店に行くつもりだったが、美貴子は、直生の話によく出て来るB病院の「屋上庭園」へ行きたいと言った。

B病院の屋上庭園は19階にあり、銀座から東京湾の方までが一望できた。眺めのいい場所だが、まだ2月なので気温が低く、人影はなかった。

「私たちが出逢った病院の屋上と違って、緑が多いのね」

美貴子は、あたりを見回すと笑顔を直生に向けた。

直生は、その笑顔を見て、〈ああ、目の前にいるのは、この世で会った最愛のミコちゃんなんだなぁ〉としみじみ思った。

彼女を目の前にすると心が弾む。なんで彼女を見るだけでこんなに心が弾むんだろう。自分でも不思議で仕方がないが、全身の細胞が喜んでいるような気さえした。

あした、手術に失敗すれば、これが二人の最後の時間になる……。たとえそうなったとしても、彼女に出逢えただけで、この世に生まれて来て良かったと思った。

これで最後になるかもしれないので、直生はクリスマス・イブの日に「手術が成功したら、お付き合いしてください」と言ったことについて、美貴子に聞かなければならなかった。どうしても聞きたい……。けれども、もしその問いが、美貴子を傷つけたり、二人の関係を壊してしまったら……と考えると、言い出せないでいた。

するると、美貴子の方から語りかけてきた。

「クリスマス・イブの日に駅のホームで言ってくださったことですけど……」

美貴子の方から本題を切り出されるとは思っていなかったので、直生は驚いた。

「もし、今でもそう思っていてくださるのなら……」美貴子は直生の瞳の中心を見て言った。

「私、手術に成功したらじゃなくて、たった今からお付き合いしてほしいです」

えっ⁉と一瞬、直生は何を言われたかうまく把握できず、混乱した。

「手術に成功したら……なんて嫌です。それでは、万が一、手術で病気を取り切れなかったら、お付き合いできなくなってしまう……。手術に関係なく、たった今からお付き合いしてください。あなたが私に『どんな病気も、どんな未来も必ず受け止め、愛し続ける』と言ったように、私も、たった今から、あなたのすべての未来を受け止めたい」

直生は、美貴子の気持ちが分かると、

「ミコちゃん！」

と、ただそれだけ言って、両手で美貴子の手を取り、美貴子の瞳を見つめた。すると、美貴子の方から直生の胸に顔を埋めた。直生は、

「ありがとう……。ありがとう……」

美貴子を抱き締めながら、そう繰り返していた。喜びの感情が青空いっぱいに広がり、目に涙が滲んだ。

美貴子が「……こんな私で、ホントにいいの？」と聞いた。

「もちろんだよ」

直生は、腕の中にすっぽり入ってしまう美貴子の小さな肩を抱き、髪の匂いに包まれ、美貴子のぬくもりを体に感じた。

「再発すれば、私は死んでしまうかもしれないのよ」

「そんなことはさせないよ」

「もし二人がこのまま生きられたとしても、私は、赤ちゃんを産めないかもしれないのよ」

「僕が必要なのは、ミコちゃんなんだ。ミコちゃんだけでいい」

「……ありがとう。……私も、未来を信じることにする」

美貴子は少し頭を離し、直生の顔を見た。あんまり顔が近くなので、直生から見ると自分を見上げる美貴子の目が少し寄り目になっていて可愛かった。瞳孔が大きく開いていた。

「直ちゃんに逢えたのは、きっと神様が、私に生きる力を与えるためだと、そう思えたの。先のことは分からないけど、分からないからって下を向いちゃダメよね。直ちゃんと接していてそう思えるようになった……。5年生存率が2割なら、その2割に入ってやるって思うことにしたの。私も治すことを前提に生きる。先のことを思い迷うより、今を精いっぱい生きる。今を精いっぱい生きて、直ちゃんを愛する。だから、私とお付き合いしてください！」

「ミコちゃん！」

直生は、小さく華奢な美貴子の体をもう一度強く抱き締めた。

直生はしばらくそうしてから、胸をドキドキさせながら言った。

「一つお願いがあるんだけど……」

「なあに？」彼女がうっとりするような瞳で直生を見上げた。

「いや、やっぱりやめとく」

「何？　言いかけたのに……」

「……」

「何？　直ちゃんって、そんなに男らしくない人だったの？」

「いや、その……、キス……させてくれませんか？」

美貴子は一瞬目を見開き驚いたが、こくんと頷き、目を閉じた。

しかし、彼女の閉じた睫毛があまりに美しく、バラ色に染まった頬があまりにも可憐だったので、直生は動けなかった。

だから「僕、キスするの初めてなんだ」とだけ言った。

「私も……」美貴子はそう言うと、自分の方から少しだけ唇を寄せた。

力を得て、直生も唇を寄せた。

それは一瞬のことだったようにも思う。しかし、そのとき触れた唇のやわらかさは、直生にとって生涯忘れられないものになった。

直生は、彼女の全身を包み込むようにやさしく抱き締めた。

第4章　試練

1

手術は、予定どおり2月2日の朝9時から始まった。手術の間、直生の両親と美貴子は、控室へ案内された。控室には、ほかに4家族がいた。壁には「手術室1」から「手術室5」までモニターが並び、すべて「手術中」の文字が表示されていた。直生は、「手術室1」だった。それぞれの家族は、小声で話したり新聞や本を読んで手術の終了を待った。「手術室2」は2時間ほどで手術が終わり、家族が退出していった。次いで「手術室5」も「手術終了」の文字がモニターに表示された。

直生の手術は9時間はかかると聞かされていたので、直生の母親が三人分のお弁当を用意しており、お昼にはそれを食べた。

昼過ぎにも1組が退出し、午後4時にはもう1組が退出し、控室には直生の家族と美貴子だけが残った。

午後7時になり、予定の時刻を1時間過ぎても直生の手術はまだ続いていた。この時点で、三人の心には不安がよぎった。家族は内線電話で病院に様子を尋ねたが「現在、まだ手術中です。今しばらくお待ちください」との答えが返って来るだけであった。

直生の両親は美貴子に「もう、ご家族が心配するのでお帰りなさい」と言ったが、美貴子は外で家族に電話をして戻り、そのまま帰ろうとしなかった。

午後8時を回ると、さすがに遅過ぎるのではないか、と感じられた。

「もう、手術開始から11時間よ。予定を2時間も過ぎてる。こんなにかかるものなの?」

直生の母親が皆と同じ不安を口にした。美貴子の喉がピクリと動いた。美貴子も何か良くないことが起きたと思っているのだろう。顔が蒼く思い詰めた表情をしていた。父親も〈手術中に何か不測の事態が起こり、取り返しのつかないことになってしまったのではないか? それを取り繕うために時間稼ぎをしているのではないか?〉という思いが頭をよぎった。しかし、〈いやいや、信頼のおける病院がそんなことをするはずがない……〉と打ち消した。そして、皆の不安を断ち切るように、少し大きめの声で言った。

「大丈夫だ。信頼のおける病院だ。心配するな」

午後9時になり、直生の父親はもうこれ以上、美貴子をここに居させるわけにはいかないと思ったが、彼女はどうしても帰ろうとしなかった。そこで、電話コーナーへ行き、美貴子の家へ電話し、直生の父親は美貴子の母親と直接言葉を交わした。母親は好意的で、美貴子の意志を尊重し手術終了までここに残ることを認めてくれた。直生の父親は、美貴子を自宅まで送ることを約束し、電話を切った。

午後10時を過ぎ、三人の気持ちがほぼ絶望感に変わり始めたとき、突然ドアが開き、手術着のままのT先生ともう一人背の高い医師が入って来た。

「手術は終了しました」

13時間にも及ぶ大手術の後にもかかわらず、T先生は椅子に座ろうともせず説明を始めた。

「予定どおり、上大静脈は人工血管に取り替え、動脈や心臓の方まで行きかかっていたガンもきれいにすることができました。しかし、気管に食い込んでいるガンはかなりの範囲に及び、気管を切ってつなぐことは危険だと判断しました。肺の方も、ガンの広がりは大きく、背骨に食い込んでいる部分がきれいに取れませんでした。骨を削れれば良かったのですが、放射線でもろくなっており、できませんでした。ガンの多くは取り除くことができましたが、結局、すべてを取り除くことはできませんでした」

「ということは……」直生の父親が恐る恐る聞く。

「残念ですが、今後、そこからガンがまた広がる可能性があります」T先生は非情な事実を告げた。両親と美貴子は、そのひとことを暗闇に突き落とされる思いで聞いた。

T先生は続けた。

「もちろん、ガンのほとんどは取れたので、当面は普通に生活することができます。３週間もすれば退院できるでしょう。今後は、残ったガンが急速に成長する場合がありますので、定期的に通院し、注視していかなければなりません。外科的にはやるだけのことを尽くしましたので、今後は、抗ガン剤など内科的な治療になるでしょう」

直生の父親が真剣な眼差しで、T先生を正面から見た。

「本当のことを教えてください。直生は……、あとどのくらい生きられるのでしょうか？」

美貴子は、泣きそうな瞳を見開き、震える唇を引き締めた。T先生は、冷静に答えた。

「お父さん、落ち着いてください。映画や小説では『あと何カ月』と言うかもしれませんが、人の体は、そんなに簡単なものではありません。似たような状況でも個人差があり、かなりの期間、生きられる方もあります」

「先生、もちろん、あと何カ月とか何年とか単純に言えないのは分かります。分かりますが、それでも家族として、彼に何かしてあげるのに、あとどのくらいの時間があるか、先生の経験から、目安で結構ですから教えていただけませんか？」

「お父さんのおっしゃることは分かります……」T先生は少し考え、「息子さんの場合、過去の抗ガン剤治療にはあまり効果が認められません。その他の状況を見ると、あと半年は生きられると思いますが、大体1年内外でしょうか。ただし、それはあくまで平均的なものなので、もっと長いかもしれませんし、余病を併発すると、それより短いケースもあり得ます。その点は注意しなければなりません」

それを聞いて、美貴子は、涙を我慢することができなかった。

〈13時間も大変な手術に耐え、今も痛みと闘っているのに、それでも、直ちゃんに残された時間は1年内外だなんて……。そんな……、そんなことって……〉

くずおれそうになる美貴子を直生の母親が支え、椅子に座らせた。

「分かりました。ありがとうございます。直生のために、こんなに遅い時間まで力を尽くしてくださり、心から感謝します」父親は、T先生に深々と頭を下げた。

「で、直生は……、直生は今どこにいるのですか？」母親が尋ねた。

「今は集中治療室にいます。もう少ししたら麻酔から覚めるので、面会もできるでしょう」

それから2時間後、一日直生に会いたいという美貴子の願いをくみ、割烹着《かっぽうぎ》のような予防着、帽子、マスクを着用して三人で集中治療室に入った。中は意外に広く何台もベッドがあったが、他の患者はいるのかいないのか、部屋は静まり返っていた。

「直ちゃん……」美貴子がそばに寄り小声で呼ぶと、直生が薄目を開けた。もう、麻酔は切れているらしい。

美貴子は、直生の手を握り、「直ちゃん……」もう一度呼びかけた。

「手術は……？」直生の目はぼんやりしていたが、意識はあるらしく、そう聞いた。

美貴子は、一瞬とまどったが、「大丈夫……。大丈夫よ、手術は無事に終わったわ。安心して休んで……」と手を握り答えた。本当はガンを取り切れなかったけれど、それを伝えるのは、今ではないと思った。とにかく、今は安心して眠り、体力を回復させてほしかった。美貴子の瞳がやさしく見守るのを見て、直生は小さく微笑んだ。

その夜、美貴子は、直生の父親が送るタクシーの中で一つの決心を固めた。それは苦難の道だったが、美貴子には他の選択肢はあり得なかった。

2

直生は、翌日の午後、一般病棟に移った。手術後の痛みは、鎮痛剤を投与されても間断なく続き、寝返りを打つのもままならなかった。直生は、体中に点滴やら、尿や手術跡から出る体液を排出するチューブやらを付けたまま、ベッドに力なく横たわっていた。

直生が入っていたのは四人部屋だったが、最初は誰と話す気力もなくカーテンを閉め切ってウトウトしていた。そこへ美貴子がいつものように笑顔で現れ、

「王子様にお目覚めのキス」と言って、直生の頬にキスをしてくれた。

直生はそんなことをする美貴子に少し驚いたが、茶目っ気を出す気力が湧き、「口にも……」と小声でねだった。すると「甘えんぼさんね」とやさしい目をしてそっと唇を合わせてくれた。彼女の甘い香りが鼻をくすぐり、胸に温かいものが込み上げた。手術を無事に終え、こうして再び美貴子に会えたことを神サマに感謝したい気持ちだった。

2日目の夜までは、痛みに耐えるばかりで、話す気力さえほとんど湧かない状態だった。しかし、3日目から徐々に話す元気も出て、午後には、看護師が付きリハビリのため院内の通路を少し歩いた。まだ痛みは残っていたが、歩いた方が治りが早いのだそうだ。

直生は、ベッドで体を拭いてもらう際に、自分の手術跡を見た。胸の中央を縦にみぞおちまで大きく切り裂かれ、また、右脇の下から背中の方にも同様の大きな傷跡があるようだ。まるでフランケンシュタインの怪物のようで、とても生きている人間の体には見えなかった。

主治医のT先生は、毎日回診に来て直生に言葉をかけてくれた。また、両親も毎日、直生のもとに来て「回復は順調だそうだ」「3週間もすれば退院だ」などと言う。しかし、肝心の手術結果の詳細は、誰からも聞かされなかった。退院が近いと言われていたので、直生は、手術が成功

したものと思ったが、手術結果の詳細が聞かされないことに次第に不安を感じ始めた。

手術から5日目は土曜日で、その日の午後、直生は自分の手術結果の詳細を知った。父親が包み隠さず伝えたからである。直生に真実を伝えるべきかどうかについては、両親も迷った。しかし、我が子の感受性は分かっていたので、隠し通すことはできないと判断し、また、直生自身、真実を知りたいだろうと考え、すべてを包み隠さず伝えた。

直生は、父親の話を、あまり目を上げないままじっと聞いていた。表面的には冷静に受け止めているように見えた。しかし、心は絶望感でいっぱいだった。この5カ月間、次々に悪い知らせが襲うので、直生は動揺を隠す術を身につけていたが、心の中は全身が冷たくなるような絶望感で塗りつぶされていた。

「ガンを全部取り切れなかった」――その言葉の持つ意味は大きい。

最初の病院で行った抗ガン剤治療は、ほとんど効果がなかった。したがって、今後も抗ガン剤治療に期待はできないし、あんなに辛い思いをする気にはなれなかった。

放射線治療は効果が認められたが、周囲の正常細胞にもダメージを与えるため、もうこれ以上はできないと聞かされていた。したがって、それで延命を図るのは無理だろう。

つまり、「もう、医学的には治療の方法がない」ということだ。

その事実を知ったとき、美貴子の顔が遠い昔の懐かしい人のように思い浮かんだ。触れることのできない遠い存在になってしまったと感じた。

〈もう、終わりだな……。これ以上、会ってはいけないな……。僕はもう死ぬんだから……〉そう思った。

せっかく、手術前に美貴子との愛を確認できたのに、その歓びは一瞬で砕かれ、希望に満ちた未来は消えてしまった……。

そのことが何より悲しかった。

ああ、せっかくミコちゃんと恋人同士になれたのに……。

「もう、何もかも終わりなのか……」弱気になった直生は、一人になると力なくつぶやいた。

ああ、僕はまだ二十歳なのに、もう何もかも終わりなのか……そう思うと、この世の残酷さに涙が出て止まらなかった。誰かに取りすがって泣きたかったが、誰もいなかったので、トイレの個室に入って一人泣いた。

〈ひどい……、ひどいよ……、あんまりだよ……。こんな人生なんて……いったい僕は何のために生まれて来たんだ？　僕は、そんな報いを受けるほど悪いことをしたのか……〉

やり場のない悲しみと怒りに、我を忘れて泣いた。

しかし、そのような姿は、美貴子にも親にも病院の人にも知られたくなかったので、病室に戻るとなるべく意識を遮断し、半分眠っているような意識状態にして、平静を装った。昼間、〝理性〟が脳を支配している間はそんなコントロールができた。

けれども、夜、就寝時刻になり、ライトを消して眠ろうとすると、不思議にまた生々しい〝死の恐怖〟が心を占領し、いても立ってもいられなくなった。

〈もう死ぬのだ。二度と僕の意識がよみがえることはない。僕は永遠に消えてしまうんだ。何億年、何十億年経っても、未来永劫、もう二度とどこにも存在することはないのだ……〉

そのような思いが心を襲った。永遠の無……それは、一片の救いもない絶望だ。これ以上ない残酷な悪夢のようだが、夢でもなんでもなく、どこにも逃げ場のない〝現実〟なのだ。

そう思うと、まったく救いのない運命に

「うおおおおおーーーーっ」と、夜の闇の中で突然大きな叫び声を上げてしまう。

同じ病室の人には迷惑なことなので、なるべくそうならないようにと思うのだが、寝入りばなには理性が薄らぐのか、〝死の恐怖〟が一気に巨大化し頭を占領した。

3

真実を聞かされた翌日、美貴子が「今日も、来ちゃった」と明るく振る舞う姿を見せたとき、直生は美貴子を見ることができなかった。

直生は、一つの決心を伝えなくてはならなかった。辛いことであったが、美貴子のためには〈このまま会い続けてはいけない〉と思った。自分に未来がないことが明白になったのに美貴子に会い続けることは、美貴子を大切にしない、とても不誠実な行為だと思った。

〈もう、ミコちゃんを幸せにすることもできないし、一緒に人生を歩むこともできない〉

そう分かってしまったのだから、美貴子のことを愛し大切に思っているのなら、断腸の思いで別れなければならないと思った。

だから、その日、直生は美貴子に言った。

「今まで本当にありがとう」

「何？　どうしたの？」

「僕の手術の結果については、もう聞いてるんでしょ？　今まで本当にありがとう。本当に君には感謝しているんだ。君に逢えて良かった。でも、もう来なくていいよ」

美貴子は少し驚いた表情をしたが、真顔になると静かに言った。

「直ちゃんの手術の結果については、聞いています。完全には取り切れなかったって……。でも、もう来なくていいって、どういうこと？」

「………………」

「なぜ、もう来なくていいなんて、言うの？」

「……僕は……、もう終わっているから……」

「何を言ってるの？　終わっているってどういう意味？」美貴子は、直生の顔を見つめ、直生の手を取った。「そんなこと……そんなこと、絶対にない‼」

美貴子の瞳から涙があふれた。そして、突然、宣言するように言った。

「私、直ちゃんと結婚する」

直生は、その言葉が唐突過ぎて、すぐには頭に入らなかった。だから、ぼんやりした声で
「……何を言っているの？」と尋ねた。

「私、直ちゃんと結婚する。あなたをそばで支えたい」

美貴子はもう一度、はっきりした口調で言った。

結婚……。直生は、なおもうまく認識できなかったが、ようやく美貴子の言っていることを理解し、その言葉の持つ大きな意味に驚いた。

〈ミコちゃんは、こんな僕をそこまで想ってくれているのか……〉

本当にうれしく思った。そんなことができたら、どんなに素晴らしいだろう……。美貴子と生活し、いつも一緒にいるなんて……夢のようだ。しかし、〈それはできない〉と思った。

そして言った。

「ありがとう。その言葉を健康で未来のある僕が聞けたなら、どんなに幸せだっただろう……。本当にうれしいよ。……でも、もう今の僕には、その気持ちに応えるだけの未来がないんだ。もう、何もかも終わってしまったんだよ」

「そんなことない。生きている限り、終わってしまったなんてことはないのよ、直ちゃん！」

「結婚だなんて、そんなことできないよ。君のことが大切だからできないよ。一番大切な人には幸せでいてもらいたいんだ」

「大切ならば、そばに居させてください。私、もう決心しているんです」

「僕は、君が幸せでないと嫌なんだ。僕がどんなに君を愛し、大切に思っているか、分かっているかい？　僕は、君のためになるなら、今、この瞬間に死んでもいい。僕の命に代えても守りたい、大切なかけがえのない人だもの」

「それなら、私と……」

「それほど愛している人が、みすみす不幸になるようなことはできないよ。君には幸せでいてほしいんだ」

「私は、あなたといることが幸せなのよ！」

「ありがとう。でも、僕と結婚したら君は幸せになれないよ。僕はもうすぐいなくなる人間だから……」

「そんな……、そんなこと言わないで！　まだ、可能性はゼロじゃないはずよ！」

「ありがとう。僕もそんな可能性を信じたいよ。でも、自分の現状を理解すればするほど、もう望みがないと分かってしまったんだ。君とこうして出逢えて、君も僕を好きだと言ってくれて、本当に幸せだったよ。たとえもうすぐ終わるとしても、この世に生まれて来て本当に良かったと思う……」

直生は、涙を抑えることができなくなった。自分でも無様だと思いながらも、涙が後から後から込み上げてくるのをどうすることもできない。

「この先も、君と二人でいられたら……、君を幸せにするために生きられたら……、どんなに良かっただろう……。男性が、女性にプロポーズする時は、そういう自信があるからプロポーズできるんだと思う。だけど、僕の場合はもう終わりなんだ。もう、どこにもいなくなってしまうんだ……。それじゃあ、君を幸せにできないよ……。だから……、だから、どんなに辛くても、僕はもう、君とお別れしないといけないんだ」

美貴子は、嗚咽《おえつ》する直生の手を握り、そして、静かに言った。

「あなたにだって未来はあるわ。もしかしたら短いかもしれないけれど、未来はある。だから、もう会わないなんて言わないで。私を本当に愛しているのなら、そんなこと言わないで……。こうして、あなたと会っている時間こそが、私の幸せなの。たとえ、お別れの日が来るとしても、その瞬間まで、あなたと一緒にいたい」

「少し冷静になって！」直生が、涙に濡れた顔を上げる。

美貴子は、頭を上げた直生の正面に向き直り、瞳の奥に語りかけるように言った。

「私はとても冷静です。あなたの手術の前からずっと考えていました。もし、手術が成功してガンを全部取れたらいいな、そうしたら、いつか私のガンが再発しないって分かったとき、結婚したいって……。そして、もし逆に、手術してもガンが全部取り切れず、あなたの未来が限られるかもしれないなら、そのときは、すぐに結婚したいって……。手術の前から、私は思っていたんです。だから、手術の前日に『手術に成功したらじゃなくて、たった今からお付き合いしてほしい』って言ったんです」

「…………」直生は、しばらく言葉が見つからなかった。

でも、少しずつ言葉を探して言った。「ありがとう。……めちゃくちゃうれしいよ」言葉を探しながら続ける。「でもね……、本当によく考えてみてほしいんだ。僕は、現代医学が、もう治療の方法なしとした人間なんだよ。そんな人間と結婚したいだなんて……、理屈にかなってないよ。……同情だったらやめてほしい。そもそも、さっきも言ったように、僕は、君のことを何よりも大切に思っているんだから、君が不幸になるようなことをできるわけないよ。そんなこと、できるわけないじゃないか」

「同情なんかじゃない！　おかしいって周りの人に言われても平気。どうしても直ちゃんと一緒にいる。それが、私の幸せなの。私の幸せは私にしか分からないわ！」

美貴子は、そこで言葉を切ると、静かな声で続けた。

「結婚は、自分の人生を相手にプレゼントすることだと思ったの。見返りなんて求めない。自分が幸せになりたいとか、そういうことの前に、私は、直ちゃんが好き！　自分の人生をプレゼントするにふさわしい人だと思ったの。直ちゃんと一緒にいたい。直ちゃんと一緒にいて、もし苦しむことになってもいい。ただ1分でも1秒でも多くあなたと一緒にいたい。誰が何と言おうと……。もし、あなたと一緒の時を過ごせなかったら、私自身苦しむ。死ぬまで後悔する。もう直ちゃんは、私と別の人には思えないの。一緒に生きたいの！」

「ミコちゃん……」

「仮に私がおばあさんになるまで生きたとしても、直ちゃん以上に好きな人なんて絶対に現れない。ずーーーっと私の中に残る。結婚できなかったら絶対に後悔する。だからお願い。分かって！　私の気持ちを分かってください！」

美貴子は、直生の両手を自分の両手で包むように握り締め、涙の玉を浮かべ訴えた。瞳には切実な魂の叫びが感じられ、直生の瞳も涙があふれた。

美貴子は、さらに体当たりするような勢いで、直生の襟元に顔をぶつけた。美貴子の熱い体温が体に沁《し》み込み、涙が胸元を濡らした。

直生は言葉もなく、その場は、嗚咽し続ける美貴子を抱き締めるしかなかった。

4

美貴子が決心したのは、手術の少し前だった。

直生が手術に成功すれば完治が望めるが、その場合、美貴子は身を引かなくてはいけないと最初は考えていた。しかし、将来無事に生きられる可能性が少ない自分を、直生は「唯一のかけがえのない人」と言ってくれた。「どんな病気も、どんな未来も必ず受け止め、愛し続ける」と言ってくれた。それで、美貴子は、たとえ自分の５年生存率が低いとしても、病気に対して「治る」「治す」と考えるようになったのだ。自分自身の気持ちに素直になり、「お付き合いしたい」という直生の申し出を受けたいと思った。

一方、美貴子は、万が一、直生が手術でガンを取り切れなかったときのことも考えた。その場合、もし直生の将来が暗いものになるのであれば、美貴子はそばで支えようと思った。「どんな病気も、どんな未来も必ず受け止め、愛し続ける」――直生が言ってくれたその言葉は、美貴子の気持ちをも代弁していた。もし、直生の死が近いのであれば、すぐにでも結婚し、その瞬間までそばにいたい……。それは、バカげた考えだと周囲は思うかもしれないが、唯一、自分が採るべき道だと考え、決心した。

そういった経緯があったため、美貴子の心は揺るぎないものだった。

しかし、直生の手術後、美貴子が「ガンを取り切れなかった」という事実を自分の母親に話し、

「でも、彼と結婚したい」と言ったとき、母親は驚き、戸惑った。

美貴子の母親は、娘を迎えに行った際に何度か直生に会った。まだ少年の香りが残るその青年は、痩せて背がひょろ長く頼りない感じだったが、やさしい目をしていて、礼儀正しかった。美貴子に接する姿には、いつも美貴子への愛情を感じた。とても好感の持てる青年だと思った。

しかし、手術でガンを取り切れなかったにもかかわらず、娘が「結婚したい」というのは、思いもよらない発言である。死んでいく人との結婚なんて……、賛成することはできない。あんなに良さそうな青年が、余命1年だということには同情する。けれど、だから結婚するというのは、あまりに一時的な感傷にとらわれた決断ではないか？——そう思った。だから言った。

「あなたは、自分の言っていることが分かっている？　結婚しても、直生さんは1年前後で亡くなってしまうとお医者様に言われているのよ？　一時の感情に振り回されていない？」

しかし、美貴子の答えは、意外なほど冷静だった。

「お母さんの言うことはよく分かります。1年くらいで死んでしまうかもしれない人に娘をやりたくない気持ちは、もっともだと思います。けれど、この判断は、決して一時の感情に流されたものではないの。直生さんの手術の前から、ずっと考えていたことなの」

美貴子は、真剣な眼差しで母親の瞳を見つめた。そして続けた。

「余命が1年前後の人と結婚すると言われて、驚く気持ちも分かります。バカげたことだと思うかもしれない。けれど、私にとって直生さんは、それだけかけがえのない人なの。もう他人には思えない……。彼の悲しみも苦しみも自分のことにしか思えないの。だから、仮に死が避けられない運命だとしても、その最後の瞬間まで一緒にいたい」

母親は、美貴子の瞳の中に、揺るぎないものを感じた。

「あなたのその気持ちは大切にしたいわ。でも、これから直生さんはどんどん悪くなってしまうでしょう……。愛する人が苦しむ姿を見るのは、とても辛いことよ。逃げ出さずに見つめ続けるのは、並大抵の覚悟ではできないわ。あなた、本当に大丈夫？」

「覚悟はできています。もう涙が枯れるまで泣いて、考え尽くしたの」

母親は、「結婚」という言葉を予想していなかっただけに、賛成はできなかったが、娘の純粋な思いは評価してあげたいと思った。

「分かった。バカげたことだなんて思わないわ。お母さんにも少し考えさせて」

「ありがとう、お母さん」

「あなたが、彼を支えていきたいのなら、お母さんも最大限応援したいと思うわ。でも、結婚となると大きなことだから、お父さんにも、ちゃんと話してね。大事なことだから」

好意的な母親の言葉に少し安堵《あんど》した美貴子は、こっくり頷いた。

美貴子の父親は、大手流通チェーンの人事部長をしていたので出張が多かった。しかし、美貴子が直生に結婚の意志を伝えたその夜は、出張から帰っていた。

父親は、美貴子が入院中に知り合った本多直生という青年としばしば会っていることは、母親から聞いていた。美貴子本人からはまだ何も聞かされていなかったが、母親の話によると、その青年は礼儀正しい、感じの良い子のようで、父親は、病気になって以来ふさぎ込みがちだった美貴子が少しずつ明るくなれたことについて、感謝したい気持ちもあった。しかし、青年は気の毒にも肺ガンを患っているとのことだったので、まさか、そんな重い病気を持つ人と恋愛に至るとは夢にも考えなかった。

ところがその夜、美貴子から、青年が「ガンを取り切れず余命宣告を受けた」と聞かされ、そのうえ「結婚したい」と言うので、ただ驚くしかなかった。美貴子は、まだ二十歳の大学1年生で、その若さだけでも結婚を認めがたいのに、相手は、余命が1年前後だというのだ。親として、そんな結婚を認めるわけにいかない。だから、とても冷静に諭すように言った。

「美貴子の気持ちは分かるよ。その人が心から好きなんだね。その想いはとても尊いことだよ。でもね、ものごとは冷静に考えなきゃいけない。たしかに、美貴子も一度は重病を患った身だ。その青年に感情移入が強くなるのはよく分かる。しかし、今はもう病気を克服し、大学にも復学してこれから未来に向かって歩んでいく時なんだ。分かるだろ?」

「お父さん、何が言いたいの? 直生さんとのお付き合いをやめなさいって言いたいの? それだったら、ごめんなさい、お断りします。私、小さいころから〝お父さん子〟で、今もお父さんのことは大好きだけど、そういう話なら従えません。お父さんも直生さんに一度会ってみてください。そして、私の真剣な気持ちを理解してください」

「いや、美貴子と議論するつもりはないんだ。美貴子の気持ちは尊重したい。お付き合いをやめろなんて言わない。でも、結婚というのはどうなのかな? 現実をよく見なければいけない。美貴子はまだ二十歳だし、大学もまだ3年あるんだ。いくらなんでも結婚は早過ぎる。今日はこれ以上言わないが、一度冷静になって考えてみた方がいい」

「お父さん、直生さんには時間がないんです。私は直生さんのことを本当に愛しています。かけがえのない人なんです。その人が死の淵で苦しんでいるのに、黙って見ているわけにはいきません。たとえ、直生さんの命が限られているとしても、私の気持ちは揺るぎません。というより、命が限られているのならなおのこと、そばにいて支えてあげたい。これは冷静さを欠いた思い付きでも、感傷に流された判断でもありません。直生さんが手術を受ける前から、ずっと考えに考えた結論なんです」

「分かる。分かるよ。美貴子の気持ちは分かる。けれど、何も結婚だけが答えじゃないだろ？　結婚しなくても彼を支えることはできるだろう？　第一、あと1年生きられるかどうか分からない人に娘をやれる親なんて、それはいないよ。そうじゃないか？」

「あと1年生きられるかどうか分からないからこそ、結婚したいんです。1分でも1秒でも長く一緒にいたいんです。そばにいたいんです。もう、彼の痛みが、自分の痛みになってしまったんです。もう、直生さんのことは他人とは思えない。自分とは別の人と思えないんです！　こうしている瞬間にも一緒にいられないのが辛いんです！」

美貴子の強い言葉に父親は驚いたが、母親はその気持ちが分かるような気がした。美貴子は、その不幸な病気に見舞われた青年に、このうえない愛を感じ、一心同体の思いなのだろう。それが幸せなことか不幸なことかはともかく、大切な想いであると思ったし、第三者にはこの気持ちをどうすることもできないと思った。だから、今日のところはこれ以上議論しても何も得られないと考え、母親は両者の間に入り言った。

「美貴子の気持ちは分かるわ。でも、お父さんの気持ちも分かるでしょう？　お互い少し時間をかけて、心の中を整理し、また、冷静にお話しましょう。お父さんもお母さんも、美貴子のことを愛し、信頼しているのは分かるでしょう？　無理やり二人を別れさせるようなことは絶対にしないから……」

美貴子はもちろん、両親が自分を愛する気持ちは分かっていた。それだけに、もう何も言うことができず、自分の部屋へ上がっていった。

後には、重たい沈黙が残った。

5

そんな具合で、美貴子は、結婚について両親から承諾を得られなかったが、それより辛いのは、当の直生自身から「別れよう」と言われていることだった。

直生とはあの日以来、会えない日が続いていた。直生が「しばらく会わずに、お互い冷静に考えよう」と言ったからだ。しかし、美貴子は余命を言い渡された直生を放っておくことはできなかった。そこで、メールでやり取りし、1週間だけは会わずに冷静に考えてみるが、1週間後には会って話すということで直生の同意を得た。美貴子は、1週間も会わないのは長過ぎると感じたが、直生の意志は固かったので尊重した。

美貴子はその1週間、もう一度考えてみると共に、直生と親を説得しようと思った。

まず、自分が直生だったらどう思うだろうかと、じっくり考えてみた。やはり、自分が死んでしまうならば、結婚したくても「できない」と答えるだろうと思った。相手を愛すれば愛するほど、そう言うだろう……。その気持ちは痛いほど分かった。そのやさしい気持ちはうれしい。しかし、それは〝理性〟の出した答えであり、〝本心〟は違うのではないか。たしかに、相手を大切にするそうした答えは、〝理性〟がもたらす正しい判断だと思う。でも……、でも人間は〝理性〟がすべてではない。〝感情〟がある。〝理性〟だけを重んじて〝感情〟を犠牲にするのは幸せなことではない。素直な感情が〈結婚したい〉と思っているのであれば、〝理性〟がもたらす正解はどうあれ、〝感情〟に素直に従うのも一つの答えではないか。相手のことを思って「結婚できない」というやさしい気持ちは分かるが、二人の〝感情〟が結婚を望んでいるのなら、そうすべきではないか？

また、美貴子は、父親の気持ちも考えてみた。父親の気持ちもよく分かる。小さいころから〝お父さん子〟だった美貴子は、父親を苦しめたくないと思った。けれど、自分が親だったとしたら、やはり子の人生は、最終的には子供自身の判断に委ねるだろう。たとえ、それによってその子が不幸になったとしても、子供自身の判断による結果なら、本人も納得できるはずだ。しかし、子供自身ではなく親の判断に委ねて不幸になった場合は、「あのとき、自分の意志を通していれば……」という悔いが最後まで残るのではないか？　だから、子供を愛すればこそ、子の人生は最終的には子供の決断に委ねるべきではないか。――多少子供寄りの理屈ではあったが、そう思い、その点を分かってもらおうと思った。

そんなふうに、美貴子は、自分の決断について、もう一度冷静に考えてみた。しかし、何度考えてみても結婚の決断が間違っているとは思えず、採るべき唯一の道だと思った。


一方、直生も、自分の考えを確認しようと思い、両親に相談した。

両親は、直生から、美貴子と別れる覚悟や、美貴子の結婚の申し出など一部始終を聞き、絶句した。余命宣告を受けた相手と結婚したいと言う美貴子の想いに切なくなったし、また、美貴子から「結婚」という重大な申し出をもらいながら、それでも別れなければならないと考える直生の気持ちも辛かった。

母親は、涙を流しながら言った。

「美貴子さんがそこまで考えてくれるのなら……、気持ちを受け入れてもいいのではないかしら。女は、愛する人のそばに居たいものよ」

「たとえ、未来がなくても？　たとえ、1年かそこいらで未亡人になるとしても？」

「未亡人だなんて……。でも、そうね……お母さんなら、結婚する。本当に心の底から好きになれる人なんて滅多にいるものじゃないわ。そんな人と一緒になれるなら、1年だって構わない。いや、半年でもいい。長さなんて関係ない。たとえ短くても、その人と一緒になれることが大切なのよ」

「お父さんは、どう思う？」

「お父さんは、お前の別れようという決断は正しいと思う。直生が相手のことを思い、大好きだからこそ別れるという気持ちはよく分かる。愛しているからこそ、そうするんだな。ただ……、お前、本当にそれでいいのか？　また、それが正しいとして、美貴子さんを納得させられないまま別れることが解決になるのか？　理屈で言うと直生の考えは正しいが、それが採るべき唯一の道かどうかまで、お父さんは判断がつかない」

両親と話をしても結論は出なかった。しかし、直生は、父親が言った「理屈で言うと直生は正しい」という言葉に力を得た。やはり辛くてもそうするしかないと思った。

１週間会わないと約束しても、メールまで出さないことにはしなかったので、美貴子は、先の「直生の言うことが〝理性〟から出た正しい判断だとしても、人間は〝理性〟がすべてではなく〝感情〟がある。相手のことを思って『結婚できない』というやさしさは分かるが、二人の〝感情〟が結婚を望んでいるのなら、そうすべきなのではないか？」という考えをメールに書いて送った。

直生はそれを読んで、美貴子の気持ちはうれしく感じたが、美貴子の幸せのために理性的な判断が必要であれば、〝感情〟などいくらでも封じ込めてやると思った。大切なのは、自分の幸せではなく、美貴子の幸せなのだと思った。

そう返事を書くと、美貴子から「私の幸せは私にしか分からないので、勝手に決めないでください。私の幸せは、あなたと共にいることなのです」と返って来た。

美貴子の母親は、直生が結婚にノーと言っていることを知り、感動を覚えた。青年の心中を察し、涙が出そうになった。そして、二人の心を思い、徐々に「賛成してもいい」という気持ちになっていった。

また、この件は、美貴子の3歳上の兄の耳にも入った。彼は「本人の意志を尊重すべき」という意見で、「親が無理やり引き離せば、美貴子は一生後悔するだろう」と言った。

2月11日は美貴子が出かけている間に両親と兄の三人で意見交換をした。

父は、「余命宣告を受けた人に娘を結婚させることはできない。本人の気持ちは大切だが、相手が亡くなった後、本人が不幸になるのだから、それだけはできない」という考えに変わりはなかった。

兄は「亡くなった後ではなく、生きている今が二人にとって大切なんだ」と言った。

しかし、父親には、その考えは目先しか見ていない意見に思えた。

「美貴子の人生は、直生くんがいなくなった後の方がずっと長いんだ。生きている今が二人にとって大切なのは分かるが、そのために、以後の人生を直生くんのことだけを想って未亡人で過ごせと言うのか?」

「別にそうは言っていないよ。〝その日〟が来てしまった後のことは、その時に考えればいい。すぐに心の傷は癒えないだろうけど、癒えた後に当人がその気になれば、別の人と再婚したっていいじゃないか」

「お前、無責任なことを言うな。別の人との再婚を想定した結婚なんて絶対認められん！」

母親が間に入った。

「でも、美貴子は、このまま直生さんと別れてしまったら、一生後悔する気もします」

「お母さんまでそういうことを言うのか。今は、たしかに美貴子の心は直生くんのことでいっぱいで、ほかのことは考えられないだろう。しかし、時の流れの中で人の気持ちは変わる。一時どんなに辛い思いをしても、時が癒してくれる。だから、親は長い目で見て、我が子が幸せになれるよう人生を導いてやらなければならないんだ」

三人とも、お互いの意見には一理あると思っていた。唯一絶対の答えはないと思った。

「ともかく、直生さんがノーと言っている以上、美貴子がどんなに願っても何も進展しないわ。二人の気持ちが今後どうなっていくのか、見守ってあげましょう」

母親が静かに言った。

6

こうして1週間が経過した。1週間後の土曜日は、ちょうどバレンタインデーだった。たまたま「冷静に考えよう」と二人で決めたその1週間後がバレンタインデーであることに、美貴子は何か運命的なものを感じた。

美貴子は、その年に入ってから、直生に内緒でセーターを編んでいた。それと手作りのチョコレートを持って、面会に行った。

直生は、1週間ぶりに美貴子を見た瞬間、涙が込み上げた。あれだけ別れを決意していたのに、美貴子の姿を見ただけで涙が込み上げるなんて思ってもみなかった。抑え込んでいる自分の本心の大きさに驚くと共に、そんなふうに揺れてしまう自分を情けなく思った。しかし、今日は断腸の思いで、美貴子に別れを告げなければならない。そう気持ちを引き締めた。

美貴子は、大きな紙袋を提げていた。直生の前に立つと懐かしい人を見るような目で、「今日は、直ちゃんにプレゼントを持って来た」と言って、紙袋を開けた。

中からは、鮮やかなペパーミント色のセーターが出て来た。

「直ちゃんの幸せを願い、心を込めて編みました」

いじらしい美貴子の気持ちに、直生は涙がこぼれそうになった。

「それから、これ……」

美貴子は、赤い包みのチョコレートを出して見せたが、直生は目に涙が滲んで、もうほとんど何も見えなかった。しかし、直生は、どんなに辛くても、今日はハッキリさせなくてはならないと思っていた。だから言った。

「ありがとう。本当にありがとう。でも、やっぱり受け取れないよ」嗚咽が込み上げ喉が締め付けられる。「僕の心は1週間考えても変わらない……。僕にはもう未来がないのだから……、君と一緒にいられない……」ようやく声を絞り出すように続けた。

美貴子は下を向いて震えていた。言いたいことはいっぱいあったが、声に出すことができなかった。何かひとことでも言えば、堰《せき》を切ったように、泣き叫んでしまいそうな気がした。

「…………」

長い沈黙があたりを支配した。

その沈黙の中、直生は、ぽつり言ってしまった。

「こんなことになるなら、あの日、屋上で君に出逢わなければ良かった……」

それは、〈美貴子をこんなに苦しめるのだったら、僕に出逢わなければ良かった〉という意味で漏らした言葉だった。しかし、美貴子はそう取らなかった。美貴子と出逢ったこと、この5カ月半の想い、二人の時間……すべてを否定されたように感じた。

だから、震えながら言った。

「今までの私たちのことが、全部なかったら良かったと言うの？　……直生のバカ‼」

これ以上ないような悲しい声でひとこと言うと、部屋を飛び出してしまった。

直生は慌てた。すぐに後を追おうとしたが、点滴が腕に付いており外すかどうか一瞬迷った。しかし、点滴台を持ったまま追いかけた方が早いと考え、そのまま点滴台を転がしながら、美貴子の後を追った。

廊下に出ると、美貴子は、最初の角を左へ曲がるところだった。どこへ行くつもりか分からなかったが、とにかく引き止めたかった。

美貴子は、自分を全否定されたように感じた。

〈ヒドイ！　ヒド過ぎる‼〉その思いだけが頭を占領していた。

自分は、どうしても、直生と一緒にいて支えたい。しかし、父親はそれを認めず、当の直生まで認めようとしない。それどころか、自分を全否定する。私の存在は、直生にとって、何なのか？　もはや煩わしいものなのか？

そんな思いがぐるぐる頭を巡って、どこをどう廻ったか、気が付くと美貴子は泣きながら病院の非常階段を昇っていた。義足では昇りにくかったが、手すりをつかみグイグイ昇った。

そのとき、非常階段のすぐ下の階でガッシャーンと大きな音がした。直生が、点滴台を抱えて階段を上ったが、点滴台が階段にぶつかりひっくり返ったのだった。

直生は点滴の針を無理やり引き抜き、階段を上がって来た。左腕から血が流れていた。

その血を見て、美貴子は逆に冷静になった。

何も言わず、ポケットからハンカチを出すと、止血をするために直生の腕に巻いた。直生の腕を取り、丁寧に結び、血が出ていた部分を親指で押さえた。そうしながら心が落ち着いていくのが自分で分かった。涙がポロポロ落ちた。

直生は、美貴子の肩に右腕を回し、抱き締めた。

「……私を全否定しないで……」美貴子が言った。

「全否定なんてしてないよ」

「だって、私と出逢わなければ良かったなんて……」

「そんな意味で言ったんじゃないよ。僕と出逢わなければ、君をこんなに悲しませずに済んだって……、そういう意味で言ったんだ。本当に、君に出逢えたことは感謝しているんだ。前に言ったけど、君に出逢えただけで、この世に生まれて来て良かったって思っているんだ」

「…………」

「ごめんね。ヒドイことを言って……。本当に君のことは好きなんだ。泣き叫びたいくらい、気が狂ってしまいそうなくらい好きなんだ……」

「…………」

「こんなに好きなのに……ごめんね。でも、こんなに好きだからこそ、もう時間がない僕は、結婚なんてできないんだよ……。ごめんね。ごめんね……」

美貴子は、直生の気持ちが心に沁み込み、言葉を発することができなかった。

第5章　宇宙の片隅で

1

直生と美貴子は、お互いのことを思えば思うほど、答えが見出せなくなっていた。お互いの気持ちは痛いほど分かり、それをうれしくも思ったが、一つの答えにはならなかった。

しかし、1本の電話が状況を一変させた。

美貴子の主治医が、両親を呼び出したのである。

「美貴子さんに『骨髄異形成症候群《こつずいいけいせい》』の症状が見られます」

病院を訪ねた両親に主治医が告げたのは、聞き慣れない病気の名前だった。

美貴子は、毎月、ガンの再発がないか検査を受けていた。その過程で血液の数値に異常が見つかり、骨髄の検査を行った結果、分かったのだと言う。

「その病気は、どういうものなのでしょうか?」父親が尋ねた。

その日は、主治医のK先生のほかに血液内科のR先生が同席し、パワーポイントでまとめた資料を示しながら説明してくれた。

「骨髄異形成症候群は、骨髄の異常で正常な血液が作れなくなる病気です。骨髄は、常時、赤血球・白血球・血小板といった血液細胞を作るのですが、その骨髄が異常を来たし、血液の不良品を作ってしまうのです。白血病に移行するケースもあるため〝前白血病状態〟と言うこともあります。10万人に数人の難病で、若い人に発症することは稀なのですが、美貴子さんは、ユーイング肉腫の治療で使った抗ガン剤の副作用で発症したと思われます」

「……」母親は、予想外の展開に茫然とした。

「で、どのように治療すればいいのでしょうか？」父親が冷静に聞いた。

「申し上げにくいのですが……、美貴子さんの場合、治すのは難しいでしょう」

両親は、息を呑んだ。

Ｒ先生が続ける。

「骨髄異形成症候群を完治させるには、骨髄移植など『造血幹細胞移植《ぞうけつかんさいぼういしょく》』という方法しかありません。この方法は、異常を来した本人の造血細胞を放射線などですべて破壊し、血液が適合する別の人から造血幹細胞を移植して取り換えるというものです。成功すれば完治が望めますが、この方法は体への負担が大きく、命を落とす場合さえあります。美貴子さんの場合は、抗ガン剤で心臓が弱っているため、この方法は使えないでしょう」

「それでは、今後、どうすればいいのでしょうか？」

「幸い、美貴子さんは、今のところすぐに何かしなくてはならないという数値ではありません。本人の自覚症状もないようです。しかし、この病気は確実に進行します。血液中の赤血球・白血球・血小板が正常に作られず、だんだん減っていきます。赤血球が減れば貧血となり、全身のだるさや動悸《どうき》・息切れを起こし、ひどくなれば心不全を招きます。白血球が減れば、感染症を起こしやすくなります。血小板が減れば、血が止まらなくなり、脳などの重要な部位で出血すると命取りになります。したがって、そうならないために薬を処方し、数値が危険になれば輸血を行います。ただし、それらでしのぐには限界があります」

「〝限界〟とはどういうことですか？」

「大変申し上げにくいのですが、骨髄異形成症候群は一般に予後が不良で、予後が良い場合でも平均余命は5年です。美貴子さんの場合、骨髄の異常細胞の割合などから判断するとさらに厳しく、統計的な生存率は1年後55％、2年後26％です」

R先生は折れ線グラフを示した。それによると、半数の人が1年少しで亡くなり、5年以上生きる人はごくわずかだった。

「このグラフのように10年生きる方も稀にありますが、残念ながら半年から2年程度で亡くなる方が多いのです。余命はそう考えていただく必要があるでしょう。美貴子さんには、この病気の専門医がいるC病院をご紹介したいのですが、今日は、まずご両親にお伝えして、美貴子さんにどこまで事実を伝えるかをご相談したいと思い、お越しいただきました」

美貴子の両親は、あまりにも急な展開に頭が真っ白になり、言葉を失った。

父親は、こぶしを握り締めたまま震えていた。〈なぜ、美貴子が……〉と思った。〈ユーイング肉腫で片足を失ったが、それでも治すことができたと思った……。なのに、なぜ美貴子が続けてこんな目に遭わなくてはならないのか？　なぜ……〉

母親も同じ思いだった。突然の告知に、二人は気持ちが動揺して、その日は冷静に医師と話し合える状況ではなかった。そこで、医師への返答は後日行うこととして、病院を出た。

駐車場に向かう道すがら、母親が言った。

「お父さん……」

「なんだ？」

「もう、美貴子は、お父さんが考えるような普通の人生は無理だと思います。……それならば、美貴子が望むようにしてあげませんか？　直生さんと結婚させてあげませんか？」

「………」父親は沈黙し、虚空を見つめた。

母親は続けた。

「人を愛する気持ち、一緒にいたいという気持ちは、未来の長さに関係ないと思います。二人の場合、残された時間が短いからこそ、より切実に一緒にいたいと願うのでしょう。たしかに、二人は、健康なカップルのような未来は描けないかもしれません。うんと短い人生かもしれない。けれど、それがどうだというのでしょう。たとえ短くても、この世に生きる時間を、愛する人と一緒にいたいと願うのは当然じゃないでしょうか？　私たちは皆、〝死〟という永遠の別れを前提に生きているという意味では、同じです。私は、たとえ人生が短く終わっても、二人を結婚させてあげたい」

「俺は……、あの子に、平凡でもいい、普通の幸せを味わってほしかったんだよ……」

「分かります。けれど、病気になり、抗ガン剤の副作用で心臓が弱り、そのうえ血液に不治の病まで見つかってしまった今、これ以上あの子に〝普通〟を求めるのは、かわいそうです」

「…………」

「結婚を認めてあげませんか？」

「…………」父親は、空を仰ぎ、長い沈黙の後に言った。

「少し、考えさせてくれ」

二人の心は鉛のように重く、それ以上、何も言えなかった。


美貴子の両親は、そのまま都内に勤務する美貴子の兄に連絡を取り、昼食を共にした。そして、美貴子が「骨髄異形成症候群」を発症したこと、美貴子の場合はこの病気を治す方法がないこと、対症療法で延命を図るが現在の検査結果などから判断すると余命は半年から2年程度であること――などを伝えた。そして、三人で話し合い、美貴子には、いずれ真実を伝えるにしても、まずは〝余命〟というような言い方はせずに、「貧血が見つかった」ということで医師から伝えてもらうことを決めた。

その席で、父親は、美貴子の結婚を認めたいと初めて言った。母親は少し安堵した。胸には深い悲しみがあり、その中で一輪咲いた小さな花のような安堵だった。

夕食時、家族四人が揃った席で、美貴子の父親が静かに言った。

「美貴子」

「なぁに？」美貴子が顔を上げた。

「お父さん、いろいろ考えたんだけど、直生くんとの結婚を認めようと思うんだ」

「えっ⁉」美貴子は、まったく思いもよらない父親の言葉に目を丸くした。「お父さん、本当に？　どうして急に？」

「いろいろ考えたんだよ。そして、美貴子がそこまで思うんだったら、そうするのが一番良いんじゃないかと思うようになったんだ」

「ありがとう、お父さん！　お父さんに分かってもらえてうれしい」美貴子は、輝くような瞳を父親に向けた。しかし、一瞬で真顔になると続けた。「……でも、直生さんは、自分には時間がないから、私とは結婚できないって言うの。本当に私のことを思ってくれて、その気持ちはうれしいんだけど……。どんなに話しても、結婚はできないって言うの」

「そうか……。そういうことなのか……」

「そうなの。でも、お父さんが賛成してくれただけでも、気が楽になった。本当にありがとう。うれしい」

新たな病気のことをまだ知らない美貴子は、心からうれしそうな表情をした。それが、いじらしく、家族の胸を締めつけた。

「機会があったら、お父さんを直生くんに会わせてくれないかな？　お父さんからも、一度直生くんと話をしてみるよ」

「ありがとう。お父さんも賛成してくれたこと、直生さんに言ってみる」

母親も兄も穏やかな表情で見守り、夕食の席はとても温かな雰囲気に包まれた。ただ、美貴子には、なぜ父親の意見が急に変わったのか、そのことが少し気になった。

2

翌日の午前中、美貴子は母親に「少し話してもいい？」と呼びかけた。急に考えを変えた父親のことを聞きたかったのだ。

「お父さんは急に考えを変えてくれたみたいだけど、お父さんに何か話をした？」

母親は、どう返答したものか、戸惑った。

美貴子は、母親の様子を見て異変を敏感に感じ取った。

「お母さん、私の病気のことで、先生から何か聞かされたんでしょう？」

母親は、我が子の勘の良さに驚き、それが少し表情に出てしまった。

「やっぱりそうなのね。この前の検査では、再発はないって先生はおっしゃっていたけど、再発が見つかったのね？　そう言えば、この前は、腰の骨に針を刺す痛い検査をされたけど、腰に転移が見つかったのね……」

母親は、首を左右に振った。「いいえ。再発なんかしてないわ」

「それなら、何を隠しているの？」美貴子は、視線を合わせようとしない母親に言った。「お母さん、私、お母さんを信頼しているから聞きます。私の病気について何かあったのなら、教えてください。たとえ、それが厳しい内容だったとしても、私は自分の命について全部聞いておかないと、後で悔やむことになるから……。だから、この先、悔いなく生きるためにも教えてください」

母親は、なおもためらったが、真っすぐに自分を見つめる美貴子の瞳を見ると、この子に嘘はつけないと思った。この子の言うとおり、悔いのない人生を送るためにも、正直に話しておいた方がいいと思えた。そこで、静かに説明を始めた。

「きのう、お父さんと二人、Ｋ先生に呼ばれたの。新たに血液の病気が見つかったというお話だった。どうも、前に使った抗ガン剤の副作用らしいの。それで……」

母親は言いよどんだ。どう話せば良いか、急に判断ができなかった。でも、嘘はつけない。

「それで？」

「先生のお話では、美貴子の場合、治すのは難しいっておっしゃるのよ」

「難しい？　……ということは、もう治らないということ？」

「詳しいことは、私自身理解し切れていないから、うまく説明できないわ」

「分かった。ありがとう、話してくれて。Ｋ先生に聞いてみるわ」

「美貴子ちゃん……」母親は、美貴子の体を抱き締めた。長年親しんだ美貴子の香りが胸いっぱいに広がり、幼いころからの美貴子の姿が心の中によみがえった。そんな我が子に辛い思いをさせてしまい、心から詫びたい気持ちだった。

「丈夫な体に生んであげられなくて、ごめんね」

「そんなこと言わないで。私は、お母さんとお父さんの子に生まれて良かったって、いつも思ってる。病気は私の運命。病気になっても、お母さんへの感謝の気持ちは変わらないわ」

「美貴子ちゃん……」母親は、腕の中に温かく息づく我が子をもう一度強く抱き締め、その生命が失われないことを切に願った。

美貴子は、すぐに主治医のK先生に連絡を入れ、その日の午後3時に面会し、話を聞いた。

美貴子の母親から連絡を受けていたK先生は、穏やかに、やさしく、しかし美貴子が知りたい真実についてはすべて包み隠さず話してくれた。美貴子は、あれこれ質問し、これから、どのくらいの間、普通の生活ができ、どのように病状が悪化し、どのような最期を迎えることになるのか、尋ねた。

美貴子は〝余命〟についても尋ね「10年生きる可能性もあるが、半年から2年程度の人が多い」と聞かされた。しかし、それを聞いても大きな心の動揺はなかった。初めてユーイング肉腫と分かってから2年近くが経ち、この間、厳しい話をたくさん聞かされてきたため、ある程度、心の準備ができていたのかもしれない。

しかし、家に帰り自室に入ると「いよいよ来るべきものが来た」という思いが胸に迫った。

余命半年から2年程度……。

あと半年から2年で、自分の命が終わり、目の前からすべてが永遠に消え去る……。その事実は重い。できれば、そんな現実から逃げたいが、どこにも逃げ場はなく、その事実を考えようが考えまいが、1秒1秒〝その時〟は確実に近づいて来る……。「絶望」という言葉さえ表面的で軽く感じるほど、完全に望みを絶たれた状況である。そんな運命しか、もう、自分には残されていない……。

ゾッと体に戦慄が走り、体の芯から湧き上がる震えが、ガタガタと全身を震わせた。美貴子は思わず両手で自分の二の腕をつかみ、体の震えを止めようとした。

涙があふれ、知らないうちに声を上げて泣いていた。声にならない声を上げ、ベッドに突っ伏して泣きじゃくった。幸い、母親は夕方の買い物に出かけていたのか家におらず、美貴子は、気が済むまで声を上げて泣いた。

ひとしきり泣いた後、改めて自分を襲ったこの絶望感は、半月ほど前、直生が味わったものと同じ絶望感なのだと思った。そして、

「これで、直ちゃんと同じになった……」と声に出して言ってみた。

すると、なお涙を流しながらも、心の中が少し安らいだ。

〈もう終わりが見えたとしてもいい……。直ちゃんと１秒でも長く、一緒にいたい〉

そう思った。

３

翌日、美貴子は、直生の病室を訪れた。そして、開口一番、

「直ちゃん、ビッグニュース！　お父さんも、直ちゃんとの結婚にＯＫしてくれた」

と報告した。そして、直生の顔に笑顔を近づけ「直ちゃん！」とひとこと言うと、じっと見つめ、直生の頬に手を触れた。掌がしっとりしていた。

美貴子は、いつもより明るく、何だかはしゃいでいるように見えた。そこで直生が、

「何かあった？」と尋ねた。

「えっ⁉　どうして？」

「だって、今日はいつもと違う……。妙にはしゃいでいるように見える……」

「もちろんよ！　だって、両親とも、直ちゃんとの結婚にＯＫしてくれたんですもの」

「それだけじゃないよね？」

「えっ⁉」

「何かあった？」

「もう！　何もないって。両親ともＯＫをくれたんだから、直ちゃんも早くＯＫしてください」

「ミコちゃん、僕には分かるんだよ。まだ何かあるよね？　本当のことを言ってほしい」

「……」美貴子は一瞬黙って、直生を見つめた。そして言った。「お父さんがＯＫをくれたのは本当です。もし、直ちゃんが私の態度に何かを感じるのなら、それはたぶん……」

「たぶん？」

「私に、骨髄異形成症候群が見つかったからだと思います」美貴子は、いずれ話さなければならない真実について、これを機に一気に話してしまおうと思った。

「骨髄異形成症候群⁉」直生は、聞き慣れない言葉に驚いた。「詳しく聞かせて！」

美貴子は、主治医の話をかいつまんで話した。そして、最後に、

「余命は、半年から2年程度の可能性が高いって言われちゃった」発言の内容に不似合いな明るさで、サラッと付け足すように言った。

「ミコ……」直生は驚き、絶句した。顔は、悲しみと恐怖でゆがんでいた。

直生の表情を見て、美貴子も明るさを保つことができなくなってしまった。

「ごめんなさい。直ちゃんを支えるつもりで結婚しましょうって言ったのに、私の方が先に悪くなってしまうかもしれない……。でも……でも、どうしても一緒にいたいの。もう先が長くないならなおのこと、早く一緒になって、１分でも１秒でも長く一緒にいたい……」

美貴子は涙を抑えることができなくなった。

「ミコちゃん……」直生は起き上がり、枕元にいる美貴子を抱き寄せた。

「ごめんなさい。本当にあなたを支えてあげたかったの……。それなのに……、それなのに……」

美貴子の目から堰を切ったように涙があふれ出た。

「いいんだよ。その気持ちだけでうれしいよ」直生は、そう言いながら嗚咽に震える美貴子を強く抱き締めた。

そして考えた。本当に、美貴子の骨髄異形成症候群が治らないのなら、お互い余命が限られた立場は同じになったわけで、もう結婚できない理由はない。というより、二人とも限られた命ならば、美貴子が言うように１秒でも長く一緒にいたい。残された時間はわずかかもしれないけれど、この命の最後の瞬間まで、美貴子を愛し抜きたい！

直生は、美貴子の瞳を正面から見つめて言った。

「結婚しよう」

涙に濡れた美貴子の目が、一瞬驚いたように見開かれた。

直生は、それを見てもう一度、愛情を込めて言った。

「僕と一緒に生きてください！」

「直ちゃん‼」

美貴子は、直生の襟元にぶつかるように飛び込み、二人の心は、一瞬すべての現実を押しのけ、幸せに包まれた。

4

それから先の展開は慌ただしかった。

直生は、可能な限り「骨髄異形成症候群」について調べた。調べれば調べるほど恐ろしい病気だと思ったが、インターネットを見ると、進行を遅らせて何年も生きている人がいて励まされた。完治できないとしても、必ず美貴子を長く生きさせてあげたいと思った。

一方、美貴子は、K先生の勧めで、骨髄異形成症候群について専門性の高いC病院を受診した。C病院は、美貴子に検査入院を勧め、美貴子は2月23日の週に入院し、様々な検査メニューをこなした。何度も採血され、腰骨に針を刺す骨髄穿刺《せんし》もされ、いろいろな装置で、心臓、肝臓、腎臓など全身を隅から隅まで徹底的に調べられた。

そして、やはり先のA病院の診断と同じ「骨髄異形成症候群」が確認された。しかし、「発見が早かったため、血液の数値自体はまだ一定のレベルを維持しています」とのことで、退院を許可された。事実、美貴子はまったく自覚症状がなく、自分がそんなに重い病気だとは信じられなかった。

直生は2月25日に退院し、28日の土曜日には、早速、美貴子の家へ挨拶《あいさつ》に行き、美貴子の両親に結婚の承諾を求めた。両親は喜んでこれを認め、直生を囲んで夕食を共にした。

次の日は、直生の家に美貴子が訪れ、改めて直生の両親に挨拶した。3月初めの暖かな日で、薄ピンク色のワンピースに身を包んだ美貴子は、春の精みたいに美しかった。

直生の母親は「美貴子さん、直生のことを好きになってくれて本当にありがとう」と言うと泣き崩れた。残りの三人は直生の母親をなだめるのに必死になった。

二人は初め、結婚式はしなくてもよいと考えたが、直生の母親が「結婚式は、花嫁さんとその両親のためにしなくてはいけない」と強く主張したので、行うことにした。ただし、会場は、友人の人脈を使ってレストランで行おうと考えた。まだ稼ぎのない二人は全部親がかりで結婚式を挙げるため、あまり負担をかけたくないと思ったのだ。

双方の友人に尋ねた結果、直生の友人の父親が、都心のオフィス街でレストランを経営しており、4月4日の土曜日の昼間は貸し切りにできるとのことだった。そこへ、美貴子が幼いころから知っている牧師さんに来ていただき、結婚式と披露宴を行うことにした。牧師は地区の教会で日曜学校を開催しており、美貴子はクリスチャンではなかったが小さいころからその日曜学校に通い、最近までボランティアでときどき手伝っていた。美貴子が直生を伴ってお願いに行くと、牧師は二つ返事で快諾してくれた。

結婚式の場所が決まっても、まだまだやることはたくさんあった。招待客は誰を呼ぶか？　当日の進行をどうするか？　引き出物をどうするか？　当日着る衣装をどうするか？　案内状の手配……などなど。

　招待客は、お店の収容人数が60人であるため、その範囲で家族と友人を中心に呼び、アットホームな結婚式にすることにした。具体的には、本多・青木両家で呼ぶ親戚の範囲をまず決め、それ以外は、二人の恩師や友人を招待することにした。直生は、高校時代に勉強ができない自分を温かく見守ってくれた担任の和田先生、カメラ撮影の基本を教えてくれた北川先生、マンガを応援してくれた真島先生を招待し、美貴子は、小学校の時の大好きな柄沢先生と、大学に入ってから一番お世話になっている小沢先生を招待した。二人の再会のきっかけを作ってくれた、小児科のK先生と呼吸器内科のS師長も招いた。

　当日の司会・進行については、美貴子の兄の友人で子供のころからよく知るSさんがイベント会社に勤務しているのでお願いした。また、直生と美貴子の友人がSさんと話し合い、音楽や余興などのアイデアを出し、1カ月しかない準備期間にいろいろ考えてくれた。

　直生の衣装は、教師をしている叔父のモーニングを借りることにした。

　美貴子の衣装は、借りるにしても値段が高いので〝お色直し〟はやめて白のウエディングドレスだけを借りることにした。貸衣装屋にはたくさんのウエディングドレスが並び、何組かのカップルが試着しては大きな鏡の前ではしゃいでいた。足が悪い美貴子は、最初、気後れしたように立ち尽くしていたが、せっかくの機会なので、お店の人と相談し、いくつかを試着して直生に見せた。ウエディングドレスは、スカートが信じられないほど広がっているデザインが多く、美貴子は着替えるのに苦労したが、試着したその姿は、真っ白な花に包まれたお姫さまのようで、輝

くばかりに美しかった。直生は、花嫁姿の美貴子に見惚《みほ》れ、

〈この人が、本当に自分のお嫁さんになるのか……〉

と信じられない気持ちだった。毎日この人と一緒にいられると思うだけで、心が空に翔け昇るように幸せだった。胸の底には常に死の恐怖があったが、一瞬それが霞んだ。

美貴子も同じ思いだった。

3月24日には、美貴子の骨髄液の遺伝子検査結果が出揃い、確定診断を聞きにC病院に出向いた。結果は、「骨髄異形成症候群」のうちWHO（世界保健機構）の分類で「芽球《がきゅう》増加型不応性貧血（RAEB）」と診断された。「芽球」と呼ばれる異常な血液細胞が7％あるそうだ。IPSS（国際予後判定システム）に美貴子の数値を当てはめて点数化すると、骨髄中の芽球の割合が「7％」で0.5点、減少している血液細胞の種類が「3種類」で0.5点、染色体の異常は「中間」で0.5点、合計1.5点となり、「中間リスク群‐2」と判定された。統計的な平均余命は1年半だそうだ。

「しかし、これはあくまで統計データに過ぎません。このグラフのように5年以上生きる方もいますし、半年未満で亡くなる方もいます。白血球が減り肺炎にでもなると平均より短くなってしまいますから、できるだけ血液の数値を良く保ち、日常生活を維持できるようにしていきましょう」医師はやさしい目をして言った。

治療法は、やはり骨髄移植以外に完治の道はないそうだが、美貴子の場合、骨髄移植には体が耐えられないとされた。また、美貴子には強い薬を使うことも良くないとされた。幸い、今のと

ころ血液の数値は一定のレベルにあり、自覚症状はないため、赤血球・白血球が増える薬を飲み、2週間に一度病院に通えばいいことになった。日常生活を続けることができる。

しかし、病院を出た後、美貴子は改めて不安になり真顔で言った。

「私、本当に、直ちゃんと結婚してもいいのかしら……。迷惑かけたらどうしよう……」

「もう、僕は心を決めてしまったからね、どんなことにも動じないよ。ミコちゃんが不安を感じるなら、なおのこと、僕にそばにいさせてほしい。僕の命がある限り一緒に生きて、ミコちゃんの幸せのために役立つことをやりたいんだ」

美貴子は、その言葉を聞き、余命宣告を受けた二人だとしても、精いっぱいお互いを想い、大切にし、どちらが先に逝くとしても、その瞬間まで愛し抜こうと思った。

5

そんなふうにして、アッという間に結婚式の当日となった。その日は曇り空で、やや肌寒かったが、会場となるレストランの周りには満開の桜が枝を広げ、華やぎを添えていた。

午前11時からレストランの店内で、まず結婚式が行われた。

祭壇はなかったので、正面の新郎・新婦席の前に牧師が立ち、直生がその横に立った。メンデルスゾーンの「結婚行進曲」が流れ、店の奥の通路から、父親のエスコートで美貴子が入場して来た。美貴子は、杖を使わず、一歩一歩慎重に歩を進めた。少し緊張した面持ちだった。会場にいる参列者は、全員、二人の病気のことを知っていたから、祝福と共に二人を応援する気持ちでいっぱいだった。涙ぐむ者も少なくなかった。

無事に美貴子が参列者の間を通り、直生の横に立った。牧師の言葉が響いた。

「汝《なんじ》、本多直生、あなたはここにいる青木美貴子を妻とし、病めるときも健やかなるときも、富めるときも貧しきときも、共に歩み、死が二人を分かつまで、妻として愛し、敬い、慈しむことを誓いますか？」

「誓います」直生は、心を込めて言った。

「汝、青木美貴子、あなたはここにいる本多直生を夫とし、病めるときも健やかなるときも、富めるときも貧しきときも、共に歩み、死が二人を分かつまで、夫として愛し、敬い、慈しむことを誓いますか？」

「誓います」美貴子は、透き通る眼差しで言った。

牧師の言葉は、キリスト教のしきたりにならったものだったが、「病めるとき」はそのまま今の二人に当てはまり、「死が二人を分かつ」日も遠くないのだと、直生の父親は思った。臨席した誰もが、その言葉の意味する重さを感じ、厳粛《げんしゅく》な気持ちで、二人の日々が１日でも長く続くことを祈った。

そして、指輪を交換し、誓いの口づけを交わした二人は、招待客の方に向き直ると、深々と一礼した。参列者は、心を込めて拍手を送った。顔を上げた二人の表情は、様々な苦難を乗り越えた者の清々《すがすが》しさにあふれ、輝くように美しかった。

その後の披露宴は、和やかな雰囲気と笑いに満ちたものになった。仲人は立てず、直生が二人について紹介し、なれそめについてユーモアを交えながら説明した。途中、直生は美貴子に「そうだったよね？」と何度も確認し、そのたびに、美貴子が恥ずかしそうに答えたり、突っ込みを入れたりして、みんなの微笑みを誘った。

二人の恩師が、温かいスピーチをくれた。直生の友達も、美貴子の友達も、時間がない中、スピーチや、歌や、二人への突撃インタビューなどいろいろな出し物を用意してくれた。会場は幸せな笑顔でいっぱいになり、直生も美貴子も心の底から温かい気持ちになった。そして、今まで、自分たちがこんなにたくさんの人に支えられ、愛されて来たのかと、改めて感じ、感謝した。

出席者は皆、余命宣告を受けた二人のことを知っていたので、笑いと祝福の気持ちで胸をいっぱいにしながらも、ふとした瞬間に、目に涙が滲んだ。

それでも、二人はこの上ない幸せを感じた。窓の外には桜があふれるように咲き、二人はそれを見ながら「来年も桜が見られるといいね」「きっと一緒に見ましょうね」とささやき合った。

披露宴の最後は、直生からみんなに感謝の言葉を述べた。

「皆さん、本日は、私たちの結婚式に集まってくださり、ありがとうございます。皆さんに招待状を送ったのが1カ月前で、急な話だったにもかかわらず、こんなにたくさんの方々に来ていただき、本当にありがとうございます。

最初、美貴子と相談し、『二人で一緒になることが大切なのだから、結婚式はいらないんじゃないか』と考えていました。しかし、結婚式をやって良かったです。こうして皆さんにお会いし、励ましの言葉をいただき、美貴子も僕も幸せでいっぱいです。これまでの人生で、多くの方々のお世話になり、皆さんのおかげでここまで来られたのだなぁと、しみじみ思いました。

美貴子さんのお父さん、お母さん！　美貴子さんという素晴らしい人をこの世に生んでくださり、ありがとうございます。こんなにやさしく美しい人に育ててくださり、ありがとうございます。美貴子さんがこの世に存在し、僕とこうしてめぐり逢えたことに、心から感謝します。美貴子さんを、この世の何よりも大切に愛していきます。

僕のお父さん、お母さん！　僕を生んでくれて、ありがとう。ここまで育ててくれて、ありがとう。この世に生まれ、今、この瞬間を生きることができて幸せです。命があるって素晴らしい……。生きているって素晴らしい……。人生は楽しいことばかりじゃないけれど、それでも、今、こうして生きていられることは、心から叫びたいような喜びです！

この命を僕にくださった、お父さん、お母さんに感謝します。今日まで生き、皆さんに出逢え、美貴子さんに出逢え、涙が出るほど幸せです！」

直生は、涙が込み上げた。しかし、気持ちを抑えて、静かに続けた。

「皆さんにいただいた温かい心、やさしい想いを胸に抱いて、僕たち二人は生きていきます。たとえ短いとしても、精いっぱい、良い人生にしたいと思います。どうぞ、お見守りください。本日は、ありがとうございました」

直生と美貴子が、お互いの両親に花束を渡した時、双方の両親は、もう涙でくしゃくしゃになって、ほとんど何も見えなくなっていた。

6

その夜は、美貴子の兄が、池袋のホテルメトロポリタンに部屋を用意してくれた。22階の部屋だったので、窓辺に立つと夜景が眼下に広がり、まるで夜空に二人で浮かんでいるような気持ちになった。

直生は、夜景を見ながら、一つひとつの窓の明かりに人生があり、それぞれの喜びと悲しみがあるのだと思った。そして、改めて

〈僕らは、今日、一つの家族になった。短い日々になるかもしれないが、僕はこの人とめぐり逢えたことに感謝し、命の限り、この人の幸せのために尽くしたい〉と思った。

美貴子をじっと見つめていると「なぁに？」と美貴子が顔を上げた。

「いや、君と家族になったんだなぁって、しみじみ思っていたんだ」

「そうね、こんなことが本当に実現したのね……」

少し間を置いて、美貴子が続けた。

「私、直ちゃんに逢えないまま余命宣告を受けていたら、どうなっていたかって思うことがある。きっと気が狂わんばかりに泣いて、自暴自棄になっていたと思う……」

美貴子が、直生の肩に頬を寄せた。

「でも、直ちゃんに逢えたから、この先どんな運命が待っていても大丈夫、受け入れる」

美貴子の表情は、早朝の湖水のように穏やかで透明だった。

「ミコちゃんは……、死ぬのが怖くないのかい？」

「……ううん、怖い……」美貴子は目を伏せた。しかし、直生の顔を見上げると

「でも、私は、この世のどんなに冷たく恐ろしいものにも負けない温かいものを知ることができたから……」

「……それは？」

「それは、直ちゃんと交わす心……。あなたと交わす心の温かさは、この世のどんなに冷たいものにも負けない……」

「……」

「それを知ることができただけでも、生まれて来て良かったって思う。たとえ、明日死んでしまっても、この世に生まれ、あなたと逢えたことに感謝したい」

「ミコちゃん……」

「ありがとう、直ちゃん……」

「僕の方こそ、ありがとう。君に逢えて良かった。僕こそ、君に逢えて救われたんだよ」

二人は、お互いをかけがえのない愛しい生命に感じ、もうすぐ永遠に失われてしまうお互いの体を、やさしく抱き締めた。

こうして、宇宙の片隅に生まれ、ほんの20年ほど存在した二つの生命が、めぐり逢い、愛し合い、命ある限り共に生きていくことを誓った。

第6章　新しい生活

1

新婚旅行は、二人で相談し佐渡島《さどがしま》に行く計画を立てた。しかし、直生の手術跡がまだ痛むため、5月の連休後に行くこととし、まずは新しい生活を軌道に乗せることを優先した。

そこで、結婚式の翌日、二人はお昼を食べた後、東京都下の三鷹市東部にある直生の祖母の家に向かった。祖母は4年前に亡くなり家が空き家になっていたので、二人は、そこに住むことにしたのだ。双方の親からは「どこか新居にふさわしいところを借りては？」という勧めもあったが、二人とも収入がなくすべて親がかりの新婚生活だったため、住居にはできるだけお金をかけたくないと考えていた。

家は、築50年近い古い家だったが、祖母は81歳までそこで一人で暮らしていたので、必要な家具は大体揃っていた。それに、廊下やお風呂場など、あちこちに手すりが付き、バリアフリーになるような工夫もされていたので、二人が暮らすには好都合だった。

こうして、ベッドのみ新調して、二人の新しい生活が始まった。

ある1日は次のようなものだった。

朝、直生が目覚めると、隣に美貴子が眠っていた。

〈目が覚めたとき、自分の横に愛しい人が安心して眠っているというのはいいものだ〉

直生はしみじみ思った。その愛しい人は、唇を薄く開き、健やかな寝息を立てていた。

あどけない顔をしている。その鼻から唇にかけての精妙な形を見ながら、神の手による芸術のようだと感じた。触れないように注意しながら指先でそのラインをなぞり、しかし、ふといたずら心が湧いてその上唇にそっと指先を触れてみる。

「ぅ……ん……」美貴子が、かすかに反応する。

〈いけない。起こしてはいけない〉そう思う。しかし、そう思いながら、美しい生命の姿に心がときめいて、また触れたくなってしまう。

唇に触れたい気持ちを何とか抑えて、今度はやさしい眉の美しさに見入る。やはり触れたくなってしまう。起こさないように、かすかに指先で触れてみた。何も反応しない。それに気をよくして、ふわふわと軽く額にかかる前髪に触れ、柔らかく持ち上げ、丸く覗いている額に指を触れる。中指の先で触れるか触れないかの、かすかなタッチで……。

「ぅ、ぅ……ん」と美貴子が反応する。

〈いけない、いけない。起こしてはいけない〉そう思い、美貴子の頬をじっと見つめる。ほんのりピンク色に染まり、健康な二十歳の乙女の輝きに満ちている。

この世で最も美しいもののように感じた。

〈まるで、生命の宝石だ〉

感動してそう思った。

じっと美貴子を見つめ、息遣いに心を傾ける。そして祈った。

〈僕の命は今すぐ捧げてもいいから、この人の命だけは、ずっとずっと長く、おばあさんになるまで、どうか、健やかに続きますように……〉

そうやって、美貴子が目を覚ますまで、ずっと見入っていた。直生は、これほどまでに好きな人と、今、一緒にいられる自分は、とてつもなく幸せだと思った。

やがて美貴子が目覚めると、まず洗濯機を回しながら、二人で朝ご飯を作った。

その日の朝ご飯は、目玉焼きと納豆と味噌汁だ。味噌汁は、夕べから用意しておいた出汁《だし》を使って美貴子が作る。毎日、野菜をたっぷり入れることとし、その日は、ニンジンとしめじと小松菜の味噌汁だった。その横で、直生が目玉焼きを作り、トマトを切る。

「いただきます」二人は、それぞれ手を合わせ、この食事のために命を捧げてくれたすべての生き物たち、そして、この食事をもたらしてくれたすべてのものに感謝した。

朝7時半。東の窓からは、4月の朝の爽やかな光が薄いカーテンを透けて入っている。

直生は、こうして、どこも苦しくなく、健やかに朝ご飯が食べられる幸せを噛《か》みしめた。食べるということ、美味しいと感じることは、なんて素晴らしいことだろう。このような美味しい食事をたった一度食べられるだけでも、生まれて来たことに感謝できると思った。もしかしたら、美味しい食事をたった一度も食べることなく死んでいった子供たちが、世界中には大勢いるのかもしれない。それに比べて、僕らは申し訳ないくらい恵まれている――そう思った。

ふと目を上げると、美貴子と目が合い、美貴子がにっこり微笑んだ。エプロン姿の美貴子を前に、改めて頬が赤らむ思いだった。

食事が終わると、美貴子が食器を洗う。直生は、ちょうどそのころ脱水が終わった洗濯物をバケツに入れて2階のベランダに干す。直生は手術跡がまだ痛んだが、そのくらいは十分にできた。その後、直生は2階から1階へ部屋を掃除し、美貴子はトイレの掃除をした。

それが終わると、8時半から30～40分の間、一緒に散歩に出たり、美貴子のピアノで歌を唄った。直生は〝夜型〟で午前中は血の巡りが悪かったが、朝の散歩をすると調子が上がり、爽快でお気に入りだった。美貴子の伴奏で唄うのも楽しかった。幸い祖母の家には古いピアノや楽譜があり、美貴子は簡単なメロディなら大体弾けたので、いろいろな歌を唄った。なぜか「ふるさと」や「大きな古時計」など小学校で習ったような歌を唄うことが多かった。心が温かくなる歌だったからかもしれない。

その後、午前中は、それぞれのテーマに取り組んだ。

二人は、結婚してすぐに、「まず何をしたいか」をお互い確認した。直生は、まず二人の病気の治療法について徹底的に調べ、方針を固めたかった。そこで、直生は、この時間を使いインターネットで調べたり本を読んだりして情報を集めた。一方、美貴子は、これまでお世話になった人たちに心を込めたお礼がしたいと思った。そこで、両親や結婚式に招いた人たちへプレゼントするために、クロス・ステッチという刺繍《ししゅう》で、額に入れるような絵やソファー掛けなどを作っていた。クロス・ステッチは、様々な色の糸を×型にクロス縫いして布に絵を描いていく刺繍で、いろいろなものが描けるのだった。美貴子の作品は、美的センスに優れ素晴らしかった。

二人とも4月から大学は休学していた。まだまだ大学で学びたいことはあったが、二人の生活を安定させたかった。そして、安らかな日々が少しでも長く続くよう、病気の治療を優先した。

お昼は、一緒に作ったり、代わり番こに得意料理を披露した。直生が作れるのは、親子丼や野菜炒め、コチュジャンと一味トウガラシを使った韓国料理の純豆腐（スンドゥブ）などで、レパートリーは少なかった。それでも、美貴子は「美味しい！」とどれも喜んでくれた。野菜を多く取ることに決めていたので、お昼や夜は、小松菜、ニンジン、トマト、ブロッコリーなどを入れたジュースや、野菜がたっぷり入ったスープを添えた。

午後は、午前中の続きで過ごした後、午後4時前には洗濯物を入れて、一緒に散歩に出た。散歩は、近くの公園や川のほとりなど、いくつかのコースがあり、天気や気分に応じて選んだ。

そして、帰りにはスーパーで買い物をした。女の子と一緒にスーパーで買い物をするなんて、ちょっと前までの直生には想像できないことだったが、少し恥ずかしくもあり、うれしいことでもあった。「直ちゃん、タラコは好き？」などと美貴子がこちらを見る瞬間や、真剣な眼差しで食材を選ぶ横顔など、ふとした瞬間に美貴子の新たな美しさを見つけて感動した。じっと見つめる直生の視線に気付き、「なぁに？」とこちらを振り向く表情も可愛い。

「ミコちゃんがきれいだなぁと思って……」と素直に言うと、美貴子は一瞬吹き出すようにして「やだぁ、もう！」と笑う。

ちなみに、直生は女の子に「きれいだ」とか「可愛い」とか絶対に言えないタイプだった。そういうことは、わざとらしく嘘っぽく感じた。しかし、美貴子には本当にそう思い、自然に言えた。言えるどころか、どんどん言ってあげたかった。心のどこかで自分たちの時間が限られているることを感じ、それで「きれいだ」とか「可愛い」とか、なるべくたくさん言ってあげたくなるのかもしれない。美貴子は、それに照れたが、言われること自体は喜んでくれているようだった。直生自身も、それを言うことに喜びを感じていた。

そんなふうにスーパーで買い物をし、二人で美味しそうなものを探したり、お買い得の食材を使って何を作ろうかと相談するのは楽しいことだった。

夕食は、午後6時ごろから二人で手分けして作った。美貴子は、母親に料理の基礎を教わっていたので、出汁を取ったり、魚を三枚におろしたりはできたが、料理のレパートリーはあまり多くなかった。だから、二人でレシピ本やインターネットのサイトを参考にして、いろいろなメニューにチャレンジした。成功すると、とても美味しい食事になったし、たまに失敗しても、笑いながら楽しく食べた。

食後は、二人で相談して何をするか決めた。何か観たいTVがあるときは、一緒に見たが、ないときは、美貴子の父親が貸してくれたDVDで映画を観た。二人ともそれぞれ映画が好きだったのでいろいろ観て来たつもりだったが、美貴子の父親は600本くらい映画のDVDを持っており、まだ観ていない作品もたくさんあった。その中から二人で観たい作品を20本くらい借りて用意していた。

10時過ぎには、二人でお風呂に入った。初めは、美貴子が恥ずかしがるので別々に入っていた。

しかし、直生は手術跡が痛くて体をうまく洗えなかった。そのことに美貴子が気付き、洗ってくれるようになり、やがて、二人で一緒に入るようになった。

直生の傷跡は、体の前にも後ろにも「これが生きている人間か」と思うほど刻まれていた。美貴子は、その傷口をやさしく洗いながら、〈生命が治ろうとしている……〉と感じた。細い指で撫で〈生命のこの治ろうとする力が、ガンも治してくれれば……〉と祈った。美貴子は、そんなふうに祈りながら、愛情を込めて丁寧に丁寧に直生の体を洗った。

初めのうちは直生が洗ってもらうだけだったが、やがて直生も美貴子の背中を流すようになった。お互い、背中を流し合ったりするのは楽しい。温かい湯船に一緒に入り、肌を触れ合わせるのは心が安らぐ。

二人は、お互いの体を大切に扱いながら、生命の美しさ、素晴らしさに感動していた。美貴子の肌は、生命そのものの輝きに満ち、神々しいばかりに美しいと直生は感じた。

そして、午後11時には寝た。寝るときには、直生が腕枕をして眠った。直生は美貴子より背が20㎝以上高かったので、美貴子が直生の右肩に頭を乗せ、腕の中に入ると、ちんまりすっぽり美貴子の全身が足先までくっついてしまう。直生は、そうして腕の中にぴったり納まってしまう美貴子を心から愛しく思い、美貴子もまた、そうして直生の腕の中にすっぽり納まって直生の体温に包まれることに幸せを感じていた。

二人は、結婚するまでバラバラに眠っていたことが不思議なくらい、そうやって二人で眠ることを自然で当たり前のように感じた。まるで生まれた時から、そうなることが決まっていたかのような一体感があった。

「去年の今頃は、お互いのことを知りもしなかったのに……不思議ね……」美貴子が言った。

そんなふうに二人の1日は過ぎていった。

直生は、かいがいしくいろいろしてくれる美貴子に感動しながらも恐縮してしまう。初めて見る美貴子の様々な姿は新鮮だった。エプロン姿の美貴子も、お皿をひっくり返して「あちゃー」という顔をする美貴子も、お風呂上がりに髪を乾かす美貴子も、永遠に忘れたくないほど愛おしかった。

2

大きな課題である、二人の今後の治療については、結婚前から、直生が中心となり情報を集めていた。手術でガンを取り切れなかったと知ったとき、一度は限られた命を覚悟した直生であった。しかし、インターネットで調べると、まだ知らない様々な治療法が出て来るし、闘病記などを読むと余命宣告よりずっと長く生きる人もいた。美貴子の骨髄異形成症候群も同じで、そうした事実に希望を持った。「余命宣告」は統計的には正しいかもしれないが、個々の人間については様々であり、末期ガンでさえ〝完全に治癒した例〟があると本には書いてあった。だから、せっかく結婚した二人なのだから、「余命宣告」以上の延命、さらには「完全治癒」の可能性を探って、やれるだけのことをやろうと考えていた。

もちろん、自分たちのこれまで受けてきた治療は、現在の西洋医学においてベストであると信じていた。しかし今は、二人とも西洋医学で「打つ手がほとんどない」状況であるため、それ以外の方法も含めて延命や治癒につながるものを自分たちで探したいと思った。直生は、インターネットはもちろん、いろいろな本を調べ、わずかでも可能性があるものについてはリストアップした。そして美貴子と相談し、めがねに適《かな》うものについては、その情報の発信者を訪ねるなど、さらに突っ込んで調べた。

ちなみに、4月半ばの段階で二人が行ったり調べたりしていたものは次の六つだった。

（1）標準治療

直生の肺ガンには抗ガン剤が効きにくいことが分かっていたので特に薬は飲まず、1カ月に一度経過観察を行うだけで、積極的な治療はしていなかった。

美貴子は、ユーイング肉腫については1カ月に一度経過観察していたが、幸いなことに再発の兆候はなかった。骨髄異形成症候群の方は、月2回血液検査を行って数値を見守り、血液中の血球が減らないように薬を飲んでいた。ちなみに、抗ガン剤はもうずっと使っていなかったので、少し前から美貴子の髪の毛は元どおりに戻っていた。

（2）食事療法

食事だけで直生のガンや美貴子の骨髄異形成症候群が治るわけではないが、いろいろ調べてみると、食事に気をつけることは、健康を維持し、自分たちが持つ〝免疫力〟〝自然治癒力〟を高めるために有益なことのように思われた。

そこで、牛豚など四足動物の肉類はなるべく避け、ご飯は玄米とし、野菜、魚、大豆などを中心とする食事に切り替えた。特に、野菜はたくさん食べることとし、無農薬のものをインターネットで産地から取り寄せ、小松菜、ニンジン、トマト、ブロッコリー、リンゴほか旬の野菜をジュースにしたりスープにしたりして３食とも取るようにした。また、お風呂上がりにはなるべくヨーグルトも飲んだ。

（３）心理療法

心理療法は、ストレスや心の持ち方など精神面を改善して免疫力を向上させ、病気の治療につなげようというものである。西洋医学の１ジャンルとして「精神神経免疫学」の名で研究も進められている。

二人は、何冊か本を読み、専門家の話も聴き、①「病気に打ち勝ってやる」というファイティングスピリットを持つ、②よく笑い、病気であっても現状を良い面から見て前向きに生きる、③自分の感情を抑え込まず解き放ち、本当にしたい〝生きる喜び〟のあることをする、④ストレスは極力なくすよう対処する、⑤二人がお互いを温かい共感の下に百パーセント受け入れる、⑥この世のすべてのものに感謝をする――などを心がけた。そして、毎日、散歩に出る際には、この心構えを読み上げて再確認し、散歩中、安らかなリラックスした気持ちでいられるようにした。

（４）代替《だいたい》療法

代替療法とは、西洋医学を補いこれに代わる医療のことを言う。食事療法や心理療法もその一種だし、インターネットや本を調べると、「免疫力を高める」とか「体の毒素を出す」など、様々な内容の代替医療を見かける。あまりに多くて迷ってしまうが、直生はインターネットで厚生労働省の「がんの代替療法の科学的検証と臨床応用に関する研究班」がまとめた「がんの補完代替医療ガイドブック（第3版）」を見つけ、参考にした。

そして、主治医とも相談し、直生も美貴子もそれぞれ「AHCC」というシイタケ類から抽出した〝活性化糖類関連化合物〟を飲むことにした。NK（ナチュラル・キラー）細胞を活性化し、免疫力を高めることが期待された。また、美貴子は、主治医の許可を得て、漢方薬も試してみることにした。

（5）新薬

これは、直生の肺ガンに関係する新しい治療法だが、「ニボルマブ」という新たな薬が肺ガンを対象に治験（医薬品として国の承認を得るために行う〝治療の臨床試験〟）を進めているとのことだった。免疫療法薬の一種で、免疫細胞によるガンへの攻撃を促進するそうだ。

ただし、ニボルマブの治験には、いろいろな条件があり、また、遺伝子の状態などで効果がある人・ない人があるらしい。そこで、主治医と相談し、直生が治験に参加できるかどうか、可能性を探ってもらうことにした。

美貴子についても、主治医と密接に連絡を取り、新薬や治験情報はチェックを入れていたが、この段階で主治医が薦めるものはなかった。

（6）その他

インターネットや本には、免疫機能の向上など、ほかにも様々な療法があり、見込みのありそうなものはないかと、可能な限りの情報を集めた。中には、「これは」と思い医師を訪ねたケースもあったが、話を聴いて確認すると、治癒や延命の実績が不明瞭だったり、費用が法外に高かったりして、実際に試してみたいというものはなかった。

これら全部を実行しても、延命や治癒につながる確証はなかったため、直生は日によって心細くなり弱気になるときもあった。しかし、基本的には「絶対に諦めない」「せっかくこうして結婚できたのだから、二人が治る方法を見つけ出し、この生活が長く続くようにしてみせる！」というスタンスであった。

振り返れば、人生は努力したり悩んだりそういう時間が99％で、幸せを感じる瞬間はほんの1％くらいだったような気がする。受験もそうだったし、美貴子と知り合ってからの道のりもそうだった。でも、その99％の努力の時間があるから幸せがつかめるのだと、しみじみ思えた。だから、これから自分たちが歩む道は険しいものになるかもしれないけれど、1％の幸せをつかむために99％の努力をしていこう、最後の瞬間まで諦めず、二人の未来を切り開いていこう——そう考えていた。

3

こうした生活を送りながら、直生は気付いたことがある。二人の「相手に対する姿勢」が似ているということだ。

それは、「自分より相手を大切にする」という姿勢である。

直生は、もともと人を押しのけてまで自分の利益を得ようとするタイプではなかったが、「自分が大事」という気持ちはもちろんあり、「自分より誰かを大切にする」と日頃から考えていたわけではなかった。しかし、美貴子と出逢ってから、直生は自分より大切に思える人がいることを知った。美貴子が愛おしくて愛おしくて、その美貴子の幸せのためなら〝自分〟を二の次にできると思った。極端な話、事故とか何か理不尽なことが美貴子を襲い、そのとき直生が身を犠牲にして美貴子の命を救えるなら、直生は迷いなく美貴子のために死ねると思った。自分が病気になって死と向き合ったためにそう思えるのかもしれないが、事実そう思い、どうせ死ぬなら、むしろ積極的に美貴子のために死にたいとすら思っていた。

そのような極端なことでなくても、直生は日常、「美貴子の喜び」そのものが「自分の喜び」だと感じていた。だから、食べるものでも、観るテレビ番組でも、美貴子の喜ぶもの、美貴子が笑顔になるものを、そのまま受け入れたいと思った。

「人を愛するということは、自分よりその人を大切に思うことだ」と心の底から思えた。

友人の上村と会った時、その話をしたら「新婚さんだからな」と軽く返された。

「そんなことはないよ」直生は抗議した。

「いやいや、初めのうちだけだよ、そんなこと」

「どうしてそんなことが言える？」

「例えば、二人の考えがぶつかったら？」

「もちろん、自分より相手を大切にするんだから、ミコちゃんの考えを尊重するよ」

「百パーセント？」

「もちろんだよ。愛の本質は、相手のためなら自分を犠牲にできるということだと思う」

「例えば、お前、極端に辛いモノが好きだが、彼女はどうなんだ？　彼女が辛いモノがダメだったらどうする？」

「いや、彼女の場合、辛いモノもかなりいけるんだけど、僕ほどじゃないな。でも、彼女の作るものは辛くなくても美味しいし、辛くない料理に不満はないよ。僕が辛いモノを作るときは、彼女も好む程度の辛さにして、後から自分の分は香辛料をパラパラとかければいいのさ。そんなふうに、どんなことでも折り合いは付けられるものさ」

「そうかな〜。それは、まだ本当にぶつかる経験をしてないからじゃないか？」

「そうかな……」

「じゃあ、もし、彼女の考えが間違っていたら？」

「間違っていると思った場合は、どうしてそう考えたか理由を聞き、それでもやっぱり間違っていると思ったら、どういう点が間違っていると思うかを説明し、分かってもらうよ。間違ったことをそのままにするのは、愛でも何でもないと思う」

「でも、世の中には、どちらが正しいって言い切れないものもあるじゃないか？」

「それは、正しいとか正しくないじゃなくて、二人の価値観が違う場合だよね。そういう場合は、二人で相談して決めるし、それがもし〝好み〟のレベルの話なら、僕は彼女の思いを優先するさ」

「そんなことで、いつまでもうまくいくのかな～？　それって、お前が〝ガンに負けない心の持ち方〟で言っていた『自分の感情を抑え込まない』や『本当にやりたいことをする』と矛盾してるんじゃないか？」

「いや、本当に〝彼女の喜び〟が〝自分の喜び〟って感じられるんだから、矛盾しないよ。自分の感情を抑え込んだりはしてないよ」直生は、心の底からそう思って笑顔で答えた。

しかし、直生自身も、上村の言う「新婚のうちだけ」ということなのかなと少し思った。その話をしたときは、結婚してまだ2週間で、その間、二人の意見が真っ向からぶつかることがなかったため、上村の言う「それは、まだ本当にぶつかる経験をしてないからじゃないか？」という言葉は少し心に残った。

だが、その後、一緒に暮らしていくうちに、直生は二人の意見が真っ向からぶつからない本当の理由に気付いた。

それは、美貴子もまた「自分より相手を大切にする」という気持ちで直生に接していたということである。美貴子と暮らし、言葉を交わしているうちに分かったことだが、美貴子も
「〝直ちゃんが自分より大切に思える」と言った。

「〝直ちゃんの喜ぶ顔〟が〝私の喜び〟なの」とも言った。

思い返せば、結婚前にやり取りした会話やメールでも、自分より相手を気遣うやさしい心が感じられ、美貴子のそういうところに惹《ひ》かれたのではなかったか。

美貴子も直生も、お互い「自分より相手を大切にする」という姿勢でいるから、ストレスなく、うまくいっているのだった。考えてみれば、好きで結婚しても二人は別々の人間なのだから百パーセント意見が合うわけがない。それを、お互いが相手を尊重して譲り合うから、人間関係がうまくいくのだ。

しかも、二人の場合、無理にそうしているのではなく、〝相手の喜び〟を〝自分の喜び〟に感じて自然にそうしていた。直生は、そんな美貴子と一緒になれたことに、改めて感謝したい気持ちでいっぱいになった。

直生はある晩、寝る時、上村とのやり取りを含め、この話を美貴子にした。美貴子は、「お互いがそんなふうに自分より相手を大切に思えるってステキなことね」とやさしい目をして言った。

「そういう人にめぐり逢えた僕は何て幸せなんだろう……。ありがとう、ミコちゃん」

「こちらこそ、ありがとう、直ちゃん。ずっと仲良しでいましょうね」

美貴子は澄んだ目を細めると、直生の頬に口づけた。

4

先に書いたように、二人は結婚してすぐに「まず何をしたいか」を話し合い、直生は、二人の病気の治療法について調べ、美貴子は、これまでお世話になった人々にクロス・ステッチで心を込めたお礼の品を作り始めた。

しかし、結婚して3週間ほど経った時、直生は〈このかけがえのない時間を大切に使うには、もっと二人のやりたいことを洗い出して明確にする必要がある〉と思った。そこで、夕食の時、美貴子に提案した。

「二人で『人生で本当にやりたいこと』をちゃんと考えて、リストにしてみない?」

「えっ⁉ 人生で本当にやりたいこと?」

「そう。以前、エリザベス・キューブラー・ロスという医学博士の『ライフ・レッスン』という本を読んだんだ。いろいろ学べる素晴らしい本だったんだけど、その中で『命にかかわるような病気の宣告を受けたときに人生が終わるのではなく、そのときに人生が本当に始まる』という言葉があったんだ。自分の死から自分の人生を眺めたときに、本当の自分の姿が見えるってね。そして、『好きなことをしていれば、特別なものを所有することより大きな価値を自分自身の中に見出せる。自分が本当にやりたいことをやりなさい』と書かれていたんだ。だから、お互い『自分が本当にやりたいこと』をはっきりさせた方がいいんじゃないかって思ったんだ」

「えぇ……と、私は、直ちゃんと結婚してこうして一緒にいられるし、お世話になった人たちにお礼のクロス・ステッチも作っているから、毎日充実しているわ。やりたいことをしていると思う。人生でやりたいことは、もちろんほかにもあるとは思うけど……」

「うん。今は充実していると僕も思うよ。でもね、結婚してからもう3週間が経ってしまった。アッという間だ。何をやっても時間は瞬《またた》く間に過ぎてしまう……。だから、過ぎゆく時をどうすればもっと悔いなく有意義に過ごせるかって考えたとき、やっぱり『本当にやりたいこと』は何かって、自分の心にきちんと問いかけるべきだ。そして、ちゃんと整理してリストにし、一つひとつ確実にやり遂げていくべきじゃないかって思ったんだ」

「そうね。たしかにアッという間に時間は過ぎていく……。特に、私たちのように余命宣告を受けている人間にとって、直ちゃんが言うように『自分の本当にやりたいこと』を明確にして目標に定めることは重要かもしれないわね」

「いや、余命がどうとか、そういうのじゃなく……、もっと前向きな……」

直生は、美貴子から「余命」という言葉を聞いてドギマギしてしまった。

「ありがとう。うん、分かってる。私、前向きよ。大丈夫。でもやっぱり、私たちは時間が限られているって思うそういう視点は大切だと思うの。それに、たとえ長く生きられるとしても〝人生でこれだけはやっておきたい〟ということを明確にするのは重要なことだと思う。そういうリストはすべての人が作るべきかもしれない」

「うん。だから、そういうリストをお互いよく考えて、新婚旅行から帰ったら次々に実現させていきたいんだ」

「分かった。良い考えね。自分の本当にやりたいことを、よく考えてみるわ」

「そのリストに沿って、確実に実現していこう」

「それで思い出したんだけど、私、前に『死ぬまでにしたいこと』って映画を観たの。ＢＳ放送で。主人公は若い女の人で、不治の病を告げられて、残された日々の中でしたいことをリスト化して実現させていくの」

「それ、僕も観たよ。『死ぬまでにしたい10のこと』っていう映画でしょ？　おととし、浪人している時に観た」

「私はもっと前に観た気がする。おととしだと、病気になった年ですもの。……あの映画、また観てみたいな」

「……」直生は少し戸惑った。直生もその映画を観ていたし、それも頭にあって「やりたいことのリスト」を美貴子に提案したのだ。しかし、この映画の場合は、完全に〝死〟を前提にしたリストである。直生が提案したかったのは、もっと人生を前向きにとらえた〝やりたいことのリスト〟なので、この映画の話題を出すのはふさわしくないと思い、映画のことは言わずに提案したのだ。けれど、美貴子もこの映画を観ており、結局、直生の提案と共に思い出してしまった。

「あの映画、持ってる？　お父さんのDVDにはなかったと思うけど……」

美貴子は、映画を観たいらしい。

「BSで放送したのを録画して持ってる。でも参考にならないよ」

「参考にするわけじゃないの。私が観たのは、たぶん中学か高校時代で、印象には残ったけど、人生とか、あまり真面目に考えていないころに観たから、今こうして大人になった心で観てみたくなったの」

想定外であったが、ここまでくるともう観ないわけにはいかないと直生は思った。そこで、思い切ってこの映画が入っているディスクを本棚の隅から取り出した。実は、直生も観たいと思って、実家から持って来ていたのだ。そして、夕食後に二人で一緒に観た。

映画は、2003年のカナダ・スペイン合作の映画で、23歳の女性が主人公。彼女には失業中の夫と幼い二人の娘がいるのだが、ガンで余命2カ月を宣告されてしまう。彼女は、ガンであることは誰にも打ち明けないまま「死ぬまでにしたい10のこと」をノートにまとめ、一つずつ実行していく――そんなストーリーだった。

主人公の「死ぬまでにしたいこと」は、次のようなものだった。

1. 娘たちに毎日愛していると言う
2. 娘たちの気に入る新しいママを見つける
3. 娘たちが18歳になるまで毎年贈る誕生日のメッセージを録音する
4. 家族とビーチに行く
5. 好きなだけお酒と煙草を楽しむ
6. 思っていることを話す
7. 夫以外の男の人と付き合ってみる
8. 誰かが私と恋に落ちるよう誘惑する
9. 頬の感触と好きな曲しか覚えていない刑務所のパパに会いに行く
10. 爪とヘアスタイルを変える

1から4は、家族、とりわけ二人の娘のためを考えての目標だ。5以降は、今までの人生でできなかったことをやってみたいという思いだろう。特に、7と8は、この映画への賛否が分かれるところだが、主人公は17歳で初めて付き合ったボーイフレンドとの間に子供ができて結婚し、夫のことは愛していても、「まだ本当の恋があり得たのではないか、自分のことをもっと分かってくれる人があり得たのではないか」——そんな思いがあり、こうした目標が出て来たのだと、直生は思った。だから、直生はその気持ちが分かるような気がして、批難する気にはなれなかった。

全体として、二人の娘を愛し、自分が死んだ後も娘たちと夫が幸せであることを願い、残されたわずかな命を精いっぱい生きたいという気持ちが切実に描かれ、いじらしく感じられた。美貴子と直生は、映画が始まるとすぐに引き込まれた。映画を観ながら美貴子が「手をつなぎたい」と言い、二人で手をつないで観た。

途中から美貴子は何度も涙を流し、直生も目に滲む涙を指先でそっと拭いながら観た。映画を観終わったとき、二人は胸がいっぱいで、何も言葉がなかった。直生は、やっぱり見せない方が良かったと思った。厳しい現実はともかくとして、日々「生きる気まんまん」にしたかったのに、水を差してしまったからだ。

しかし美貴子は「ありがとう。観て良かった」と言った。

その夜、二人は、いつもよりさらに切実に〝死〟を考え、また〝生きること〟を思った。直生は、腕の中の美貴子の温かさを感じながら、いつまでも〝死〟と〝生〟と〝美貴子〟のことを考え、眠ることができなかった。

5

4月29日は祝日なので、二人はそれぞれの両親を招待して昼食会をした。両親に少しでも恩返しをしたいと思ったし、二人が元気にちゃんと生活できていることを見せて安心させたかった。食事は、大根とホタテのサラダ、お刺身、明太子を乗せて焼いた鳥のササミ、八宝菜《はっぽうさい》を用意した。玄米ご飯にアジの干物を小さくむしって入れ、海苔《のり》やワサビを加えて混ぜた「アジご飯」も作った。父親は二人ともビールが好きだったのでビールも出し、双方の両親と共に普通の家庭と変わらない、にぎやかで楽しいひと時を過ごした。

まだ二十歳の夫婦の〝ままごと〟のような家庭だったけれども、双方の両親は、二人が元気で幸せそうに暮らしていることに目を細めた。そして、二人の穏やかな日々が少しでも長く続くことを祈った。

5月7日には、二人で連れ添って定期受診へ行った。

直生の病状は、残ったガン細胞が手術から3カ月を経ていくらか増殖しているようだったが、主治医は「患部は落ち着いています」と言ってくれた。背骨に食い込んだガンを取り切れなかったため、それが脊髄まで達すると激しい痛みに襲われる恐れがあったが、今のところ痛みはなかった。

ただし、直生が期待する新薬「ニボルマブ」の治験の承認はまだ得られていなかった。

一方、美貴子も、ユーイング肉腫の再発について心配な兆候はなかった。また、血液の方も、「芽球《がきゅう》」という異常細胞の割合は相変わらず良くなかったが、赤血球・白血球・血小板の数値は、前回の検査から悪くなっていなかった。

続けている療法のどれかが効いているのかと二人は思った。そして、まだしばらく元気でいられそうなことにホッとし、この状態が少しでも長く続くことを願った。

直生は、無神論者であると自分では思っていたが、結婚以来、空に向かって「ミコちゃんだけはお救いください」と毎日祈っていた。「僕の命はたった今この瞬間に失われても構いませんから、ミコだけはお救いください。ミコだけは……」と祈った。この宇宙のどこかに人知を超えた何かが存在するのならば、この願いだけは届いてほしいと思った。

6

5月11日からは、連休明けをねらって予約しておいた佐渡島へ、新婚旅行に出かけた。2泊3日の予定だったが、二人はこのささやかな新婚旅行をとても楽しみにしていた。

行き先に佐渡島を選んだのは、親がかりで生活しているので「あまりお金をかけたくない」というのが理由の一つだったが、美貴子にとっては、闘病1年目の秋に観て感動した「飛べ！ダコタ」という映画の舞台であることも大きな理由だった。また、直生は小さいころから父親がいろいろな島へ連れて行ってくれたため島が好きで、伊豆七島や沖縄の宮古諸島・八重山諸島、北海道の利尻・礼文島など多くの島を巡っていたが、佐渡島にはまだ行ったことがなかった。そんなこともあり佐渡を選んだのである。

　出発の日は朝早く起きて、新幹線で新潟まで行った。そして、新潟港からジェットフォイルに乗り、佐渡の両津港に到着した。港で簡単にお昼を済ませ、その日はレンタカーを借りて、「トキの森公園」と「佐渡金山《きんざん》」を見て廻った。

「トキの森公園」には「トキふれあいプラザ」という施設があり、巨大な飼育ケージで暮らすトキの姿を見られた。観察通路ではガラス窓越しに数cmの距離でトキを見ることもできた。二人ともトキに強い関心はなかったが、絶滅寸前の生命がこうして大切に育てられている姿を間近に見ると、生命の愛しさが感じられ、思った以上に感動した。

　続く金山では、ガイドの案内付きで実際に使われていた坑道に入って見学した。坑道のあちこちには、江戸時代の坑夫を模したリアルな人形が穴を掘ったり、休憩したりしていた。ガイドによると、坑夫の給料はかなり良かったそうだが、江戸時代は坑内の換気など環境の管理が不十分だったため、坑夫は数年で肺を病んで死んでしまったのだそうだ。そんな話を聞きながら坑夫の人形を見ていると、同じく肺を病んでいる直生は他人事に思えず、〈坑夫たちは、どうしてそんな人生を選んだのだろう〉と想像し、胸が痛んだ。

　初日は、その2箇所だけを見て、早めに宿に入った。宿は、ちょっと贅沢《ぜいたく》だったが、海の見える個室風呂のある部屋を取った。夕食の前、部屋のお風呂に浸《つ》かりながら海に落ちる夕日を見ていると、旅に出たんだなという実感がしみじみ湧いた。日常生活とは別のシーンで美貴子を見ると、直生は、二人が夫婦になったんだなぁと改めて感じた。そして、沈みゆく夕日がこのままずっと沈まず、この瞬間が永遠に続いてくれたらいいのに……と思った。

食事は、海の幸・山の幸を盛り込んだ素晴らしいものだった。「僕らには、贅沢過ぎるよね」などと言いながらいただき、旅の疲れが出ないよう、その日は早々に休んだ。

2日目もレンタカーを使って、まず午前中に美貴子が感動した「飛べ！ダコタ」という映画の舞台である「高千《たかち》の海岸」へ向かった。

この映画は、実際にこの地で起きた実話を基にしている。太平洋戦争が終わってまだ5カ月ほどの昭和21年1月、イギリス軍の輸送機「ダコタ」が、エンジン・トラブルでこの高千の海岸に不時着した。高千村の住民たちは、つい5カ月前まで敵国だったイギリスの軍用機に驚き、戦争で肉親を亡くした者の中には嫌悪する者もあった。しかし、村長の「困っている人を助けるのが〝佐渡もん〟だ」という気持ちが皆に伝わり、彼らを旅館に収容した。嵐が近づくと、海岸にあったダコタ機を大勢で内陸に引き上げた。そして、最後は、村人総出で高千の海岸に石を敷き詰め、石造りの滑走路を完成させて飛び立たせるのである。

直生も、美貴子に聞いて結婚後に観、心に残る良い映画だと思った。「この間まで国同士の戦争で殺し合った相手でも、今はお互い人間同士。困っている人は助けたい」という村人たちの純粋な心が胸を打った。そんなことがあり、舞台となった「高千の海岸」は、二人にとってこの佐渡旅行の目玉であった。

高千の海岸に着くと、学校の前に「英国機着陸記念塔」と書かれた小さな石碑が立っていた。しかし、そのほかは何もなく、ただ目の前に高千の海岸が広がっていた。今は治水事業の影響などで海岸の幅も狭くなり、かつての滑走路の面影もない。何もない浜だった。しかし、70年ほど前、この場所で、佐渡の人たちの温かい思いが結集し、輸送機が飛び立つほどの滑走路を作り上げ飛ばせたのだと思うと、胸がいっぱいになった。

その後は、レンタカーを走らせ、島の南にある「宿根木《しゅくねぎ》」へ行った。ここは、かつて海運で栄えた港町で、船大工が建てた江戸時代の古民家が集落をなしていた。まず、そうした古民家の一つを使ったカフェで海老の入ったパスタを食べ、その後、集落を見学した。そして、少し離れた「民族博物館」で、江戸時代の千石船《せんごくぶね》を見たりした。

また、近くの小木《おぎ》港で、佐渡名物の「たらい舟」にも乗った。たらい舟は〝たらい型の舟〟で、狭い岩の間などでも小回りが利き、海中の獲物を採るのに便利なので愛用されるという。それが観光用にも使われているのだ。

たらい舟は不安定に揺れるので、美貴子は乗るとき少しだけ怖がった。しかし、乗ってしまえば案外安定しており、港内を揺られのんびりした気分を味わった。

舟から降りると、その日は平日だったため、桟橋には、たらい舟の漕《こ》ぎ手のおばちゃんたちが暇そうに腰掛けていた。そして直生たちを見て、「可愛い彼女を連れて旅行かい？」と年配のおばちゃんが話しかけてきた。直生が「僕たち夫婦なんです」と答えると、「ええーっ、あんたたち、いくつね？」と目を丸くした。「二人とも二十歳です」と答えると、「できちゃった婚かい？その割にはベビイがいないが」と言うので「いいえ、そういうんじゃないんです」と慌てて答えた。おばちゃんは、目を細め、「何にせよ、彼女を大切にしなさいよ」としみじみとした口調で

言った。直生が、

「はい、僕の命より大切にします」と答えると、

「その心意気だ！」とおばちゃんが言い、そばの数人から拍手と笑いが起こった。

美貴子は、ポッと頬を染め、うれしそうに笑った。

その後は、近くにある赤泊《あかどまり》へ行き、2日目の最後の訪問地である「北雪酒造《ほくせつ》」の酒蔵に着いた。見学を予約していたので、中を案内してもらい、最後には日本酒の試飲もさせてもらった。「北雪」は、直生の父親が好きな日本酒だったので心して味わったが、すっきりした味わいで普段日本酒を飲まない二人でも美味しいと思った。そして、それぞれの父親に四合瓶をおみやげに買った。

レジでお金を払う時、慣れないお酒を飲んで美貴子の頬はほんのり桜色に染まっていた。

「ミコちゃん、ほっぺが桜色に染まって可愛いよ」と直生が耳元でささやくと、

「直ちゃんも、ほっぺが赤くなって可愛いよ」と返された。

直生はますます赤くなり、ゆでダコのようになってしまった。

2日目も、日没前に宿に戻り、部屋のお風呂で夕日を眺めた。もう明日は帰るのだと思うと、あっけないような残念な気がした。共にそんな気持ちを察して、「また二人で旅行しようね」と、お互いの健康が長く続くことを願って約束した。

最終日は、午後の船で帰るので、午前中、花に詳しいタクシー運転手さんの案内で「ドンデン高原」へ行き、可憐な花々を観た。佐渡は、北緯38度線上にあり、日本の北限の花と南限の花が

共に咲く「花の島」でもあるのだ。「ドンデン高原」では車道でも十分に花を楽しめたが、美貴子を要所要所でおんぶして、少しだけ林道にも入った。直生の傷はまだかなり痛んだが、背中の美貴子が愛おしかったので、どんなに痛んでも苦にならなかった。

カタクリ、シラネアオイ、キクザキイチゲといった可憐な花々が二人を迎えてくれた。いずれも白や薄紫など、おとなしい色の花だったが、美貴子は、普段から道端に咲くスミレなど野草が好きだったので、とても喜んでくれた。小さな花に頬を寄せて香りを嗅いだり、写真を撮ったりした。たくさんの花に囲まれ、花に触れて、とても幸せなひと時だった。

見晴らしの良い場所から初夏の佐渡を見渡すと、〝大自然〟を実感することができた。薫風が花々をかすめ、新緑の葉を揺らして、紺碧《こんぺき》の空まで吹き抜けた。空は見上げるほどに濃い青になり、宇宙の星々まで透けて見えるようだった。澄み切った空気を胸いっぱいに吸い込むと、大自然の一部が肺の中に入り、全身の血液にまで満ちるような気がした。それは、二人の体の隅々にまで広がり、目の前の自然やその向こうの青空と宇宙と自分たちが一体のものであるという不思議な実感を持った。

直生が隣を見ると、つないだ右手の先に美貴子がいた。初夏の陽光がキラキラと彼女を包み、輝いて見えた。かけがえのない美貴子という生命が、切ないほど愛しかった。

小さな花の香りを嗅いだり、何もない浜に70年前の人の心を想うような、つつましい新婚旅行だったけれど、二人にとっては、1分1秒が愛おしく、輝くような喜びに満ちたものになった。

第7章　死ぬまでにしたいこと

1

旅行から帰って数日した5月17日、二人はそれぞれの「人生でやりたいこと」を持ち寄った。あらかじめ、この日に紙に書いて持ち寄ろうと決めていたのだ。二人は、「死ぬまでにしたい10のこと」の映画を観て以来、「何が自分にとって最も大切なことか」をよく考えてみた。タイトルは「人生でやりたいこと」だったが、それが映画の「死ぬまでにしたいこと」と同じ性格のものであることは、二人とも十分承知していた。

お互い見せ合うに当たり、直生はレディ・ファーストの精神から「ミコちゃんからどうぞ」と笑顔で誘ったが、美貴子がためらったので、直生の方から見せることにした。

プリントした紙に書かれていたのは、次のようなものだった。

「人生でやりたいこと

1. 二人の病気を治す方法を見つける
2. 生きることと死ぬことについて学び、自分なりの結論を得る
3. ミコちゃんを幸せにする、ミコちゃんを笑わせる
4. 毎日あったことがそのまま消えてしまわないように日記に書く

5．ミコちゃんの絵を描く、写真をたくさん撮る
6．二人の誕生日と二人の両親の誕生日をお祝いする。両親にできるだけ恩返しをする
7．元気なうちに、どうしても会いたい人に会い、お世話になった人にお礼を言う
8．友達を呼んで一緒に楽しく過ごす
9．自分の作品をマンガか小説など何かの形でまとめる
」


改めて美貴子に見せると少し恥ずかしい気もしたが、「人生でやりたいこと」は二人にとって大事なことだったので、一つひとつ読み上げて理由も話した。

「1番目の『二人の病気を治す方法を見つける』は、これまでもできる限りやって来たことだけど、これさえ見つかれば、僕らはおじいさんとおばあさんになるまでずっと一緒にいられるんだから、ぜひ実現したい。新薬など新たな発見がいつあるかも分からないので、主治医の先生と連絡を密に取ってね」

「ありがとう。直ちゃんが一生懸命に調べてくれるので、それをベースに二人で考えていきましょう。直ちゃんがおじいさんになった姿なんて想像もできないけれど、見てみたい」

二人は、一瞬、直生がおじいさんになった姿を想像しようとして、同時に吹き出した。

「えっと……、気を取り直して2番目の『生きることと死ぬことについて学び、自分なりの結論を得る』も、これまで本を読んだりしてずっとやっている。生と死の問題は、僕らは20歳で突き付けられたけど、本当はすべての人にとって大きな問題なんだ。それにもかかわらず、健康なう

ちは『生と死の問題なんて先のことだ』と見て見ぬふりをしている。……こんなこと、いくら本を読んで考えても結論は出ないかもしれない。でも、自分なりの結論めいたものを出さないと、不安でしようがないし、いざその時が来てしまったときに後悔すると思うんだ。だから、無理なことかもしれないけど、できるだけやりたい」

「その気持ち、とっても分かる……。自分なりの死生観は私も持ちたい。無理でもなんでも、考えないわけにいかないし、私もこれは自分なりの結論を得たい」

「3番目の『ミコちゃんを幸せにする、ミコちゃんを笑わせる』は、とにかく、君を幸せにしたいんだ。毎日をできるだけ楽しい時間にし、笑うことは健康にも良いって言うから、いっぱい笑わせてあげたい。お金は、あんまりかけられないけど、デートにも出かけたい」

「ありがとう、直ちゃん。でも、私は、こうして毎日直ちゃんと一緒にいられるだけで幸せよ。もちろん外のデートもうれしいけど、一緒にいられる時間をいっぱい持てれば、それだけで私はうれしい」

「うん。分かった。二人で楽しいことをいっぱいしようね。4番目の『毎日あったことがそのまま消えてしまわないように日記に書く』も、もうやっている。僕も、こうしてミコちゃんと毎日一緒にいられてすごく幸せなんだ。その幸せな瞬間を一つでも忘れたくない……。1分1秒も無駄にせずミコちゃんを愛し、この瞬間を愛おしみ、こうした瞬間をくれたすべてのものに感謝したい。ミコちゃんが毎日、どんなに素晴らしかったかを書きたいんだ。日々が流れて消えてしまうのが嫌なんだ」

直生は、説明している間に気持ちが込み上げてしまい、以前の自分からすると恥ずかしいくらいストレートに美貴子への想いを口にしていて、自分でも驚いた。しかし、余命宣告を受けているからか、美貴子という特別な存在に逢ったからか、とにかく想いを真っすぐに伝えたかった。そして、事実、毎日をかけがえのない瞬間に思っていたので、この瞬間が消えないよう残したいと切実に思っていた。

「ありがとう、直ちゃん。私も、直ちゃんといられるこの一瞬一瞬が愛おしくてしょうがないの。だから、その気持ち、すごく分かる。私も日記を書いているので、二人で書いていきましょう」

直生は、美貴子の瞳を見て頷いた。

「5番目の『ミコちゃんの絵を描く、写真をたくさん撮る』も、4番目とほぼ同じだな。僕は、ミコちゃんのことが好きで可愛くて仕方がないんだ。だから、見ていると猛烈に『ミコちゃんを描きたい、写真に撮りたい』ってエネルギーが湧いて来る。きっと、そうすることによって、ミコちゃんの素晴らしさを確認し、より確かなものとして実感したいんだと思う。そして、僕の見たミコちゃんの輝きを何とか永遠に残したいんだと思う」

「ありがとう、直ちゃん。直ちゃんが私をこんなに好きでいてくれて、私は幸せ者ね。本当にうれしい。ありがとう……」ポッと頬を染めて、美貴子はうれしそうに微笑んだ。

「6番目の『二人の誕生日と二人の両親の誕生日をお祝いする。両親にできるだけ恩返しをする』は、当然だよね。ミコちゃんがこの世に生まれた日は、1年のどんな日より祝福したいし、ミコちゃんを生んでくれたご両親にも心から感謝したい。もちろん、僕を生んでくれた両親にも、いろいろな機会に感謝したい。二人が今ここにこうして生きていることについて、二人の両親にはどれだけ感謝しても足りないくらいだと思っているんだ」

「そうね。私も、私たちを生み、育ててくれた両親には、本当にどれだけ感謝しても足りないって思っているの。だから、せめてできるだけ多く感謝を伝える時間を持ちたいわ」

「今月末には、僕の誕生日があるから、お互いの両親を呼んで精いっぱいおもてなししよう」

「そうね」

「7番目の『元気なうちに、どうしても会いたい人に会い、お世話になった人にお礼を言う』も8番目の『友達を呼んで一緒に楽しく過ごす』も当然だよね。僕は、人は、誰かと出逢い、愛し、そして感謝するためにこの世に生まれて来たんじゃないかって思う。この間の結婚式でも、一部の人たちには感謝を伝えられたかもしれないけれど、まだまだできていない人はいるし、もっともっとそういう機会を持ちたい」

「私も心からそう思うし、実行したい。会いたい人やお礼を言いたい人はリストを作って、必ず実現させましょう！」

「9番目の『自分の作品をマンガか小説など何かの形でまとめる』は、僕はマンガ家か小説家になりたかったし、世の中に良い影響を及ぼす作品を描きたかったので、挙げたんだ。才能も技能もないし、全然無理かもしれないけど、自分の生きた証しを、何か作品の形で描き上げたいって思う」

「やりましょう、絶対！　少しずつでもいいから完成に向けて前進を続ければ必ず実現するわ。

マンガだったら、私も絵の中の黒い部分を塗ったり、応援する！」

「ありがとう。……まぁ、以上が僕のやりたいことなんだけど。次、ミコちゃん、どうぞ」

「はい」美貴子は、少し照れながら、１枚の紙をテーブルに広げた。

それには、次のようにあった。

「人生でやりたいこと
1. 二人の子供を持つ
2. 直ちゃんとの思い出をたくさん作る
3. 両親にちゃんとお礼をして親孝行する
4. クロス・ステッチの素敵な作品を二人の両親に贈る
5. お世話になった人たちにきちんとお礼を言う
6. 小・中学校時代の大好きだった友達に会う
7. 映画の名作をなるべくたくさん観る
8. 大切にしていたモノを、死んだとき誰に譲るか決めておく
9. 自分なりの死生観を持つ
10. いつ死んでも悔いのない日々を送る
」

直生は、まず1番目を見て茫然としてしまった。子供を持つことは、結婚の話を美貴子の主治医に相談した時、無理だと言われていたからだ。

直生は、美貴子を傷つけないように気遣いながら聞いた。

「ミコちゃん、ゴメン。1番目は、主治医の先生に無理だと言われたんじゃなかったっけ？」

「ええ、たしかに結婚前に二人で訪ねた時は、そうおっしゃってたわ。でも、せっかく一緒になれたんですもの、あなたと私の子供が欲しい。愛するあなたと私の生命が一つになった新しい命に会いたい……。どうしても、そう思ってしまうの」

「どうしてもって言っても……」

「大丈夫。きっと大丈夫。体の調子も良いし、きっと実現できると思う」

「分かった。これは主治医の先生に意見を聴くしかないから、一緒に聴きに行こう」

まだまだ言いたいことはたくさんあったが、直生はその場では議論しないことにした。

そして、改めて美貴子の「やりたいこと」を見ていくと、1番目以外は、直生のやりたいことかなり重なっており、二人の思いは近いと感じた。そして、明日からでも具体的に計画したいことばかりだった。

二人は、お互いの「やりたいこと」を温かい気持ちで見ながら、それを実現する幸せな時間に思いを巡らせた。

2

次の日、二人は美貴子の主治医のK先生に電話をし、早速、その日の夕方に時間をもらった。

そして、午後4時過ぎ、K先生の診察室へ行き、席に着くなり美貴子は切り出した。

「先生、今日はご相談したいことがあって来ました。子供についてです」

「子供？」

「はい。先生は、私たちの結婚に際して相談に乗ってくださいました。その時、私の体は、化学療法の結果、生殖細胞に障害が及んでいるかもしれないし、心臓の筋肉が弱り、さらに骨髄異形成症候群も発症しているので、子供を持つのは無理だとおっしゃいました」

「そうだね。結婚する君たちにそんなことは言いたくなかったけれど、事実は事実として知っておいてもらう必要があったんだ」

いつも柔和な表情のK先生だったが、この日は沈痛な顔をしていた。

「それを伺った時は悲しかったのですが、病気の私たちが結婚できるだけでも幸せなことなので、先生のご意見として受け止めました。けれど、一緒に暮らしているうちに、どうしても私たち二人の子供が欲しくなってしまったんです。もし二人が長くは生きられないならなおのこと、二人の生きた証しとして、新たな命の誕生を望むようになったんです」

「その気持ちは分かるけれど……」

「子供を望むのは無理だとお話をいただいたのは2月の末ごろで、それから3カ月近く経っていますが、やはり状況は変わらないでしょうか？　もう大分前から生理は戻って来ていますし、心臓の調子も良いようです」

「残念だけれど、答えは変わらない。生理が戻っているなら、幸い抗ガン剤の影響が少なく、卵巣機能は無事だったのかもしれない。化学療法で使ったシクロホスファミド、イホスファミドという薬が一定量以上の使用で卵巣を傷つけてしまうのだが、美貴子さんの場合はまだ若いし、大丈夫だったのかもしれない。けれど……」

「けれど?」

「妊娠できたとしても、君の体は、とても出産まで持ちこたえられないよ」

「どうしてですか? 大丈夫です。私はこんなに元気です。お薬だってちゃんと飲んで、血液の数値もそこそこ維持しています。今後も健康的な生活をして体調を維持します」

「そういう問題ではないんだ。君の心臓や血液は、10カ月に及ぶ妊娠や出産には到底耐えられないということなんだ」

「どんなことでもします! 体に負担がかかっても耐えます。無事に子供が生まれたら……、その子に一目会えたら……、私は死んでも構いません!」

〈それは困る! 何を言っているんだ‼〉

直生は思い、美貴子の顔を見た。美貴子の目には何か途方もなく強い決意が滲み、直生は、今まで見たこともない表情に、言葉を発することができなかった。

しかし、K先生は冷静だった。「残念だけど、どんなことをしても、君が10カ月の妊娠に耐え、無事に赤ちゃんを出産できるとは思えない。とても残酷な言い方になるけれど、君も赤ちゃんも妊娠の途中で命を落としてしまうだろう」

はっきりした答えに美貴子は一瞬目を大きく見開くと、そのまま視線を落とし、膝の上に置いたこぶしを固く握り締めた。それを見て、K先生がやさしい声で続けた。

「良いお話をしてあげられなくて申し訳ない。けれど、人生は子供がすべてではないよ。仲の良い夫婦の時間は何にも代えがたいものだと思う。どうか二人で、毎日が素晴らしい時間になるよう、視点を変えてみてごらんなさい」

しかし、美貴子には、その言葉はほとんど聞こえていなかった。じっと下を見て震えるばかりで、しばらくは直生もかける言葉がなかった。

3

その日以降、美貴子の表情から笑顔が消えてしまった。直生は、精いっぱい明るく振る舞い、美貴子の気分を盛り立てようとしたが、美貴子の瞳には力がなく、直生が何を言っても半分うわの空でボンヤリしていた。

ある夜、直生は、ベッドの中で美貴子に腕枕をしながら話をした。それは、直生が病気になってからずっと考えていた「生きることの意味」についてだった。

「ミコちゃん。少し辛くなってしまうかもしれないけど、この前、K先生に会った時の話をしてもいい？」

美貴子は、えっ⁉と少し驚いた顔をしたが「うん。大丈夫」と答えた。

「あのとき、ミコちゃんは、『二人の生きた証しとして、新たな命の誕生を望むようになった』って言ったよね。その気持ち、すごく分かるんだ。この世に命を得た者が、その命が尽きてしまう前に、次の命を残したいと思うのは、本能的な願いかもしれない」直生はそこで言葉を切り、美貴子の瞳を覗き込んだ。

「でもね。子供がいなくても、君とこうして一緒にいられるだけで僕は今こんなに幸せなんだ」直生は、美貴子の肩に回した右腕に力を込めて抱き寄せた。「こんなに愛しい、君という生命とめぐり逢い、今こうしてかけがえのない時間を送っているんだから、これ以上、何もいらないよ。幸せ過ぎるくらいだ」

「ありがとう、直ちゃん。直ちゃんがそう思ってくれるだけで、うれしい。……分かっているの、直ちゃんが言うこと。でも、こんなに愛しているから、こんなにも好きだからこそ、あなたと私の赤ちゃんが欲しいって思ってしまうの。二人の命の結晶を遺したいって」

「分かるよ……。あのとき、君は『二人の生きた証し』という言葉を使ったけど、その気持ち、すごく分かる。でも、たとえ子供を持てなかったとしても、僕らがこうして生きていること自体が『二人の生きた証し』になっているんだと思うよ」

「そうなのかしら……」美貴子が不思議そうに聞いた。直生は、自分を見上げる美貴子の瞳があまりに可愛いので、まぶたに口づけると静かに言った。

「僕は、この病気になってから何度も『自分は、何のためにこの世に生まれて来たんだろう』って考えたんだ。こんな病気になって、働きもせず、世の中の役にも立たず、生まれて来た意味なんてないんじゃないか、そう思ったこともある。

でも、今は、こう考えているんだ。

『僕らは、この世に生きることでいろいろな〝役割〟を果たしている』ってね。

〝役割〟は、どんなに小さなことでもいいんだ。小さいころ、僕の母親は幼い僕を見て『食べてしまいたいくらい可愛い』と思ったそうだ。父親は『この子の幸せのためなら、どんな試練でも立ち向かっていける』と励まされたと言っていた。両親にそんな喜びや励みを与えられたことは、僕がこの世で果たした一つの〝役割〟だと思う。

　小学生時代には、捨てられた子猫を拾って、結局飼うことにしたんだけど、その子猫が死なずに今日まで生きてこられたことだって、僕がなした立派な〝役割〟だと思う。中学生時代、僕はバスケ部で後輩たちにシュートのコツを教えた。これも〝役割〟の一つだ。こんなふうに、友達と遊んだこと、祖父母に対してしたこと、隣の家の子に勉強を教えたこと、みんな僕がなした〝役割〟だと思う。今、こうしている間も、酸素を吸って二酸化炭素を吐き出しているけど、これも僕がこの世に対してなした〝役割〟の一つだと思う。生まれてから、僕がこの世で行った一つひとつが、すべて僕がこの世でなした〝役割〟なんだと思う。

　本当は、さらに大人になれば、社会人として家庭人として、もっといろいろな〝役割〟を果たすのだろうけど、たとえそれがかなわなくても、実は、もうすでにいろいろなことをこの世界でやって来て、いろいろな〝役割〟を果たしているんだよ。iPS細胞を発見するようなそんな大きな役割でなくても、この世と未来に影響する役割を僕らはたくさん果たしているんだと、そう考えるようになったんだ。人も虫も花も、この世の因果の一部をなして消えていく存在だけど、そうした役割を果たすだけで十分に価値があるんだ」

「……そういう考え方もあるのね……。そうね……、たしかに、拾われた子猫にとっても、周りの人たちに対しても、私たちいろいろ影響を与えているものね」

「そうなんだ。生まれて、これまで生きて来た過程で、いろいろな人やモノに関わって来たそれら一つひとつが、みんなこの世でなした〝役割〟なんだと思う。そのプロセスで笑ったりうれしかったり感動したり……この世で行ったこと味わったことを含めて、それら全部が『生きた証し』だって思う。

そう考えるようになったら、『自分は、何のためにこの世に生まれて来たんだろう』と空しく思うことがなくなったんだ。だから、たとえ子供を持たなくても、僕らは『生きた証し』をたくさん残していると思うよ」

「ありがとう。直ちゃんの言うこと、ちょっとだけ分かる。そう考えると、私だっていろんな生きた証しを残してきた気になれる。それに……そうやって私のこと、慰めてくれる気持ちがうれしい」

「慰めるっていうか、本当にそう思っているんだ。それに、僕の人生で一番大切な役割は、君と出逢い、君のパートナーになったことだと思っているし……。お互いをこんなに大切に思い、お互いに良い影響と励ましを交わしているでしょ？　その事実は、たとえ、僕らが死んでしまっても、たとえ宇宙が滅んでしまっても消えないいんだと思う。永遠に残っていくんだと思う。そう心の底から思えるんだ」

「ありがとう……」美貴子は、直生の頬に甘えるように鼻先を寄せた。そして、頬にそっとキスをした。「ありがとう、直ちゃん……」

美貴子は、数日ぶりに柔らかな笑顔を見せ、安心したように目をつぶった。

4

二人の「人生でやりたいこと」には、「どうしても会いたい人に会い、お世話になった人にお礼を言う」ということがあった。そこでまず、手分けして「会いたい人」の連絡先リストを作った。美貴子は、まだ、窓辺で考えごとをしたりボンヤリすることもあったが、このリスト作りには積極的に取り組んだ。小中学生時代にお世話になった人や友人は、友達つながりで連絡先をたどれたり、親同士が年賀状をやり取りしていたりで、ほとんどの人の連絡先が判明した。

ただ、一人だけ、美貴子が小学1年生のときに、初めてピアノを習った岩瀬先生の連絡先はどうしても分からなかった。岩瀬先生は、美貴子に音楽の楽しさを教え、今日までピアノ好きでいる原点を作った人なので、美貴子はどうしても会ってお礼が言いたかった。しかし、先生は美貴子が小学3年生になる春に京都へ引っ越してしまい、その後、何年かは年賀状をやり取りしていたが、年賀状も途絶えて手がかりがなかった。かすかな記憶では、当時、友達の誰かが「岩瀬先生は有名な作曲家の川本真純の妹だ」と言っていた気がする。それが唯一の手がかりだったので、川本真純氏に手紙を書いて岩瀬先生のことを尋ねようかとも思ったが、返事をもらえるかどうかは分からなかった。

5月30日は、直生の21歳の誕生日だった。

直生は、この1年を振り返ってみた。1年前、自分は望んでいた大学に入学し、未来に希望を抱き、前途は洋々と開けていると思っていた。それは、去年9月にガンの宣告を受けて一変したが、美貴子というかけがえのない人にめぐり逢い、結婚までした。この1年間は、それまでの人生にない激動の1年であり、運命を呪った日もあった。けれど、今では、美貴子に逢えたこと、こうして共に生きていることに、限りない感謝の気持ちを抱いていた。

ちょうど土曜日だったので、双方の両親に来てもらい、誕生会を開くことにした。直生と美貴子は、夕方5時の集まりに向けて、朝からいろいろな料理の下準備をし、心からのおもてなしをしようと張り切った。

午後5時に皆が集まり、いつもは二人しかいない家が、にぎやかになった。ケーキに21本のロウソクを立てて吹き消す時、直生は、みんなの祝福を受けて満面の笑みを浮かべた。〈余命宣告どおりなら、これが最後の誕生日になる〉との思いは消えなかったけれど……。

直生は、双方の両親からプレゼントをもらい、また美貴子も直生が欲しかったレザーマンのマルチツール（ペンチにナイフやハサミやドライバーなどを仕込んだ携帯工具）を内緒で用意して直生を驚かせた。

しかし、一番のサプライズ・プレゼントは、双方の両親が作ったデジタル・アルバムだった。それは、二人が生まれた時からの写真をスキャンしてデータ化したもので、一緒にくれた「デジタル写真立て」でも見られるし、パソコンでもテレビでも見られた。「フルバージョン」と「より抜きバージョン」の2種類があり、「フルバージョン」の方は、アルバムの全部をデジタル化したものらしい。このデジタル・アルバムを作るには、アナログ時代の古い写真は１枚１枚スキャンし、余計な部分をトリミングしてデータ化しなければならず、ものすごく労力を要したと思われる。デジタルにまあまあ強い直生の父親と、専業主婦の美貴子の母親が中心に作ったものらしい。直生は頭が下がる思いだった。

直生は、早速テレビで見られるように「より抜きバージョン」をセットして、デジタル写真が順々に自動再生される「スライドショー」モードで映した。

最初に、まだ生まれたばかりで羊水にふやけたような直生が映り、直生は飲みかかったノンアルコールビールを吹き出しそうになった。まるで宇宙人じゃないか、と直生は思った。

「何これ、こんな写真から入れないでほしい！」直生は笑いながら言ったが、

「これこそ直生が誕生してすぐの写真だ。入れないわけにはいかないよ」と父親に返された。

映像は、ほどなく赤ちゃんらしい顔になり、直生はホッとした。

美貴子は、次々に映る赤ちゃん時代の直生を見て「かわいー、かわいー」を連発した。そして、「これは何カ月ごろの写真ですか？」など、両親にいろいろ質問した。両親は、目を細めながらうれしそうに答えていた。

「つい、きのうのことのようだけど、あれからもう21年も経ったのね」

と直生の母親が感慨深げに言った。

「より抜きバージョン」の直生はすくすく大きくなり、もうすぐ小学生になるかというところで、急に画面が変わって別の赤ちゃんが映し出された。それは、美貴子だった。

「やめてぇ！」半分本気で美貴子が言った。「何で私なの？　直ちゃんの写真をもっと見たかったのに……」

「ごめん、美貴子さん」直生の父親が謝った。「『より抜きバージョン』は、直生の幼児期―美貴子さんの幼児期―直生の小学生時代―美貴子さんの小学生時代……」と互い違いに入れたんだ。直生の写真はまた出て来るから、今は美貴子さんの写真を見てください」

「えー、恥ずかしいです」と言いながら、美貴子は承諾の笑顔を見せた。

直生は、このとき初めて美貴子の赤ちゃん時代を見た。目がクリクリして睫毛が長く、今の美貴子につながる愛らしい赤ちゃんだと思った。表情はあどけなく、しぐさはいちいち可愛く、胸に熱い思いが込み上げた。

〈僕とミコちゃんの間に子供が生まれたら、こんなふうに可愛い子だったたんだろうか……〉

ふと思った。

先ほどから直生の赤ちゃん時代を見ていた美貴子も同じ気持ちだった。直生の幼い姿に、美貴子は「なんて可愛いんだろう」と思った。自分がもし健康だったら、愛する人との間に、こんなに可愛い新たな命を授かることができたのに……と思った。胸の底が熱くなり、それが全身に広がり、どうしても赤ちゃんが欲しいという気持ちでいっぱいになった。熱い思いが涙になってあふれた。

美貴子が席を立ったとき、皆は幼稚園時代の美貴子の写真を見ながら思い出話に花を咲かせていて、直生も気が付かなかった。美貴子は、一人トイレで泣き、そして一度は諦めかけた赤ちゃんについて、もう一度チャレンジしようと決意した。

その夜、直生は美貴子と眠るとき、二人がお互いをこんなに愛し、美貴子がこんなに赤ちゃんを望んでいるのに、望みをかなえられないことを、どうしようもなく哀しいことに感じた。直生も〈この人と僕の子供が欲しい〉と切実に思った。命が限られているから、なおのこと欲しいと思った、しかし、それは断じてできないのだ……。そう思い、涙を浮かべながら美貴子を強く抱き締めた。

5

翌日、朝食の後、美貴子は直生に「隠していたわけじゃないけれど、まだ直ちゃんに言いそびれていたことがあった」と話しかけた。それは、美貴子が、一昨年、ユーイング肉腫の抗ガン剤治療を始める前に、自分の卵子を採取し冷凍保存していたということだった。

「治療を始める前、主治医のK先生が『完治を目指して強い抗ガン剤を長期間使うので、卵巣が傷つき、将来、子供を持てなくなる恐れがある』とおっしゃったの。これに対して、『抗ガン剤治療の前に、あらかじめ自分の卵子を採取して冷凍保存する方法があるので、将来、子供を望むならば、専門の病院を紹介する』という話だった……。それで、両親と一緒にM病院という所に行き、14個の卵子を採取して冷凍保存してもらっているの。一度一緒にM病院に行って、話を聞いてみたいと思うんだけど……」

美貴子は、過去の経緯を説明した。

しかし、直生は、卵子の採取だとか冷凍保存だとか言われても、新聞でそんな話題をチラと見たことがあるくらいなので、何の話だか、うまく理解できずにキョトンとしていた。

美貴子は、すぐそれに気付き、

「ごめんなさい。私たちの子供を持つことについて、その卵子を使えばできるかもしれないと思ったの。だから、一緒に話を聞きに行ってほしい。……この前、直ちゃんが話してくれた『子供だけが生きた証しじゃない』ってお話はよく理解できたし、そのとおりだとも思う。けれど、きのう、赤ちゃんのころの直ちゃんの写真を見て、やっぱり私たちの赤ちゃんに会いたいって思っちゃった。ごめんなさい。頭では、直ちゃんの言うこと分かっているんだけど、理屈でなくどうしても赤ちゃんが欲しいの。もう少しだけ、可能性を探ってもいいでしょ？」

直生は、ゆっくりと頷いて言った。

「分かった。でも、その凍結した君の卵子をどうするつもりなの？」

「解凍して、あなたの精子を人工受精できるんじゃないかって考えたの」

「でも、人工授精してからどうするの？　K先生は、君は妊娠や出産はできないと言っていたよ？」

「それについては、病院で専門家の話を聞かないとよく分からないけど、〝借り腹〟っていうのかしら、誰かのお腹を借りて産んでもらう方法があるそうよ。前に、それで赤ちゃんを授かった夫婦のことをテレビで見たことがあるわ」

そう言われて、直生も、タレントの夫妻がそういう方法で赤ちゃんをもうけた話を思い出した。

でも、本当に、そんなことが自分たちにできるのだろうか？　大いに疑問だったし、何か現実離れした話のように思えた。しかし、美貴子の真剣な表情を見て、とにかく一度、Ｍ病院へ行って話を聞くことにした。

６月初めは、それぞれ定期検査と診察があったが、その前にまずＭ病院へ行った。しかし、結論から言うと、美貴子の期待どおりにはならなかった。

美貴子の言うように、凍結卵子はＭ病院で保管しており、人工授精は可能とのことだった。しかし、Ｍ病院の担当医師も、美貴子の主治医のＫ先生から預かった診断書を見て、美貴子の妊娠・出産は無理だと答えた。「妊娠は、母体に大きな負荷になります。心臓が弱っているなら、母体の危険がありますし、血液の状態が悪いと、そもそも赤ちゃんが無事に育ちません。その両方を抱えての妊娠は無理です」とのことだった。

そこで、美貴子は〝借り腹〟というか、誰かの子宮を借りて妊娠・出産してもらう「代理母出産」について尋ねたが、「それは、日本では認められていないのです」と否定された。

またしても、道を閉ざされてしまい、帰り道、美貴子は何か考え込むようにして、ほとんど無言だった。

家で「代理母出産」について調べてみると、おおよそ次のとおりだった。

①日本には、代理母出産を禁じる法律はない。しかし、厚生労働省の審議会などが検討し、２００３年に代理母出産を認めないこととした。代理妊娠は身体的危険性・精神的負担を伴い、ま

た、生まれた子の家族関係を複雑にするなどが理由だ。政府の依頼を受けた日本学術会議の2008年の提言でも、代理母出産は原則禁止とし、法規制が望ましいとした。
②一方、子宮に問題がある女性患者の不妊治療として、2001年以降、長野のある病院が信念を持って代理母出産を行った例が10数件ある。それらは、女性患者の実母など「出産経験のある親族」を代理母にしたもので、無事に子供が生まれている。しかし、前記のように、否定的な意見が出されたこともあり、現在はこの病院でも代理母出産は行っていない。
③この間、海外へ赴き代理母出産を依頼するケースが増え、すでに100例を超えている。近年では、こうした代理母出産のあっせんを行う業者もあり、インドなどで代理母出産を行う例も増えているらしい。
——以上のような事情があり、タレント夫妻はアメリカで代理母出産を行ったのだった。ただし、アメリカで行う代理母出産には何千万円もかかるという。

直生は、美貴子の願いをかなえてあげたい思いもあった。しかし、何千万円もかけてアメリカで代理母出産を行うことは現実的に無理だったし、そもそも直生と美貴子が聞かされている余命を考えると、子供を持つなんて、そんなことを考えてはいけない気がした。

「代理母出産」についても道が閉ざされ、美貴子はまた考え込む日々が続いた。

直生は、美貴子を慰めたくて
「子供を残すことが生きる目的じゃない。自らの生の充実こそが大切なんだ。子供がいなくても、人生は全うすることができる。二人でも幸せな人生は送れる」と話した。しかし美貴子は、

「そのとおりだと思う。ありがとう……」と力なく言うだけだった。

6

6月4日、直生と美貴子は、連れ立ってお互いの通う病院へ行き、診察を受けた。

まず、美貴子の血液検査の結果をC病院で聞いた。白血球はやや下がり２０００個／μlで正常値の下限の６割程度だった。一方、赤血球は２６６万個／μl（正常値の下限の70％）、血小板は9.3万個／μl（同66％）と、やや回復していた。白血球が下がると感染症にかかりやすいので、〝手洗い・うがい・人混みではマスク・生ものはなるべく食べない〟などを引き続き留意するよう言われたが、それ以外は普通の生活を続けて大丈夫とのことだった。

次に、美貴子のユーイング肉腫の経過を診察してもらうため、A病院を訪ねた。結果は、特に注意を要するような再発の兆候はないとのことで、二人はホッとした。ユーイング肉腫については、美貴子が前年の5月に退院して以来、ずっと経過観察しているが、無事なままを維持できている。

一方、直生の肺ガンについてB病院で聞いた結果は芳しくなかった。肺ガンを手術した後の空洞にガンが広がり始めていたのだ。説明を受けながら検査画像を見せてもらったが、素人目で見てもガンの増殖が見て取れた。肺から離れた場所への転移はまだないようだが、このままガンが広がればマズイことは、誰の目にも明らかだった。

医師は、強い抗ガン剤の使用を勧めた。しかし、直生は過去の経験から、従来型の抗ガン剤が自分のガンには効きにくく、副作用ばかりが強いことを知っていたので、それは固く断った。しかし、そうなると、西洋医学ではもはや打つ手がない……。

直生が期待していた新薬「ニボルマブ」の治験については、残念ながら対象にならなかったと聞かされた。直生は、この新薬に期待を寄せていただけに、落胆が大きかった。

直生は手術の後、余命は「1年前後」と言われた。手術は2月の初めなので、もう4カ月が経っていた。余命の期限は来年1月末前後……つまり、あと8カ月弱ということになる。

〈最後の時が迫っている……〉

直生は、世界が灰色に見えるほど暗い気持ちになった。

B病院からの帰り道、直生は自分から美貴子の手を取り、手をつないで歩いた。しかし、何か考え込むように、ずっと沈黙していた。その日の診察結果を聞いて、心理的にダメージを受けていることは明らかだった。しかし、美貴子は何と声をかけていいか、うまく言葉が見つからず、ただ直生の手を握り締めていた。二人はあまり会話がないまま電車に乗り、吉祥寺からバスに乗って家のそばの停留所で降りた。

そして二人で自宅近くの道を歩いていると、アスファルトに1匹の青虫が這《は》っていた。

「あら、青虫ちゃん……」美貴子がいち早く見つけた。

「道にせり出しているこの木の枝から落ちたんだろう」

「助けてあげましょう」美貴子は、あたりを見回した。「お箸のように青虫をつまめる、何かいい木の枝ないかしら……」下を向き、道路脇の土の上を探し始めた。

直生は、普段なら美貴子が何かしようとするとすぐに手伝うのだが、その日は微動だにせず、じっと青虫を見つめたままでいた。そして言った。

「まるで、僕らのようだね。この青虫」

「えっ？」美貴子は、思いもよらぬ直生の言葉に、少し驚いた。

「僕ら人間も、この青虫と同じだなって思ったんだ。自分がなぜここに存在しているかも分からないけど、気が付いたらここにいて……、お腹がすくから何かを食べ、取りあえず毎日を生きている……。人間もそんなところでしょ？」

「……そうね」

「ところが、当たり前のように生きていると思ったら、突然、何か災いが生じて、木から落ちてしまったり、鳥に食べられて一瞬で命を終えたりする……。あまりにも小さな命だから、外から来る運命をどうすることもできないんだ」

「……」

「僕らも同じだ。当たり前のように毎日を生きて来たんだけど、突然、ガンになったり、事故に遭ったりすれば、命は簡単に失われ、永遠になくなってしまう……」

「……」

「儚《はかな》いもんだね」

「……儚いものね」

「こんなもんだったんだね……僕らの存在って。人間だから青虫より少しはマシなのかと思っていたけど……」

「……そうね。私も、この病気になってから似たようなことを考えた……。今まで、生きているのが当たり前で、そのことに感謝したこともなく来たけれど……、本当は、ものすごく儚い存在だったんだなって……」

「そうだね。すごくよく分かるよ」

「で、自分の儚さ、死ねば永遠に消えてしまうという虚しさに絶望して、もう笑顔も出なくなったのだけど……」そこで、美貴子は瞳を直生に向け、直生の瞳を見て続けた。

「あなたに逢えて、思ったの。本当に儚い、一瞬先、どうなってしまうかも分からない命だけれど、この世に生まれて来て良かったなぁって……。あなたと居られる瞬間のこの温かい気持ちは、この世に生まれて来たから味わえた……。たとえこの先、ひどい苦しみや、永遠の無が待っていたとしても、生まれて来たことに感謝したい。あなたと出逢い、この温かい気持ちを知ることができたんですもの……」

直生は、熱いものが胸に込み上げ、美貴子の頬に手を触れた。

美貴子は、直生の手に自分の両手を重ねると、穏やかに微笑んで言った。

「だから、儚くてもいいの。今ある命が愛しいの。今この瞬間、ここにある命を大切に生きたいの……」

そして、道端で拾った10㎝ほどの曲がった2本の枝で青虫をそっとつまみ、

「青虫ちゃんも、儚い命かもしれないけれど、今この瞬間の命を精いっぱい味わってね」

そう言うと、傍らの木の枝に青虫をしがみ付かせた。

「ミコちゃん、ありがとう。本当に君の言うとおりだ……。僕らの命は儚いけれど、それでもこの命は素晴らしい……。生まれて来て良かったって思えるよ。僕も最期の瞬間まで、今あるこの命を大切に味わうよ」

「直ちゃん……」

「……また、ミコちゃんに助けてもらったね」

「そんな……。今、私が言ったことは、あなたが教えてくれたことよ。そう思えるようになったのは、直ちゃんのおかげなの。私の方こそ、直ちゃんに助けられたのよ」

二人は再び手をつなぎ、梅雨の晴れ間の空の下、また歩き始めた。

第8章　命をつなぐ道

1

6月初めの診断結果で、直生は自分に残された日々の短さを切実に感じ、「人生でやりたいこと」を急ぐことにした。

そこで、まず、二人で見せ合った「人生でやりたいこと」を一つにまとめようとしたが、美貴子が1番目に書いた「1．二人の子供を持つ」の文字を見て、手が止まってしまった。

美貴子は、これを1番目に書いたのだから、とても重視しているのは明らかだった。しかし、主治医と、美貴子の凍結卵子を保存するM病院の2箇所で「無理」と言われてしまった。その結果、この目標は美貴子の中で、もはや過去のものとなったのか？　それともまだ生きているのか？――この点が分からないまま清書して、美貴子を悲しませるのは嫌だった。

そう思い、躊躇《ちゅうちょ》していたのだが、そこへ美貴子が、

「二人の『人生でやりたいこと』をまとめてみたの」と言って、筆ペンで書かれたB４サイズの紙を持って来た。そこには、次のように清書されていた。

「人生でやりたいこと

1. 二人の病気を治す方法を見つける
2. 二人の子供を持つ
3. 生きることと死ぬことについて学び、自分なりの結論を得る〔死生観を持つ〕
4. 二人の思い出をたくさん作る。二人の写真をたくさん撮る
5. 毎日あったことがそのまま消えてしまわないように日記に書く
6. 両親にちゃんとお礼をして親孝行する〔二人の誕生日と両親の誕生日をお祝いする／クロス・ステッチの素敵な作品を双方の親に贈る〔美貴子〕〕
7. 元気なうちに、会いたい人に会い、お世話になった人にお礼を言う
8. 小・中学校時代の大好きだった友達に会う／友達を呼んで一緒に楽しく過ごす
9. 自分の作品をマンガか小説など何かの形でまとめる／美貴子の絵を描く〔直生〕
10. 映画の名作をたくさん観る
11. 大切にしていたモノを、死んだとき誰に譲るか決めておく
12. いつ死んでも悔いのない日々を送る」

美貴子は、二人の「やりたいこと」をうまくまとめて一つにしていた。その2番目には、燦然《さんぜん》と「二人の子供を持つ」が入っていた。美貴子は、まだ諦めていないのだ。

直生は、「ありがとう。僕も、まとめなきゃと、ちょうど思っていたところなんだ。先回りしてくれたね」と言った。

「次々に、どんどん進めましょうね！」美貴子の瞳には、澄み切った心が感じられた。

直生は、美貴子が諦めていないのなら、「二人の子供を持つ」という目標にも前向きに取り組もうと思った。美貴子の望みは、みんなかなえてあげたい。しかし、一方では、自分たちのように余命宣告を受けた者が子供を持とうとするなんて、間違っているのではないかという思いもあった。もし実現したとして、二人が余命宣告どおりに亡くなった場合は、誰がその子を育てるのか？ もちろん親たちが育ててくれるのだろうが、初めから親たちに任せようと考えるのは無責任ではないか？——だから、この目標については、まだ百パーセント納得しているわけではなかったが、それでも、美貴子の一生懸命な姿を見て、とにかく「目標」に定め、美貴子が納得するまで、できる限りの努力をしていこうと思った。


また、他の目標については、次のような方針を立てた。

「6．両親にちゃんとお礼をして親孝行する」については、二人の両親を毎月1回は家に呼んでもてなすほか、それ以外もできるだけコミュニケーションの機会を持つことにした。また、美貴子は、両親それぞれの誕生日に向けて、クロス・ステッチの作品を心を込めて作っていた。

「7．元気なうちに、会いたい人に会い、お世話になった人にお礼を言う」については、すでに多くの人の連絡先が分かりリスト化できたので、なるべく元気なうちに会えるよう、連絡を取り始めていた。美貴子が小学1年生の時に初めてピアノを習った岩瀬先生については、依然として不明だったので、岩瀬先生のお兄さんと思われる作曲家の川本真純氏の事務所に、思い切って手紙を出すことにした。

「8. 小・中学校時代の大好きだった友達に会う／友達を呼んで一緒に楽しく過ごす」については、すでに、直生も美貴子もそれぞれの友達を何回か自宅に呼んで食事会を開いていた。二人の友達を数人ずつ一緒に呼ぶこともあった。今後も、これを続けるほか、友達と連携して小学校卒業以来初めての「クラス会」を開くこととし、名簿の整備を進めていた。

直生の「9. 自分の作品をマンガか小説など何かの形でまとめる」については、アイデアはいろいろあったが、まずは、自分自身の日記を基に二人のこれまでのことを書き進めた。

直生は、二人のこれまでのこと、とりわけ美貴子の姿を書いておきたいと思った。人は、どんなに美しく素晴らしい人でも永遠ではない。どんなに愛しても、やがては消えてしまう……。だから、美貴子の姿を、そして自分の美貴子への想いを、何とか永遠のものに描き残したかった。

——そんな思いで、まず、日記を基に小説にまとめようと考えていた。

2

なお、このころから、美貴子は自分一人でバスに乗り実家へ行くことが増えたが、直生にはその理由がよく分かっていなかった（美貴子の母親の誕生日が9月9日で、プレゼントにクロス・ステッチの大作を作っていたため、それで実家に行っているのだと思っていた）。

「人生でやりたいこと」の他の項目についても、どんどん実行に移した。

「4．二人の写真をたくさん撮る」については、日常的にカメラを携え、よく撮った。初めは、公園に行き、花のそばで美貴子の写真をポートレイト風に撮ろうとしたが、なかなか自然な表情が出ず、うまく撮れなかった。それよりむしろ、一緒に食事の準備をしている時とか、美味しいものを食べている時、あるいは居間でゴロニャンとしてくつろいでいる時など、何げない瞬間の方が自然な良い表情が撮れた。

直生は、美貴子の愛おしさというか、かけがえのない〝生命の輝き〟そのものを残したいと願って撮影していた。いつか、永遠に失われてしまう美貴子を――たとえ病気でなくてもやがては確実に失われてしまう美貴子のすべてを――形あるものに残したかった。

一方、美貴子の方は、直生と自分が一緒に写っている写真を好んだ。スマートフォンの「自撮り棒」を買い、自分のスマートフォンに取り付けて直生と二人のツーショットをよく撮った。そして、気に入ったものをプリントして、キッチンとかリビングの棚に飾った。それらの写真の方が、美貴子は生き生きと自然な表情をしているように思え、直生は、自分の撮影者としての未熟さを強く感じた。

また、直生は、ビデオもたくさん撮った。こちらもやはり、最初はカメラを意識させてしまって自然な表情が撮れなかった。そこで、試みに、二人でおしゃべりして気分が盛り上がったときにカメラを回し、インタビューのようにやり取りして撮影すると、美貴子の生き生きした表情を撮れることがあった。

直生が美貴子を笑わせると、表情がくるくる変わって、生き生き動く目が可愛いと思った。笑う時、美貴子は、眉が少しハの字型になり、二重まぶたの線がやさしいラインを描き、下まぶたが弧を描くようにせり上がる。多くの人は、笑うと上まぶたが下がり、下まぶたが上がり、結果、目は線のように細くなるが、美貴子の場合は、上まぶたはあまり下がらず、下まぶたがきゅっと上がるのが特徴で、微笑んでも目が線にならず、瞳がキラキラしていた。〈こんなにやわらかい、可愛らしい表情をする人がいるだろうか〉と直生は感動した。

〈ミコちゃんの笑顔を、もっと見たい！　もっともっと笑わせたい！〉と思った。

こうして美貴子の魅力を追求することで初めて、美貴子自身も気付かない素晴らしさをハッキリつかむことができるのだと、直生は少し満足していた。

そして撮った写真やビデオを基に、「９．美貴子の絵を描く」を試みた。しかし、１枚の動かない絵で美貴子の美しさや生命の輝きを表現するのは容易ではない。直生は、自分の画力のなさを感じた。それでも、自分の手で美貴子の造形を再現しようとする試みは、とても楽しいものだった。自分はまだまだ絵がヘタだが、美貴子の姿をもっと見て、目に焼き付け、心でつかみ、いつかきっとその素晴らしさを自分の手で表現したいと思った。

「10．映画の名作をたくさん観る」については、美貴子の父親のＤＶＤコレクションから借りたり、レンタルビデオを借りたりして、主に夕食後の時間を充ててどんどん実現させた。

テレビの正面のソファで観たり、美貴子が好む通称「重役の椅子」の形で直生と二人くっついて観ることが多かった。「重役の椅子」は、まず直生がソファを降りてソファの座面に寄りかかるようにしてカーペットに座り、両膝を立てて足を広げる。その立てた膝の間に美貴子がすっぽり入り、直生に寄りかかって座るというものである。直生が〝人間椅子〟になるわけだが、直生の立てた膝に美貴子が両腕を乗せると肘掛け付きの豪華な椅子のようになることから、二人は「重役の椅子」という名で呼んでいた。

美貴子がこの形を好むのは、直生との触れ合いがあるからだが、現実的な利点もあった。それは、座る時に左右のバランスを取りやすいということである。普段、家にいる時、美貴子は左腿に義足をはめて基本的には〝杖なし〟で歩いていたが、長時間座る場合は、左腿を楽にするため義足を外した（左腿にはめる義足のソケットはプラスチックでできており、暑いと汗をかくため外すことが多かった）。しかし、義足を外すと左足が地に着かないので、座るとき右足だけでバランスを取ることになり、長時間座り続けると疲れたり、腰が痛くなったりする。そんな時、「重役の椅子」の形で座ると、直生の両足に支えられて楽だったのである。

そして、直生の体にすっぽり包まれて座り、美貴子は安らぎを感じた。直生も、美貴子のやわらかな体とぬくもりを感じて、やさしい気持ちになった。二人は、こうして最後の日々の1日1日を送り、思いやりと肌の触れ合いを通して、ますます仲良くなっていった。

3

そんなある日、直生は、美貴子から驚くべき話を聞いた。

美貴子の母親と相談して、母親に〝代理母〟になってもらい、子供を持つことを考えていると言うのだ。

「ええええーーーー？？？」それを聞いた直生は、ただ驚くしかなかった。「……そ、それって、現実に可能なことなの？」

美貴子は真顔でこっくり頷いた。

「かつて、日本でたった一つだけ不妊治療の信念を持って代理母出産を扱ってきた病院があったんだけど、そこで一番主流なのが患者自身のお母さんに代理母になってもらうことだったそうよ。見ず知らずの他人に代理母になってもらい、何かトラブルを心配するより、血のつながった親族が代理母になる方が安心なのよ」

「でも、ミコちゃんのお母さんって、おいくつだっけ？」

「今、45歳で、9月に46歳になるわ」

「そんなお歳で大丈夫なの？」

「それは、お医者様の確認を取る必要があるんだけど……。でも、インターネット情報によると、日本で代理母出産を行った病院では、代理母は患者のお母さんが主流で50代のケースが多く、それでも無事に出産しているわ。それに、45歳ぐらいで普通に妊娠・出産する人だっているし……」

「…………」直生は、しばらく言葉がなかった。しかし、重要なことを思い出した。

「でも、そもそも代理母出産は、日本では認められてないんじゃなかったっけ？」

「その点は、海外で行えば大丈夫。最近は、インドやウクライナなどでかなり行われていて、それをサポートする機関もできているのよ。お金もアメリカの場合ほど、かからないみたい」

「……」それを聞いても、直生はまだ現実のものとは思えなかった。話に付いていけず、ただ唖然とするばかりだった。

「本当は、まず、直ちゃんに相談すべきだったかもしれないけど、私のお母さんに代理母をお願いしたいと言っても、直ちゃんは茫然とするだけだと思ったし、そもそも私のお母さんに断られたら成立しない話なので、まず、お母さんに話してみたの」

「それで、お母さんは、どうおっしゃってるの？」

「最初はびっくりしていたけど、今は前向きよ。だから直ちゃんにも話すことにしたの……」

美貴子は悪びれずに言った。

「私がお母さんに代理母になってもらうことを最初に思い付いたのは、インターネットで代理母出産について調べている時だった。先にも言った日本でただ一つだけ代理母出産を扱ってきた病院では、2001年以来、代理母出産の事実を公表し、世に問題提起してきたわ。で、その10数例の発表を見ると、患者の実母に代理母をしてもらっている例が中心なの。それを見て、もしや……と思い、いろいろ調べ、まずはお母さんに尋ねてみたの」

「それで、最近、よく実家に行っていたんだね」

「そうなの。で、お母さんも私の話を聞いて最初はびっくりしていたけど、一緒にインターネットの情報を見ているうちに、二人ともだんだん現実的に考えられるようになったの」

「で、本当に、そんなことをやろうと思っているわけだ」

「直ちゃんは反対？」

「反対とは言わないけど……。まだよく分からないよ」

「そうね。私も、まだ、やろうと決めたわけじゃないの。現実味のあることかどうか、お医者様に聞いてみなくちゃ分からないし、直ちゃんに相談し、お父さんにも相談し、直ちゃんのご両親にも相談して最終的には決めることだと思っているから……」

「君のお父さんは、この話を知っているの？」

「お母さんから、仮に……ということで話してもらったわ。最初は、ただあきれたような表情をして『バカげた話だ』と言っていたんですって。でも、私が集めた情報を見せているうちに、だんだん現実にあり得ることだと分かってくれたみたい……。とにかくお父さんも含めて、今度一緒に専門家の話を聞いてみたいの。それで、直ちゃんにも話して、一緒に行ってもらおうと思って……」

「……」直生は、なおも話題に付いていけなかったが、美貴子がインターネットで集めた情報を見せてくれ、それを理解するに連れ、架空の小説や映画の話ではなく、現実的にあり得ることなのだと、ようやく分かり始めた。

直生は言った。「専門家の話を聞くことは、ありだと思うよ。けれど、現実に、二人の子供を持つかどうかの判断は、もう少し待ってくれる？」

「もちろんよ。専門家に話を聞いて、代理母の危険性や、生まれて来る子に問題が生じないか、お金のことなど、いろいろなことを確認しないと……。それを確認したうえで、実際に代理母出産を試みるかどうかは、別途、考えましょう」

美貴子は、真剣な目をして言った。

そして、ともかく、美貴子と直生、そして美貴子の両親の四人で、海外での代理母出産をサポートする機関を訪ねて、実際に話を聞いてみることにした。

4

サポート機関に予約の電話を入れ、四人で訪ねた。そこはすでに何年もの実績があり、多くの日本人夫婦の代理母出産をサポートしていた。奥さんの子宮に問題があって「代理母出産」を頼むケースが一般的で、美貴子のような病気を理由とする代理母出産は初めてとのことだった。このため、二人は自分たちの病気のこともすべて話し、理解してもらった。

そこで聞いた話は、次のようなものだった。
(1)実際の代理母出産は、次の六つのプロセスで行う。
①美貴子の卵子を用意する（普通は、手術で卵子を採取するが、美貴子の場合、すでに凍結している卵子があるので、これを使うことができる）
②直生の精子を用意する
③顕微鏡下で二人の卵子と精子を「体外受精」する
④「体外受精」した「受精卵」を美貴子の母親の子宮に移植する
⑤子宮内に無事に着床すれば妊娠が成立
⑥10カ月後、出産する

(2)移植した体外受精卵がちゃんと妊娠する確率は3割程度。出産率は2割程度だが、これは高齢の不妊治療例を含めた平均値であり、20代の卵子は妊娠率・出産率とも、より高い。
(3)体外受精は、30年以上の歴史があり、日本でも年間5万人以上が出生している。全出生児の20人に1人は体外受精児なのだ（2015年現在）。体外受精は確立した方法なので、生まれて来る子への影響は心配ない。ただし、通常の妊娠・出産と同様に、奇形児や染色体異常児など障害を持って生まれる可能性はある。
(4)実母が代理母になることは可能で、健康状態を検診する必要はあるが40代半ばなら一般的に可能である。しかし、どんな妊娠・出産でも妊娠高血圧症候群、流産、羊水塞栓症、常位胎盤早期剥離などのリスクがあることは十分理解して代理母出産に臨むべきである。
(5)先の(1)の代理母妊娠のプロセスは、日本国内では認められていないので海外で行う。アメリカや、インド、ウクライナ、ジョージア、メキシコなどで行われているという（2015年6月時点。その後、インドでは法律が変わり、外国人の代理母出産を認めないこととされた）。
(6)費用は、医療行為にかかわることなので事前に総額を確定できないが、美貴子の凍結卵子の輸送にも約50万円かかり、ウクライナで行った場合で250万円程度は必要。それでも、美貴子が相談したケースでは「代理母」を実の母親が務めるため代理母への謝礼金が要らず、一般的な料金よりかなり安いのだそうだ。しかし、旅費や宿泊費、食事代などを含めると350万円は見込んだ方がよいとのこと。なお、受精卵が1回目で妊娠に至らなければ「再移植」が可能だが、これには別途の費用がかかる。

(7)日本では「子は出産した女性の子」とされるので、代理母出産で生まれた子は、戸籍上は美貴子の母親の子となる。直生と美貴子の子とするためには、養子にする必要がある。

代理母出産のサポート機関で一とおり話を聞いた後、四人でお昼を食べた。美貴子と母親の女性陣二人は、実際に話を聞いて好感触を得たようだった。

美貴子が、目をキラキラさせて言った。

「子供もお母さんも、代理母出産だからって特にリスクが高まるわけではないのに安心した。費用だって高いとはいえ、アメリカで2000万円以上かかるって聞いていたから、ちょっとは現実的な金額のように思えた」

〈そうなの?〉と直生は思った。350万円なんて、稼ぎがなくすべて親がかりの直生にとっては、考えられない金額だと思った。しかし、美貴子の気持ちも考え、この段階では、なるべく自分から否定的なことは言わないようにした。

「でも、海外ってのがねぇ……」美貴子の父親が言った。「言葉が通じない所で、代理母妊娠なんてそんな特殊な医療行為をして本当に大丈夫なんだろうか? お父さんは、そこが一番気になったよ。お母さんや、生まれて来る子の命にかかわることだからね」

「でも、通訳の人が来てくれるというし……」美貴子が言った。「直ちゃんはどう思った?」

まだ頭の中で整理がつかない直生は、突然の質問を受けてとまどった。しかし、一番気になることを言ってみた。

「代理母出産のことは、まだ自分の頭でまとまらないので、じっくりよく考えてみたいと思います。でもその前に、そもそも僕自身が言われている余命を考えると、子供を持つなんて、そんなことを考えてはいけない気がするんです。もし実現したとして、僕や……ミコちゃんまでもが育てられない日が来たら……、誰がその子を育てるのでしょうか？　もちろん、ミコちゃんのご両親も育てるとおっしゃってくださるでしょうけど、そんなふうに初めから親に期待する考え方って……どうなのかなという戸惑いはあります」

直生の根本的な問題提起に、他の三人は言葉がなかった。美貴子が反論するかと思ったが、何も言わず、真剣な眼差しでテーブルの上の1点を見つめていた。

美貴子の父親が「とても大事なことかもしれないね。もちろん、そういう場合についての私たち夫婦の考えはあるが、直生くんのご両親の意見もあるだろうから、両家と直生くん、美貴子の六人で、どうすべきかよく考えてみることにしよう」そう言って取りなした。

美貴子は、家に帰るなり、聞かずにはいられないという雰囲気で直生に語りかけた。
「直ちゃん、率直な意見を聞かせて！　今日、サポート機関で聞いたお話を踏まえて、代理母出産についてどう思うか」

澄んだ目で真剣に問う美貴子を見て、直生は改めて自分の心をまとめながら答えた。
「僕は、ミコちゃんのことを本当に心から愛している。だから、君を幸せにするためには何でもしたいと思う」やさしい眼差しで美貴子を見つめた。「でもね、今度の代理母出産のことは、さっきも話したけど、少し疑問があるんだ。僕の余命は、手術後の話どおりならあと7カ月余りだから、それを考えると、子供を持っていいのかって……ね。僕が、あるいは僕らが二人ともいなくなってしまった時のことも考えておかないと……。子育ては子供が独立する20年先まで考えておく必要があるし、その時まで、子供の体と心の成長を見守り続けるのはとても大変なことだと思う。僕らがいなくなってしまった場合、それを親たちに任せてしまっていいのか?……ってね」

「そうね……。真剣に考えてくれてありがとう。直ちゃんの言うことは分かる。私だっていつも〝余命〟ということは考える……。考えない瞬間はないと言ってもいいわ。だから、赤ちゃんが生まれたとして、自分が育児できなくなったり死んでしまったとき、その子がどうなるのか?幸せになれるのか?残された私たちの両親や周りの人たちが幸せでいられるのか?ってことは、すごく考える」

美貴子の目は泣きそうだったが、強い意志が泣きそうになる心を押しとどめているようだった。

美貴子が続ける。

「でもね、無責任かもしれないけど、私の両親や直ちゃんのご両親が、その子の誕生を望んでくれるのなら、私は後先考えず、代理母出産に賭けたい。誰かに大きな負担をかけるのだとしても、〝生命〟には、それだけの価値があると思うの。その子に直ちゃんの〝命のバトン〟を引き継ぎたい……。直ちゃんの命を引き継ぐその子に、私は〝未来〟を見ているの」

立ったまま一生懸命に話す美貴子は、真剣に話すあまり体がグラグラしてきた。そこで、直生は、椅子に座らせ、やさしく言った。

「ミコちゃんの言うことも分かるよ。ありがとう……。もし、僕らの両親が、将来、その子を育てることまで考えたうえで、みんながその子の誕生を望んでくれるのなら、僕は否定はしないよ。だから、みんなの意見を聞くまで、僕の意見は、反対というわけでもないんだ」

「分かった。みんなの意見が大切だってことは、私もそのとおりだと思うわ」

「あと……」直生は、もう一つ気になっていることを言うことにした。「費用が３５０万円ってことも、僕は引っかかっている……」

「私も、それは大変な出費を親にかけると思っているわ。でね……、これはまだ誰にも言ってない考えなんだけど、直ちゃんがそれでいいって言うのなら、私は代理母出産じゃなくて、直ちゃんと私のお母さんの人工授精でもいいと思っているの。それなら、代理母出産じゃなく、国内で普通の人工授精と出産を行うことになるから、一般的な費用で産めるわ」

「ええっ⁉　何を言っているの？」直生は、美貴子の言うことが理解できず驚いた。一瞬、美貴子の頭がおかしくなったのかと思った。

「もちろん、直ちゃんと私の命が一緒になった赤ちゃんに会いたいけれど、直ちゃんの命を引き継げるのなら、別に私の子でなくてもいいと思っているの。直ちゃんと私のお母さんの人工授精で産むのなら、３５０万円なんてかからない……」

「それは……」直生は、茫然としてすぐに言葉が出なかった。しかし、自分の意思はハッキリ伝えなくてはいけないと思った。「それは、違うよ！　そんなんだったら、僕は断る‼」

　そして、直生の剣幕に驚いている美貴子を抱き締めながら言った。

「ごめんね、強い言い方をして……。でも、それは違うよ。僕は、そんなふうに君を追い詰めてしまっているのかい？　でも、その答えは違う。……君が僕の命を引き継ぎたいって思うように、僕だって君の命を引き継ぎたい。そうでないなら、初めから望まないよ」

「ごめんなさい、変なこと言って。でも、代理母出産がダメなら、それでいいって私は思っているの。追い詰められて言っているんじゃなくて、ただ、直ちゃんの命を引き継ぐことが、私の一番したいことなんだと思う」

「ありがとう。分かった。……とにかく、それは僕が嫌だから考えないで」

そこまで言うと、直生は自分の心を固めた。

〈代理母出産については、なお迷いはあるが、もし実現すれば、その子は僕の死後、唯一ミコちゃんに残せる大きな励ましになるだろう。僕は、少しでも多く、彼女を幸せにしてあげたい。僕が死んだ後も……。だから、もし双方の親がその子の誕生を望むのなら、否定しないようにしよう。その子はきっと、僕ら二人の子にとどまらず、双方の両親を加えた六人みんなの子になるだろう〉

そして言った。「代理母出産については、君の両親も僕の両親もそして君のお兄さんも、みんなが賛成してくれるかどうかで決めよう。いいよね？　それで」

コクンと美貴子は頷くと、一粒大きな涙を流した。

5

この件は、早速、直生の両親にも相談しなくてはならないと考え、次の土曜日、二人は実家を訪ねた。

直生の両親の反応も、直生が初めて話を聞かされた時と同じで、最初は「何を言っているんだ？」という表情だった。しかし、徐々に理解し始めて、代理母出産の危険性や、費用や様々な面のやり取りがなされた。そして結論は「少し考えさせてほしい」ということだった。

一方、美貴子の両親は、より前向きだった。美貴子の母親は、直生の目の前で言った。

「愛するあなたたち夫婦の子が生まれる人生と、その子のいない人生のどちらを取るか、ということなのだから、私はどんなリスクや困難があったとしても、その子が生まれる人生にチャレンジしたい。チャレンジしないわけにはいかない。あなたたちから生命を贈られるんですもの、私だってリスクに怖じ気づいてはいられないわ」

美貴子の父親も、決意を込めて言った。

「これから生まれて来る子は君らの子だが、困った時は、私たち夫婦が育てる。私は今年48歳になるが、その子が学校を卒業するまであと20数年、70歳になるまで絶対に何があってもくじけないよ」

直生の心には、いまだ迷いがあったが、この二人の言葉は、直生の背中を大きく押した。

その後、直生と美貴子、本多家と青木家の六人で何回もの相談を重ね、代理母出産を試みることが決まった。反対する者は誰もいなかった。美貴子は、何度も皆にお礼を言い、到底不可能と思っていたことが実現に向けて歩み出したことに、涙を流した。

その後、知り合いの産婦人科で美貴子の母親が検診を受けた。結果は良好であった。早速、サポート機関に申し込み、ウクライナの病院の受け入れ態勢を確認してもらった。

美貴子は、打ち合わせの際、「なるべく早く、実現させたい」「急いでいる」と何度も言った。直生が生きているうちに、赤ちゃんを見せてあげたいと切に願ったからだ。その気持ちは、直生もすぐに悟ったが、子供が生まれるのは10カ月以上先のことなので、自分には無理な話ではないかと思った。

そのころ、作曲家の川本真純先生本人から美貴子宛に手紙が届いた。美貴子が小学1年生の時にピアノを習った岩瀬先生については、やはり川本先生の妹だったのだ。手紙には「妹は、たしかに10数年前まで、世田谷でピアノの先生をしていた」とあり、岩瀬先生の現在の住所が書かれていた。美貴子は早速、岩瀬先生に手紙を書いた。岩瀬先生が思い出せるように、小学校2年生の時のピアノの発表会の写真を新たにプリントし、同封した。

数日後、サポート機関から「提携するウクライナの病院が受け入れを受諾してくれたので、ウクライナで事前打ち合わせをしてほしい」との連絡が来た。受精卵の移植は、美貴子の母親の性周期に合わせせる必要があるし、凍結していた美貴子の卵子についても確認したいとのことだった。

そこで7月7日に、直生と美貴子、美貴子の両親の四人で空路ウクライナへ向かった。提携する病院は、産婦人科の専門病院だったが、ベッド数も多い立派な病院だった。そこの不妊医療科で今回の件を引き受けてくれるそうだ。担当のＯ医師は、物腰のやわらかな40代後半くらいの人で、直生たちの質問に図などを示しながら丁寧に答えてくれた。四人とも「この人だったら任せられる」という安心感を持った。そして、美貴子の母親の性周期に合わせて、人工授精は7月18日、代理母への移植は7月23日に行うことになった。

帰りの飛行機の中で美貴子が言った。

「こんなことが実現したら、本当にすごいことね。信じられない……。でも、ちょっと怖い気もする。すごいことが現実になりそうになって、何だか幸せなような、怖いような、不思議な気持ち……」

直生にも、その気持ちが分かった。あまりにも非日常的なことが目の前で起ころうとしていて、それに心が追い付かないような思いだった。

〈でも、信じよう。僕たちの選択と、現代の医療を信じてみよう〉

そう自分に言い聞かせた。

第9章　覚悟

1

梅雨が明け、暑い夏が始まった。ウクライナの病院と約束した日が近づき、7月17日に、まずは直生と美貴子、母親の三人でウクライナに渡った。

翌18日は、朝9時に病院を訪れ、O医師から説明を受けた。

美貴子の凍結卵子は、14個中5個を解凍しスタンバイしているとのこと。これに直生の精子を振りかけ、正常に受精すれば2日目に4細胞、3日目に8細胞に分裂し、5日目には「胚盤胞《はいばんほう》」と呼ばれる胚となる。その中から、状態の良い胚盤胞を美貴子の母親に移植し、残りの胚盤胞は最初の移植がうまく妊娠までいかなかったときのために凍結するとの計画だった。

母親に移植する胚は、前回の打ち合わせで1個に決めていた。胚盤胞まで何個か育てば、2個・3個移植することも可能だが、そのまま妊娠した場合、双子・三つ子になり、母体に負担がかかる。美貴子は、いくら子供が欲しくても、40代半ばの母親にはなるべく負担をかけたくないと思い、1個だけ移植することにしたのだ。残された胚盤胞は、赤ちゃんとして生まれ得る〝命の種〟だったが、母親に過度の負担を背負わせるわけにはいかず、断腸の思いで1個だけを選ぶことにした。

そして、移植後２週間して妊娠判定を行い、妊娠していればまずは成功ということになる。

実際の手順も、その説明どおりに行われた。18日に直生の精子を加えられた５個の卵子は、翌19日に５個全部の受精が確認された。そして、５日目の23日には５個中４個が胚盤胞まで成長した。受精しても、遺伝子の異常などで成長が止まってしまう場合があるので、胚盤胞まで発育するのは平均３割だそうだが、美貴子の卵子は若いこともあってか、８割が胚盤胞になった。

移植予定の23日は、朝食を早めに済ませ、母親と美貴子の二人で午前９時に病院へ入った。そして、胚盤胞の状態を確認し、最も状態が良いと判断された１個が母親に移植された。

移植そのものは７～８分で終了したが、その後は３時間、別室でうつ伏せで寝るように指示を受けた。美貴子は、その３時間を付き添いながら、母親にこのような負担をかけてしまうことを本当に申し訳なく思った。そこで、

「ごめんね。お母さん。大変な思いをさせて……」

と言うと、母親は、うつ伏せのまま顔だけこちらに向けて、明るい表情で言った。

「ごめんね、なんて言わないで。お母さんは、あなたたちの赤ちゃんに会えることを本当にワクワク楽しみにしてチャレンジしているんだから……。まさか、自分の孫を自分が産むとは思わなかったけど、これも貴重な経験よ。早く無事に産んで、いろんな人に赤ちゃんを見せたいわ」

「ありがとう、お母さん」美貴子は、努めて明るく話す母親の気持ちを察して、心の底から母親を愛しくありがたく思った。

美貴子と母親が病院にいる間、直生は、空港まで父親を迎えに行った。母親は移植後数日、ホ

テルで静かにしている予定なので、忙しい仕事の合間を縫ってやって来たのだ。

その後、3日間は安静にすることが望ましいとのことだったので、観光もせずホテルにこもり、持参した映画のDVDを見て静かに過ごした。

そして、経過が順調であることを確認したうえで、4日目に日本へ帰った。

妊娠判定は、胚盤胞の移植から2週間後の8月6日に、日本国内の病院で行う予定である。日本では代理母は〝原則禁止〟とされているが、法規制はないため、直生の父が、つてをたどって代理妊娠であっても診てくれる産院を見つけたのだ。

判定で妊娠が確認されれば、ひとまず成功。妊娠が認められなければ、タイミングを見計らってウクライナへ行き、凍結している胚盤胞を再び移植することになる。

どちらになるか、結果が分かるまでは10日ほど待つ必要があった。

2

8月2日は美貴子の21歳の誕生日だったが、「妊娠が成立しているかどうか分からないのに、誕生日を祝う気になれない」と美貴子が言い、誕生会は取りあえず8月8日の土曜日まで延期された。

そして、受精卵の移植から2週間経った8月6日、都内の病院で妊娠判定を受けた。

結果は、無事に妊娠が確認された。二人の受精卵は、母親の中で命を芽吹かせていた。美貴子と母親は涙を流し、ずっと抱き合っていた。直生も、それを見て涙ぐんだ。直生は、妊娠が確認されても実感はなく、ピンと来ない部分もあったが、美貴子と母親が抱き合い喜んでいる姿を見て、じわじわと感動が込み上げたのだった。

8月8日の土曜日は、8月2日から繰り延べしていた美貴子の21歳の誕生会を行った。今回は、直生の実家が妊娠を祝う意味を含めて主催し、直生・美貴子の二人と美貴子の両親と兄を招待した。

アメリカから帰国していた直生の妹も参加した。彼女は、前年の9月からニューヨークのネイルアートのスクールに通っていて、4月の結婚式にも帰国しなかったが、7月でスクールが終了したので、帰国していたのだった。

「はじめまして。妹の由紀です」妹は、初めて会う美貴子に満面の笑みで挨拶した。「兄がステキなお嫁さんをもらったと聞いて、本当に喜んでいたんです！　あまりモテる方じゃなかったんで」

「こら、余計な……」

「まあまあ、事実だからいいじゃない。でも本当にステキな方で、美貴子さんに会えて、私、うれしいです。アニキは、マンガと飛行機のオタクですが、真面目な人であることは間違いないので、どうぞよろしくお願いします」

「由紀さんの話は聞いていました。会えてうれしいです」

美貴子は、穏やかに微笑みながら言った。

直生は、調子に乗って余計なことをしゃべりかねない由紀に不安も感じたが、由紀なりに場を盛り上げようと明るく振る舞っているのを感じた。

実は、前日、美貴子はふさぎ込んでいた。おとといの6日は、無事に妊娠を確認できたことに涙を流し喜んでいたが、ここ2カ月近くの間、代理出産に向けてずっと突っ走って来た反動からか、きのうは打って変わって内省的になり、「本当にこれで良かったのかしら……」とまで言った。実母のこれからの負担を案じたり、直生・美貴子とも死んでしまった場合、生まれて来る子が両親亡きまま育つことを想像して涙したり……、いろいろなことを思い悩んでいた。

今日の誕生会も、出席を渋っていたのだが、主役が欠席というわけにもいかないので、直生が背中を押して連れて来たのだった。

しかし、由紀が、一つ年上の美貴子にあれこれ話しかけ、カワイイー！とかワンダフル！とかアメリカ流のオーバーアクションではしゃいでいるうちに、美貴子の気持ちも次第にアップしてきたように見えた。直生は由紀に感謝したい気持ちだった。

誕生会が始まると、それぞれの両親から美貴子にプレゼントが贈られた。由紀もネイルアートの初心者向けのセットをプレゼントした。直生は、太陽の紫外線に弱い美貴子のために、紫外線カット率99%のピンク色の日傘を贈り、併せて、パソコンで描いた美貴子の絵をプレゼントした。美貴子をイラスト風に描いたもので、美貴子は喜んでくれたが、直生自身は〈全然、美貴子の素晴らしさが描けていない〉と内心、出来の悪さを恥じながら渡した。

また、二人の両親から、過去に撮影した美貴子と直生のビデオ動画がデジタルで複製されてプレゼントされた。前回、直生の誕生日に、過去の写真のデジタル版が贈られたのに続き、直生の両親と美貴子の母親が共同で作ったものだ。

前回と同様に「より抜きバージョン」と「フルバージョン」の2種類があり、「フルバージョン」は、ハードディスクにDVD100枚分を入れたという。そこで、この場では「より抜きバージョン」をテレビで見ることにした。

前回、写真版を見た時も、美貴子の幼い姿を可愛らしいと思ったが、動きが加わり声が聞こえるため、一層可愛いと直生は感じた。今、ステキな女性に成長した美貴子に、こんなにあどけない時代があったことが、たまらなく愛しく思えた。ビデオに映る幼児は、幼いなりに今の美貴子につながる顔をしており、笑った時の口元などは、そっくりだった。人は、赤ちゃんで生まれ、成長し、宇宙にただ一人のその人のまま変化していくんだ……。そういう当たり前のことに今さらながら感動し、時の流れと生命の不思議を思った。

両親は、小さいころの美貴子や直生を見て、思い出話に花を咲かせていた。ビデオに出て来る両親はいずれも若く、また、どれほど子供を愛しているかが、画面からあふれんばかりに伝わって来た。ビデオの中の表情や声が、それをリアルに感じさせた。

〈こんなにも愛されて来たんだなぁ〉直生は、改めて思った。

〈こんなふうに、僕らは愛され育まれて来たんだなぁ……、生きる者はみんなやがては死んでしまうけれど、こうして新しい命を愛し、育て、生命は何億年とつながって来たんだなぁ……〉直生は感慨にふけった。

映像を見ながら、頭の中でビートルズの「All You Need Is Love（愛こそはすべて）」の曲が浮かんだ。中学生時代に聞いた時は、甘っちょろい歌だと思い全然感動しなかった曲だ。直生は、かつて、テレビや歌でやすやすと語られる「愛」という言葉をウソっぽく感じ、バカにしていた。けれど、直生自身、美貴子と出逢って本当の愛を知り、生きることや死ぬことについて考え、いろいろな経験をした今は、この歌の「All You Need Is Love」というフレーズが心にしっくりきた。

冷たい宇宙の中で唯一の温かいものが〝愛〟であり、人と人を結び付け、生命を守り育てるものが〝愛〟だと思った。〝愛〟は恋人同士の愛だけではない。親が子を思う愛、友達を思う愛、道で転んだ知らない子に手を差し伸べる愛……人が人を想うすべての愛が、直生が今、考える〝愛〟であり、この世で一番大切な〝生命を支える力〟なのだと、心の底から思った。

自分は、小さいころからずっとそういう親の愛に包まれ生きて来たのだが、実は、ちゃんと分かっていなかった。分かっていないというより、空気のように当たり前に感じ、意識して来なかった。そして、親の愛を意識したときは、疎ましいと思ったりした。

でも、病気になり、美貴子と出逢い、今ではこうして〝愛〟をバカにせず、疎ましいとも思わず、素直に素晴らしいと感じられるようになった。気付けて良かった。死ぬまでに気付くことができて本当に良かった。

〈自分は、今まで、どれほどの愛に包まれて来ただろうか……〉

それを思い、改めて両親や、美貴子、多くの友達、亡くなった祖父母たち、いろいろ教えてくれた先生たち……そうしたすべての人たちへの感謝の気持ちでいっぱいになった。それらすべての愛の上に今の自分があり、今、こうして息をしてここにいるのだと思った。

そんなふうに、直生にとって、美貴子の誕生を祝う最初で最後の日は過ぎていった。

3

8月11日は、二人とも定例検査に加えていくつか検査を行うため、朝早くからそれぞれの病院へ行くことになった。検査は午前中で終わり、検査結果は翌日に聞く予定だ。そこで二人は、11日の午後は、久しぶりに外でデートすることにした。

世田谷美術館へ行こうということになり、午後1時から美術館隣接のレストランを予約した。検査はどれだけ時間がかかるか読めないため、待ち合わせは12時半に美術館のロビーにした。ここなら、どちらが早く着いても、遅刻しても、先に着いた方は涼しいロビーで本でも読んでいればいい。

この日は直生の方が先に12時前に着いた。直生は、こうして外で美貴子と待ち合わせるのは久しぶりだったので、何だか結婚前の気分がよみがえった。そこで、外はとても暑かったが、12時15分になると、美貴子を迎えに美術館の角まで出てみた。そこに立ち、この道をもうすぐ美貴子がやって来るのだと思って見ていた。

美貴子はバスで来るはずだったので、バス停から来る人が見える場所に立っていると、遠くにピンク色の日傘を差した女性が見えた。白い服を着たその女性が美貴子であることは、直生には一目で分かった。向こうも気付いたらしく、ほぼ同時に手を振った。その小さな姿を見て、胸に温かく切ない思いが迫った。直生は、思わず美貴子の方へ歩んで行った。

〈ああ、そこに愛しい人がいる〉

美貴子の姿をかけがえのない特別のものに感じた。

美貴子も同じ思いだった。遠くに直生の姿を見つけると何とも言えない温かな気持ちが胸に込み上げた。そして互いに一歩一歩近づきながら
〈あと何回、こうして会えるのだろう〉と切なく思った。

お互いが目の前まで近づき、二人とも笑顔になった。この日の美貴子は、夏の日射しに負けないように薄くメイクをしていたが、若い生命の輝きがまぶしいばかりだった。日傘のピンク色に包まれ、白い服を着た美貴子は、ユリの花が咲いたように爽やかで美しかった。

一緒に並んで歩く彼女の姿を見ながら、直生は、〈永遠にこうして美貴子を見ていたい〉と思った。

二人は、世田谷美術館に隣接したレストランでランチを食べた。予約していたので、窓辺の良い席に案内された。目の前のガラス張りの窓からは、マスカットのような黄緑色の実をつけたブドウの木が見えた。背後には砧《きぬた》公園の緑が広がり、美しい眺めだった。

その後、二人は美術館をゆっくり廻り、静かな充実した時間を過ごした。

しかし、翌日聞いた診断結果は芳しくなかった。

まず、Ｃ病院で美貴子が受診し、美貴子の赤血球が２２０万個／μlまで減っていると聞かされた。正常値の下限の58％だ。白血球も下がり１８００個／μlで正常値の下限の51％、血小板は7.8万個／μlで正常値の下限の56％とのことで、今回は、三つとも減っていた。本人は「全然自覚症状はない」と言うが、よく聞くと少し息が切れるときもあるらしい。医師からは、赤血球が２０0万個を切ると重度の貧血なので、輸血を検討したいとのことだった。

一方、Ａ病院で診てもらった美貴子のユーイング肉腫の経過は、問題なく順調であった。美貴子のユーイング肉腫は、これまで一度も問題になるような兆候が出ておらず、本当にありがたいことだと思った。

最後は、Ｂ病院で直生の肺ガンについて診察を受けた。直生が一番恐れていたのは、背骨に残ったガンが脊髄まで広がり激痛に見舞われることだったが、幸いなことに広がっておらず痛みもなかった。しかし、胸腔内のガンは引き続きじわじわと広がっており、このままさらに増殖すると胸の上部の重要な血管を圧迫し、良くない症状が出るとのことだった。そうならないように「9月になったら数日間入院して、ステントを入れる手術をしましょう」と言われた。ステントは、血管がガンでつぶされないように、血管の内側に入れて中から広げる金属の筒のことだ。それを入れたからといってガンが治るわけではないが、血管がつぶされて重大な事態になるのは防げるらしい。

直生は、ガンが、どんどん自分を追い詰めていることを自覚し、手術に同意した。ただし、入院を要するため、時期は9月上旬に開かれる小学校のクラス会の後にしてもらった。

直生は、帰宅後、余命の短いことを覚悟し気を引き締めた。

〈2月の手術の後「1年前後」と言われた余命の期限まで、あと6カ月……。〝永遠の無〟まであと半年だ。そのうち、元気に動ける期間がどのくらいあるかは分からない……〉

「人生でやりたいこと」の実行はもう待ったなしだと考え、美貴子と相談して次々と「やりたいこと」をスケジュール帳に計画していった。特に「懐かしい人に会うこと」は、元気なうちしかできないため、優先して計画に入れた。

美貴子が小学1～2年生のころピアノを習った岩瀬先生からは、8月上旬に手紙の返事が来ていた。美貴子が習ったのは、もう13年も前だが、「東京の最後の教え子だったので、よく覚えている」と書いてくれた。今は京都に住み、65歳になったそうで、美貴子が遊びに来るならいつでもいらっしゃいと書いてあった。美貴子は、うれしくなり、かつて岩瀬先生と撮った写真を何枚か入れて返事を書いた。そして、8月21日に遊びに行くことにした。

また、直生も、小学校3年生の時に転校してしまった中川くんと連絡を取ることができた。中川くんは、直生が小学校1～2年生のとき一番仲の良かった友達で、そのころの写真を見るといつも一緒に写っていた。初めての〝親友〟と言ってよかった。中川くんは絵がうまかったし、虫の取り方も、木の登り方も、みんな教えてくれた。けれども、中川くんは父親の転勤で3年生の夏休みに転校してしまい、連絡も途絶えた。その中川くんの連絡先が分かり、手紙をやり取りして、会うことになった。そこで、直生は、美貴子が岩瀬先生に会う8月21日に合わせて、中川くんの家がある四日市へ行くことにした。

直生と美貴子は、こうした再会にはルールを設けていた。「自分たちの病気を知らない人には、病気の話はしない」というルールだ。再会で願っているのは「あのころの人間関係の続きで会うこと」であり「あのころしてくれたことにお礼を言うこと」だ。だから、今の自分らの病気のことを話して相手に気を遣わせたくなかった。また、病気が話題の中心になってしまい「あのころのお互いの心」になれないようでは、会う意味がないと思った。だから、病気のことは、自ら言わないことに決めていた。

8月21日、二人は、東京駅12時発の新幹線で西へ向かった。直生は名古屋に着くと四日市へ向け近鉄線に乗り換え、美貴子はそのまま新幹線で京都まで行った。

その晩、直生は四日市の中川家、美貴子は京都の岩瀬家に泊まり、まるで小学校の低学年に戻ったような気持ちで、懐かしく、心地よい時間を過ごした。今までずっと忘れていた記憶が、懐かしい人たちに会うと呼び起こされ、また、当時の自分の心までよみがえるような気がした。今日の自分を形作った原点がそこにあると思った。

4

8月31日には、美貴子の母親の妊婦健診があり、美貴子は直生と共に都内の病院まで付いて行った。初めての「妊婦健診」であり、特に、美貴子と直生はドキドキして臨んだ。幸い、母親の経過に問題はなく、妊娠は順調に進んでいるとのことで、みんなホッと胸を撫で下ろした。

9月5日には美貴子の小学校のクラス会が、9月12日には直生の小学校のクラス会が相次いで開かれた。それぞれ20人以上が集まった。小学校当時とほとんど変わらない人もいれば、一見すごく変わり誰だか分からない人もいた。しかし、すごく変わったように見える人でも、少し話すと、当時の友の顔が今の顔の中によみがえり、アッという間に小学生当時の人間関係に戻れた。小学生時代にタイムスリップしたようで、そのころの自分の心までよみがえった。美貴子も直生も、完全に童心に帰り、心から楽しいひと時を過ごした。

そんなふうに、二人は、8月から9月にかけて、小学校低学年の先生や中学の部活の先生、高校の担任の先生、転校で離ればなれになった旧友、そして小学校時代のお習字の先生などに会った。美貴子は、2年前、A病院の小児病棟に入院していたころ、仲良しだった小中学生にも会った。小学5年生だった真珠《まみ》ちゃんは中学1年生になり、美貴子より背が高く、その成長ぶりにうれしい驚きを感じた。しかし一方では、連絡を取ろうとすると亡くなっていた子もあり、その純真無垢《むく》な魂が失われたことに涙を流した。

再会は、いずれも懐かしく、たくさん話をし、お礼の気持ちを伝え、幸せを感じた。

しかし、何をやっても時の流れは、砂時計の砂がサラサラと落ちていくように一瞬で過ぎ去り、それはどうすることもできなかった。「人生でやりたいこと」を実現できても、幸せな時間を持てても、どんな過ごし方をしても、確実に、最後の時は近づきつつあった。

9月14日、直生は胸の血管内へステントを入れるために入院した。

ステントは、血管がガンでつぶされないように、あらかじめ直生の血管に合わせて特別発注で用意されていた。翌15日の手術で、ステントが足の付け根の血管から胸の上部まで運ばれ、予定の位置に装着された。それから2日間、手術後の状態を見守るため入院する。

直生は、この機会を利用して、主治医のM先生に今後の自分に起こることを聞いた。

「ステント手術をしたあと、通常、どのくらい生きられるのでしょうか？」

「ステントを入れてからどのくらい、という統計はありません。ステントは、血管がつぶされないように入れるもので、ガンの進行とは直接関係がないですから」

「統計はないとして、先生の経験では、僕に似た状況でその後どのくらい生きていますか？」

「どのくらいって言われても……」

「目安でいいから教えてください。今後の自分を考えるのに必要なんです。最期まで後悔しない日々を送りたいんです」

「転移の有無にもよるし、どのくらいとは言えません。本多さんのような扁平上皮ガンで、このまま転移がなければ、半年、１年と生きられるケースもあります。一方、肺炎になったり、脳の呼吸中枢など重要部位に転移したりすれば、３カ月以内に亡くなる人だっています。まだ大丈夫とは思いますが、とにかく目の前の３カ月を充実させるように考えていきましょう。３カ月が過ぎたら、次の３カ月……というように考えていってはどうでしょうか？」

〈もう、３カ月単位で人生を考える所まで来てしまったんだ……〉

直生はそう思った。

「僕の最期は、どんなふうになると考えられますか？」

「分かりません。そんなことを考えるより、毎日を良い日にすることを考えましょう」

「それは、分かります。けれど、この先の展開について、どのようなことが考えられるか？　あとどのくらいでどのような最期を迎える可能性があるか？――心の準備というか、覚悟を固めたうえでないと、気になってしまい、毎日を充実させられないんです」

「人の運命は予測がつかないものです。最期は誰にも分かりません。けれども、肺ガンが進行すると肺炎で亡くなる方が多いので、これから冬に向かい、肺炎には注意してください。本多さんの場合、感染による肺炎だけでなく、去年当てた放射線の影響で肺炎を起こしやすくなっています。だから、熱が出たとか、胸に違和感があるとか、ちょっと変だなと思ったら、すぐに受診してください。早めの対処が肝心です。ちゃんと管理すれば、まだまだ大丈夫です。新しい薬だって出て来るかもしれませんし……」

「どのみち、最期は苦しむんでしょうね？」

「今は緩和ケアが進んでいますから……。万一、呼吸困難や骨の転移で苦しんで、もう本当に回復の見込みがない場合は、最期は鎮静剤で眠らせて苦痛を取り除く方法があります。本多さんやご家族が、それを望めば使えます」

「最期は少しでも安らかに逝《い》きたいです。苦しんだら、必ず使ってください」

「分かりました」

主治医のM先生は、直生が若いこともあり、特に親身に接してくれた。直生もM先生に親しみを感じ、もらった言葉を受け「目の前の3カ月を充実させる」ことにした。早ければ「3カ月以内」かもしれないが、せっかく生きているのに、最期のことばかり考えても仕方がない。死ぬときは死ぬし、生きるときは生きる。最後の瞬間まで自分らしく生きよう。毎日を良い日にし、今ある生の時間を楽しみ、未来に向けて楽しい予定を計画しようと思った。

入院中は、美貴子が毎日来てくれた。美貴子は直生のそばにいたかったし、直生は美貴子がそばにいることを幸せに感じた。お金のかかる〝個室〟は避け四人部屋に入ったため、ベッドで長いおしゃべりはできなかった。だから、話をするときは同じフロアの〝食堂〟へ行った。そして、直生がベッドにいるときは、美貴子は横でセーターを編んだ。

〈冬になっても、直ちゃんを温かくしてあげたい……。もし私が先に死んでも、直ちゃんに何か役に立つものを残してあげたい……〉美貴子は、そう思っていた。

セーターを編む美貴子の細い手を見て、直生は、色が白くなったのではないかと思った。もともと色白で血管が透けて見えるようだったが、このごろはさらに透明感が増したような気がした。それは赤血球が減っていることと関係しているのだろうか？　肌には若い輝きがあるので、不健康そうには見えなかったが、その手をはじめ、美貴子の姿を見ると、生命の美しさと共に、何かこの世のものではないような儚さを感じた。

直生は、当初の予定どおり、9月18日に退院した。

その後も、「会いたい人に会い、お世話になった人にお礼を言うこと」を実行し続け、10月上旬には、予定どおり訪問を完了できた。

10月10日には、二人の両親と美貴子の兄、直生の妹を誘い、1泊2日で那須へ旅行に行った。直生の友人の父親の勤め先が那須に保養所を持ち、1泊2食付き1人3500円で泊まれるので、直生と美貴子が小学生時代から貯めた〝お年玉〟を使って招待したのだ。

保養所は、泊まれるのが20人くらいの小ぢんまりしたものだったが、とてもきれいな建物で、夕食は、「那須牛」のすき焼きが食べ切れないほど出た。温泉は、皇室の御用邸と同じ泉源から引いているとのことで、そんな場所に泊まれて、みんな大満足だった。

二人は、どれだけ親孝行しても足りないと思っていたが、こんな形で双方の家族を招待できて幸せだと思った。一つでも多く恩返しをし、思い出づくりがしたかった。

5

10月半ばになると、直生は、これ以上状態が悪くなる前に、いったん、美貴子とお互いの死生観の話をしておいた方がよいと感じた。そこで、ある日、夕食のあと、まとまった時間を取ることにした。

直生の基本的な考え方は、「死ねば〝無〟になる。自分の〝精神〟が何らかの形で残ることはない」というものだった。

人が精神活動を行う時、脳内には電流が流れ、それは脳波で測定できる。また、人は、お酒を飲めば意識が変調し、事故や病気で脳を損傷すれば人格さえ損なわれる。このことから、意識は、脳内の物理・化学反応により発生すると直生は考えていた。

ただし、実際に脳が意識を作り出すプロセスは、まだ科学で解明されておらず、世間には「脳が意識を作り出すのではなく、〝意識〟は脳と別個に存在する」とデカルト以来の〝心身二元論〟を言う人もいる。つまり、「心と体（脳）は別個の独立した実体」だと言うのだ。また、「死んだら、魂は天国へ行く」と言う人もいる。

しかし、もし本当に脳とは別個に〝意識（魂）〟があり、脳が死んだ後も〝意識（魂）〟が正常に活動するというのなら、お酒を飲んでも脳を損傷しても〝意識〟は正常に活動するはずではないか？　お酒や脳の障害で〝意識〟が乱れるということは、すなわち〝意識〟が脳とは別個に存在せず、脳という〝物質〟により生み出されていることの証しではないか？――直生は、そう考え、そうであるなら、死んで脳の機能がなくなってしまえば、〝意識〟は永遠に消滅するのが当然の結論であると考えていた。

この〝死生観〟は、病気になる前から持っていたものだったが、いざ死を意識したとき、「死ねば永遠に無である」というのは、あまりに救いがない死生観だと思った。

そこで直生は、次の二つの可能性について徹底的に調べた。

【1　〝死後の意識〟に関する著名な学者の説】

一つは〝死後の意識〟に関する著名な学者の説である。死後の意識の存在について、信じるに値することを言っている学者がいないか？　調べた結果、〝死後の意識〟を説く学者は少ないが、ノーベル賞受賞者や著名な学者にもいた。直生は、それらの学者の本を読んでみた。

一人は、1963年に神経細胞のシナプスの研究でノーベル生理学・医学賞を受けたジョン・エックルス（1903〜1997）である。彼は『自我と脳』という著書の中で、心と脳は別個に存在するという〝心身二元論〟を唱えた。そして、「心は、脳の補足運動野という接続部（連絡脳）を通して脳に働きかけ、脳と心は密接な相互作用があるが、心が脳の働きで生まれるわけではない」とした。

しかし、エックルスは、この説の客観的な証明を行わなかった。先のお酒や脳の障害によって〝心〟が乱れる理由についても十分な説明がなかった。もし、エックルスの言うとおり「脳と心は密接な相互作用がある」ために、お酒や脳の障害で心が影響を受けるのなら、心は、お酒や脳の障害に影響を受ける〝物理・化学的な存在〟ということになる。脳も心も共に〝物理・化学的な存在〟で、同じ物理・化学法則に従うのなら、そもそも「心は脳とは別個に存在する」という〝心身二元論〟が成り立たないではないか。――これらのことから、直生はエックルスの仮説には同意できないと考えた。

もう一人、意識の成り立ちについて独自の見解を主張するのは、1964年にホーキングと共にブラックホールの特異点定理を証明した数理物理学者ロジャー・ペンローズ（1931〜）である。彼は「量子脳理論」を提唱して、「意識は、脳の神経細胞で生じるのではなく、神経細胞内の『微小管』と呼ばれる構造の中で量子力学の作用（波動関数の波束の収縮）によって生じる」とする。そして、「意識の基本構成は、個々の素粒子に付随し、意識は波動関数の収縮によって生じるので、個人が死んだ後も意識は宇宙に存在し続ける」と言う。

しかし、彼の説は、誰も実験や証明ができないようなものであり、直生にとっては、完全否定はできないものの、信じるには値しないと思われた。

【２　臨死体験】

もう一つ〝死後の意識〟を考えるのに欠かせないのが、「臨死体験」である。「臨死体験」とは、心臓停止など、一時的に仮死状態かそれに近い生命の危機に遭った人が体験するもので、自分の意識（魂）が体を離れ、自分の体を上から見下ろす「体外離脱」や、神のような存在に会う「神秘体験」などが多数報告されている。もしこれが本当で、現実に意識が肉体を離れるなら、肉体とは別個に魂のようなものが存在すると言えるかもしれない。

そこで、直生は調べたが、結論から言うと「臨死体験」についても〝死後の意識〟を客観的に証明できるものではなかった。

「体外離脱」については、サム・パーニアという医師がアメリカ・イギリスの25の病院の協力を得て大規模な実験を行った。これは、救急救命室などの天井近くに棚を設け、上からしか見られない場所へ絵や写真を内緒で置くというもので、もし本当に、臨死体験で体から意識が抜け出し自分の体を上から見下ろしたならば、棚の上の絵や写真に気付き、証言する者が出るはずだと考えた。「心停止した者の１割は〝臨死体験〟をした」という報告もあるので、25もの病院が協力すれば「体外離脱」の有無について十分なデータが得られると考えたのだ。しかし、２０１２年まで４年間の調査結果は、このような科学的な観察下では、なぜか体外離脱の体験者が著しく少なく、棚の上の絵や写真を証言する者は出ていない。

また、「体外離脱」は、脳の側頭葉の「角回《かくかい》」への電気的刺激で人工的に作り出せるという研究や、コイルの付いたヘルメットをかぶせ脳に磁気を与えることで人工的に起こせるという研究など、「体外離脱」を脳内の現象として再現する実験がいくつか報告されていた。直生は、これらから、「体外離脱」は現実に〝魂〟のようなものが抜け出て起きるのではないと考えた。

一方、「臨死体験」では「光のトンネル」を抜け「神のような存在」に会ったという「神秘体験」を証言する者も少なくないが、これについては、生物は死ぬ間際、化学物質を脳内に大量に出すことが影響しているらしい。人は死ぬ間際、苦しみを緩和させるためだろうか、幸福感を感じるセロトニンなどの化学物質を脳内に大量に出し、脳内の多数の場所が活性化することがあるという。その結果、「体外離脱」を体験したり、神のような存在に会う「神秘体験」を味わうことがあるのではないか?――直生には、この説が最も合理的な答えに思われた。


直生は美貴子に言った。

「ミコちゃんを勇気づけるような内容じゃなくて申し訳ないんだけど、『〝死後の意識〟に関する著名な学者の説』を探っても、『臨死体験』を探っても、結局、僕は〝死後の意識〟を裏付けるものは見出せなかった。本を読んだ限りでは、ほぼ百パーセント、そういうものは考えられないというのが、僕の結論なんだ」

「分かった。ありがとう、詳しく説明してくれて……。私も、直ちゃんが薦めてくれた本は大体読んだわ。だから、直ちゃんの言う結論は納得できるし、人生は一度きりで二度とないんだという前提で生きることが大切だと思う」

美貴子はそこで一つ区切り、静かな表情で付け加えた。

「でもね、私は、この肉体が滅んでも、また直ちゃんに会えると信じたい」

「え⁉」直生は、少し驚いて美貴子の目を見た。

「変なこと言い出したと思っているんでしょう？　ううん、そうじゃないの。現代の科学で分かっている範囲では、さっき直ちゃんが言ったとおりで〝死後の意識〟はないし、人生は一度きりだと思う。そう考えるべきだと思うの。でもね、現代の科学で解明されていない部分もあるから、それについては〝精神的な救い〟として自由に考えることは許されるんだと思う。だから、直ちゃんの言うとおり99・９％あり得ないとしても、私は０・１％でもいい、死んでも直ちゃんに会える可能性があると信じたい」

「ミコちゃん……」

「そう思っても、誰にも迷惑がかからないから、いいでしょう？」

直生は、美貴子の言おうとする気持ち――理屈は理解しつつ、心情的には救いのある答えを求める気持ち――がよく分かった。だから、黙って美貴子の手を握り、瞳を見つめた。

「ミコちゃん、それでいいと思うよ。僕は〝死後の意識〟は信じられないけど、ミコちゃんの言うとおり、科学にはまだ解明できていないことがたくさんある。脳科学者の本を読むと『脳は神秘的で、どんなに追究しても分からないことばかりだ』という表現がよく出て来る。結局、現代科学でも〝意識とは何か？　心とは何か？〟という問題については分からないことだらけなんだ。さっき言ったサム・パーニア医師の「体外離脱」を調べる実験だって、いまだに否定はされず米英の25の病院が続けているくらいだからね。だから、ミコちゃんが言うように、信じることはありだと思うし、僕も、できればミコちゃんに会えるって思いたい」

「ありがとう、直ちゃん」

直生は、美貴子を肩に抱き寄せ、体のぬくもりを感じながら、

〈この人と永遠に一緒にいたい〉と思った。

何があっても……、この肉体が滅んでも……、たとえ精神的な存在になったとしても……、一緒にいたい。一緒にいられれば何にもいらない……。ただ……この人といたい。

そう思った。

6

直生は、いつ死んでも悔いがないように、先の入院中から美貴子に内緒で少しずつ遺書を書き始めていた。まだ数カ月は生きたいと思ったが、主治医が言ったように急変する場合だってあり得る。そのときに、何のお礼も言えないようでは悔いが残るので、言葉を遺しておきたい人たちに、現段階での遺書を書いておく必要があると考えたのだ。

まず、家族に遺書を書いた。また、夏から秋にかけて再会した懐かしい人たちにもお礼の手紙を書いた。そこには、人生でお世話になったお礼の言葉と共に、自分の病気のことを内緒にした

お詫びも書いた。一人ひとり、心を込めて書いた。

また、いよいよ死が迫ったとき、どのような最期を迎えたいか、延命治療はどの程度まで希望するか――について箇条書きでまとめた。直生は、意識が残る最後の瞬間まで、美貴子や家族とつながっていたかったが、意識のない延命は嫌だった。また、コミュニケーションも取れないような苦痛の中で死んでいくのも嫌だった。だから、最期に苦しんだら、薬で眠らせてほしいこともハッキリ書いた。

ガンの身ではあるが、角膜など、転移の可能性がないものについては、死後に移植して役立ててほしいことも書いた。また、生きている人の幸せな時間が大切なので、多くの人を煩わせないよう、お葬式はなるべく小規模に家族だけで行ってほしいことも書いた。

直生自身の死を知らせたい人には、全員、手紙を書き、死後、葬式が終わった後で、家族から送ってもらうことにした。

また、大切なもののある場所を一覧にし、さらに、形見分けとして誰かにあげられるものをリスト化し、誰にあげたいか自分の思いをまとめた。

11月中旬には、美貴子の母親の定期健診に付いて行き、超音波エコーで5カ月になった我が子を見た。頭からお尻まで15㎝で体重は１５０ｇとのこと。まだまだ小さい。

エコーに映し出される映像は、最初はなんだかよく分からなかった。しかし、医師の説明で次第に分かるようになり、頭があり、体があり、着実に成長していることを知った。心音もハッキり聞かせてもらった。7月18日に受精するまで、この世のどこにも存在しなかった一つの生命が、今、ここにいるのだと思うと、とても不思議な気がした。

直生は、じっと映像を見ながら、この子が無事に生まれてくれることを祈った。出産はまだまだ先だったので、その時まで自分が生きているかどうかは分からなかった。けれども、自分が生きていようがいまいが、とにかく、この子が無事ならそれでいいと思った。

美貴子も同じ思いだった。直生にこの子の誕生を絶対に見せたいと思ったが、これぱかりは、生と死の話なので天命に任せるしかなかった。自分の病状だって油断ができない。この世は、何があるか分からない。けれども、この子だけは無事に生まれてほしいと思った。そして、少しでも長く、幸せな人生を歩めることを祈った。

美貴子は、小児科病棟に入院していた時、20歳どころか10歳にも満たない年齢で亡くなっていく子供たちを何人も見てきた。だから、運命の不条理はイヤというほど身に沁みていた。それだけに、祈る気持ちは、切実だった。


そのころ、直生は少しずつ咳が出るようになっていた。けれども、辛いというほどではなかった。まだ、普通に生活ができた。

〈余命1年前後と言われた期限まで、あと3カ月弱……〉

直生は思った。4月に結婚してから、アッという間に7カ月が過ぎた。どんなに美貴子を愛しても、どんなに毎日を大切にしても、時は容赦なく流れ、二人の時間が残り少ないことは否めなかった。けれども、なお、こうして二人で生活できていることに感謝した。

結婚当初と同じように、毎朝7時前に起きて、洗濯機を回しながら、二人で朝ご飯を作った。食事が終わると、直生が洗濯物を干し、室内を掃除した。あまり動き過ぎるとハアハアと息切れしたが、ゆっくり動けば、まだ十分にこなせた。

ただ、その後の朝の散歩は、寒くなってきたこともあり、行っていなかった。散歩は1日1回午後に行うこととして、朝食後は、美貴子の弾くピアノを聞いた後、お互いリビングに座って、それぞれの課題に取り組んだ。

美貴子は、3月初めの直生の母親の誕生日のために、クロス・ステッチの大作づくりを進めていた。そして、間あいだに、読書をし、直生や生まれて来る子供のために編み物をした。

一方、直生は、二人の生活を記録し、それを基に少しずつ小説の形でまとめていた。それは、直生の死後も美貴子に残せるプレゼントになるかもしれないと思っていた。

昼ご飯の後は、午後2時ごろから二人で散歩に出て、買い物をした。

そんなふうに暮らしながら、今こうして美貴子と普通に暮らせることに、かけがえのない幸せを感じた。永遠に別れなければならない〝その日〟は、もうそこまで来ていると自覚していたが、それでも心に沁み入るような幸せを感じた。日々のどんな小さなことも、すべてが愛おしかった。

朝、目が覚めること、ご飯が美味しいこと、どこも苦しくないこと、美貴子と話ができること……。それらは、なんて素晴らしいんだろう！

生きているって、素晴らしい！

モノが見えるって、スゴイ！

そもそも意識があるって、スゴイ！

自分がどうしてここにいるのかは分からないが、自分が今、生きていて、意識がここにあるってことは、ものスゴイ奇跡だと思った。

〈自分が生まれて来る確率を考えても、母親が生涯作る卵子が400個、父親が生涯作る精子が1兆個として、それを掛け合わせた400兆分の1の確率でしか自分は生まれない。その確率は両親の誕生についても同じなので、父母の代から数えると400兆×400兆×400兆分の1。さらには、父母の出会いだって偶然の賜物だ。そんなことが何億年と世代を重ねた末に自分が生まれたのだから、果てしなく低い確率で僕は今、ここに存在しているんだ〉

そう考え、自分が生きているただそれだけで〝奇跡〟だと思った。

〈多くの人は、生きていることを当たり前に感じ、ありがたいとも思わない。しかし、自分が生きて今ここにいることは、それだけで途方もない奇跡なんだ〉

もうすぐ永遠に生命が失われる直生にとって、この生きている1分1秒は、どれだけ愛おしんでも足りないかけがえのない瞬間だ。

しかし本当は、人間は皆やがて死ぬのだから、直生だけでなく、すべての人間にとって、この生きている瞬間は〝かけがえのない奇跡の時〟なのだ。

生きられる時間は多くの人にとって何十年かあるのだろうが、宇宙誕生から生まれるまでの137億年の無と、死んだ後の永遠の無に比べれば、ほんの一瞬にすぎない。直生のように20数年の命は短いかもしれないが、〝永遠の無〟の前では、20年も80年も大した差ではない。〝永遠の無〟の狭間《はざま》の〝一瞬の生〟であることは、すべての人に共通だ。

直生はそう思い、

〈自分が特別に不幸なわけではない、みんな同じなのだ〉と思った。

〈そんな奇跡の時を、僕はこうして生きることができた。生あるうちに、たくさんの温かい心を知ることができた。美味しいものも食べたし、恋もした。この世に生まれなければ味わえない素晴らしい思いをたくさん味わえた。なんて、幸せなことだろう！〉

11月下旬のある日、直生は美貴子と散歩の途中で、紅葉を見ようと公園のベンチに座った。直生はそこで、彼自身が感じている思いを美貴子に語った。

「僕は、最近、思うんだ。誰もが皆いつかは死ぬ。一人残らず全員だ。結局は、全員、同じ〝永遠の無〟に還るんだ。命は、宇宙の無限の時間の中で、ここだけ輝く素晴らしいものだけど、ほんの一瞬にすぎない。仮に80歳90歳まで生きても、その後に続く〝永遠の無〟に比べれば、ほんの一瞬だ。永遠の無の前では、20年の命も80年の命も大した差ではない。〝永遠の無〟の狭間の〝一瞬の生〟ということは、すべての人に共通のことなんだ」

目の前には、真っ赤な紅葉が、青空をバックに輝いていた。

美貴子は、最近の直生がある種の覚悟を固めていることに気付いていた。だから、直生に身を寄せ、手を握り黙って聞いていた。

「人生の長さは人によって違うけれど、そんなことは大きな問題じゃない。人生は長さではない。中身だ。〝一瞬の生〟の間に、どれだけ人を愛し、また自分に関わってくれた人に感謝できるかだ。僕は、ミコちゃんという人に出逢い、それに気付いた。そして今、こんなに幸せを感じている。君と出逢えて、僕は自分を包む多くの愛に気付くことができた。この世に生まれて来て本当に良かったと思う。こんなに幸せな時を過ごすことができたのだから、もう〝永遠の無〟も受け入れられる気がする……」

直生は、美貴子に体を向け、両腕で包むように抱き締めた。

美貴子の体温が、直生の心までも温めた。

「僕は今、幸せでいっぱいだ。病気になるまで、自分には何もないと思っていた人生が、実は奇跡のような素晴らしいものだったことに気付いた。……1年後、僕はもうこの紅葉を見られないだろうし、4カ月後の桜だって分からない。でも、こんなに素晴らしい、生きるという奇跡を味わえたんだから、もうどんな運命も受け入れられる。人生は長さじゃない。どう生き、どう自分の人生に幸せを感じるかだ」

赤く燃え、生命の最後の輝きに染まる紅葉を見ながら、直生は心の底からそう思った。

美貴子は、黙って直生の胸に顔を埋めていた。直生の匂いが美貴子を包み、美貴子もまたこの瞬間の生に、かけがえのない幸せを感じていた。

直生は、顔を離し、美貴子の瞳を見た。美貴子は、目に涙を浮かべながら、やさしく微笑んでいた。愛しさが込み上げ、直生はさらに強く美貴子を抱き締めた。いくら抱き締めても、一つの生命になることはできなかったが、強く抱き締めて、二人の生命を一つにしてしまいたかった……。

直生は、自分がもう最後の数カ月にあると分かった。

しかし、それでも今、自分は幸せだと思った。

そして、自分に迫る死より、今、自分の腕の中で息づく美貴子の方が大事だった。美貴子の心を大切に思い、これから二人を待つ過酷な運命を、美貴子が、できるだけ悲しまず、苦しまずに迎えられることを祈った。

第10章　祈り

1

直生は、11月末の検診で、右肺のガンが不規則な形で広がっていることが確認された。まだ、脳や肝臓などへの転移はなかったし、背骨に残ったガンによる痛みもなかったが、確実にガンが進行していることは否めなかった。

しかし、良いニュースもあった。「ニボルマブ」という新たな薬が肺ガンにも認可されたのだ。その薬は、後にノーベル賞を受ける本庶佑《ほんじょたすく》氏の受賞理由にもなった画期的な新薬で、かつて直生が、治験（治療の臨床試験）を希望し、かなわなかったものだ。それが、この2015年12月から直生の肺ガンにも正式に使えるようになったのである。

ニボルマブは、今までの抗ガン剤とまったく異なる「免疫療法薬」である。従来の抗ガン剤は、ガンを直接攻撃するが、同時に正常な細胞も傷つけてしまう。これに対して、ニボルマブは、ガンを直接攻撃するのではなく、ガンを攻撃する体の機能（免疫機能）を高める薬で、治験では、従来の抗ガン剤が効かなかった症例に治療効果が認められ注目されていた。

医師から「試してみますか？」と聞かれたとき、直生は〈この薬が最後の可能性だ〉と考え、イエスと答えた。手術も放射線治療もこれ以上できず、有効な抗ガン剤もない中、この薬だけが残された最後の可能性だった。

しかし、医師の話を詳しく聞くと、ニボルマブは効く人には顕著な効果がある一方、効かない人も多く、直生のような肺ガンの場合、効くのは約2割という報告もあるそうだ。また、従来の抗ガン剤ほどではないが、ニボルマブにも副作用のリスクがあった。治験では5％が間質《かんしつ》性肺炎になるなど重い副作用もあり、最悪のケースでは死亡例もあった。

直生はそれを聞いて、

〈効くのはたった2割なんだ……〉

と思ったが、この薬がもう最後の望みなので、試さないという選択肢はなかった。

美貴子は、副作用のことが心配だったが、祈るような気持ちで直生の考えに同意した。

なお、ニボルマブは薬の値段が高いことでも話題になっていた。100㎎瓶が約73万円もしたので133万円ほどかかる。ニボルマブは2週間に1回投与し、体重が約60㎏の直生の場合、1回に180㎎を使う（直生の使用時。その後、値段は下がった）。主治医の計画では、まずは2カ月間計4回使う予定なので約530万円もかかる計算だ。幸い、健康保険の対象であり、「高額医療費制度」が適用され補助が出るが、それでも月10数万円の自己負担金が必要であり、〈また親に負担をかけてしまう〉と直生は思った。

しかし、双方の両親にも相談してニボルマブを試すことになり、直生は12月8日に入院した。

直生は、美貴子との生活を大切にしていたので入院はしたくなかった。しかし、新薬の使い始めはどんな副作用が出るか分からないため、病院側は最初の3週間は入院することをニボルマブの使用条件にしていた。

入院から2日後の12月10日に、第1回目の点滴が行われた。

ニボルマブは2週間ごとに投与するため、次は24日に第2回目の点滴を行う予定だ。この間、直生は、何もすることがないので、家からノートパソコンを持ち込み、二人のこれまでのことを書いた小説を進め、また、遺書を仕上げていった。

美貴子は血液の数値が徐々に下がっていたので、直生は「病院に来なくていい。電話やメールで連絡を取り合おう」と提案した。白血球も下がり免疫力が落ちているため、外出そのものを控えるべきなのだ。

しかし、美貴子は「一人で家にいても楽しくない」と言って、毎日、マスクをして直生の病院へ通った。直生は、毎日美貴子が来てくれることはうれしく思ったが、美貴子の体の負担を考えると、とても心配なことでもあった。

幸い、家事については、日本でアルバイトをしてアメリカ行きの資金を貯めている妹の由紀が、自発的に家まで手伝いに来てくれた。10時からバイトなので、朝7時40分ごろに来て、掃除をし洗濯物を干してくれるだけだったが、それでも美貴子は「大助かりで感謝している」と言った。直生は、由紀は結構〝自由奔放な奴〟だと思って来たので、今回の彼女の配慮を意外に思ったが、兄のピンチに際して、彼女なりに感じるところがあり助けてくれるのだろう。あらためて、その気持ちをうれしく思い、心から感謝した。

ニボルマブの副作用は、前年の抗ガン剤ほどではなかったが、点滴の翌日から少しずつ出始めた。最初に感じたのは、疲れたようなダルイ感じである。食欲も若干落ちた。それでも、前年使った抗ガン剤の副作用に比べれば軽いものだったので、直生は、美貴子が来れば食堂で話をした。

ベッドは四人部屋で、おしゃべりは控えなければならない。このため、談話室のように使われている食堂で話すのだが、日当たりが良く、結構快適な場所だった。直生と美貴子は、食堂の隅に座り、ひとしきり話をし、また、それぞれのテーマに取り組んだ。

美貴子は、3月にある直生の母親の誕生日に向けてクロス・ステッチの大作を手掛けていたが、かなりのところまで出来ていたので、病院では編み物をしていた。

直生は、ノートパソコンで二人の小説を書き進め、遺書を仕上げる一方、新たに〝理想の世界〟を描く小説も頭に浮かび、書きたくなっていた。

それは、世界中で不幸に暮らす人が多い現実に心を痛め、せっかくこの世に生を受けた人々がどうすれば皆、幸せに暮らせるかを考えた、一種のSF小説のようなものだった。

直生から見ると、今の世の中の一番の元凶は、「自分さえ良ければ」という考え方である。「自分さえ良ければ……、自分の会社さえ良ければ……、自分の国さえ良ければ……」という独善的で排他的な考え方が問題を起こし、結局、社会全体や世界全体をゆがめ、多くの不幸を生み出している。

例えば、日本の企業は、バブル崩壊後の不況の中で「自社の収益さえ良ければ……」という考えを強くし、目先の利益を追った。長期的な人材育成が日本企業の強みであったはずなのに、人を大切にせず、正社員を絞り、非正規社員を増やし、下請け企業に納品価格の引き下げを求めた。その結果、大企業を中心に企業利益は拡大し、社内に蓄えた〝内部留保〟は史上空前の高水準に達したが、世の中全体で見ると非正規社員が増え、貧困家庭や経済的な不安を持つ人が増えた。そして、人々は将来への不安からお金を使うことを抑え、社会には閉塞感が広がった。

世界を見ても、自国の利益や、自分の宗教だけを重視する排他的な姿勢が、世の中のあちこちで、戦争やテロや難民を生み、結果、世界全体が不幸へ傾斜している。

結局、「自分さえ良ければ……」という考え方は、世の中全体を不幸にし、巡り巡って自分自身をも不幸にするのだ。

これに対する答えのヒントは、〝かつての日本の姿〟にあると直生は考えた。日本は、古来、北方系、大陸系、南方系など様々な民族が入り混じり、小国が乱立していたが、混血し文化的にも混ざり合い、共存共栄の道をたどった。八百万《やおよろず》の神を認め、仏教もキリスト教もイスラム教もその他どんな宗教や文化も、分け隔てなく許容する国になった。

それは、狭い島国に住む以上、「自分さえ良ければ……」は成り立たず、お互いが配慮し合わなければ、結局、自分も不幸になると気付いたからだ。近江商人が言う「店良し、客良し、世間良し」、つまり「店（＝自分）にも良く、客（＝相手）にも良く、世間（＝社会）にも良いもの」にしようという〝三方良し精神〟が、協調と融和を生んだのだ。

世界も今や狭くなり、争いや混乱は、すぐに全世界に悪影響を及ぼす。「自分さえ良ければ」

というような〝一人勝ち〟はあり得ない。狭い日本をお手本に、「自分にも相手にも良く、周辺国ひいては世界にも良いもの」を皆が考えるべきである。

直生は、大学で社会学を学ぼうと思っていたので、本を読み、そんなふうに考えるようになった。そして、「排他」を否定し〝三方良し精神〟を動機づけるような社会……、〝相手への愛〟と〝世の中への配慮〟で回る社会……そういう理想の世界を描きたいと、構想していたのである。

この小説は大きな構想なので、ニボルマブが効かなければとても完成させることはできない。だから、これを作品として完成させるためにも、ニボルマブには効いてほしかった。

2

そんな日々を送る中、12月半ばの検査で、美貴子の血液の数値がかなり悪化していることが分かった。美貴子にとって、毎日、直生の病院へ通うことが負担になっていたのだろうか？　特に赤血球の値が低かった。主治医は美貴子の心臓がかつての抗ガン剤の影響で弱っていることからも心配し、輸血を勧めた。美貴子自身も、さすがにフラつきを感じることが多くなり、駅の階段などでは息が切れて歩けなくなることもあった。しかし、美貴子はその場は「少し考えさせてくださ い」と答え、輸血はせずに帰って来てしまった。

それを電話で聞いた直生は驚き、

「なんで、輸血をしないの！」と大きな声を上げてしまった。

「さすがに、輸血しないとダメかなとは思ったのよ。でも、輸血を何回もやると飲む薬をさらに増やさなければならないし、一度輸血に頼ってしまうと、自分で赤血球を作る力が弱ってしまうような気がして……」

「そんなことを言ってる場合じゃないよ。心臓に負担をかけて、心不全になったらどうする？これから、子供だって生まれて来るんだから、せめて君だけは健康でいてほしいんだ」

「分かってる」

「僕の入院のためにミコちゃんに負担をかけ、こんなふうに血液の数値を悪くしてしまうなら、僕は、もうニボルマブはやめて、明日、退院するよ」

「それはダメ。効く可能性があるのに、薬をやめてしまってはダメよ、直ちゃん」

「でも、君の命には代えられないよ」

「分かった。すぐに電話して輸血の予約をするから、ニボルマブは続けて。お願い」

そんなやり取りがあり、美貴子は、12月18日、初めての輸血を行うことにした。

しかし、やはりもっと早くに輸血をするべきだったのだ。

輸血の当日、美貴子は病院へ行く途中で歩くのさえ辛くなってしまった。息切れがし、目がチカチカしてよく見えない。赤血球が不足すると、酸素が全身に運ばれにくくなるため、足りない酸素を補おうと心臓がフル回転する。その結果、動悸がしたり、息切れしたりするのだった。美貴子は、この時ばかりは、輸血を遅らせたことを後悔した。

病院の最寄り駅の階段は、もう数歩昇っては休まなければならなかった。

道に出ると、いつもなら病院まで歩く数百mが歩けず、タクシーを使った。

病院のタクシー降り場からは数十m歩くのも辛く、心臓にものすごく負担がかかっているのが分かった。ふと、美貴子は、

〈次の瞬間、死ぬかもしれない〉

と恐怖を感じた。急性心不全は死につながる。美貴子は、胸を押さえて心臓に詫び、心不全にならないよう祈った。直生に会えず、このまま死ぬのは嫌だった。

しかし、歩くごとに顔は冷たくなり、視界が暗くなった。もう頭が回らず、どうしてよいか分からなかった。

幸い、倒れる寸前に病院の人が気付き、車椅子に乗せてもらった。

そして、予約をしていたので、すんなり処置室に案内されてベッドに横になれた。ほどなく輸血用の血液が到着。すぐに輸血が始まった。

1時間ほど輸血をすると、美貴子は、見違えるように体が軽くなった。心臓の鼓動は落ち着き、呼吸は楽で、目も元どおり良く見えるようになった。何だか体中に元気が注入された感じだった。行きはあんなに辛かったのに、帰りは普通に歩ける。ここ数カ月間で、こんなに体が軽いと思ったことはなかった。

〈赤血球って偉大だ〉

美貴子は、改めてそう思った。誰が献血してくれた血液か分からなかったが、心から感謝した。そして、今後は無理をして心臓に負担をかけないよう、輸血も受け入れていこうと思った。

3

美貴子の輸血の一件を聞き、直生は、改めて病気の進行を感じると共に、美貴子を完治させる手はないかと、もう一度考えた。

美貴子の骨髄異形成症候群を治す切り札は、骨髄移植など「造血幹細胞移植《ぞうけつかん》」だ。しかし、この方法は体への負担が大きく、美貴子の場合は心臓が弱っているため使えないとのことだった。

それならば、心臓移植をすればいいのではないか、と直生は思った。心臓移植をして丈夫な心臓と入れ替え、そのうえで造血幹細胞移植をして骨髄異形成症候群を治せばいいではないか？

心臓移植は順番待ちが大変だとも聞くが、もし、直生の死後、心臓にガンが転移していなければ、それを美貴子にあげればよいではないか？　自分が死んでも、美貴子の役に立ち、美貴子の中で生き続けるなんて、最高のプランではないか？

そう考えた直生は、親しくなった主治医のM先生に、この考えを聞いてみた。

しかし、M先生は、やさしい目をしてその考え方の問題点をいくつも説明してくれた。

「本多さんの気持ちは分かります。けれど、少なくとも三つの問題があります。

まず第一に、移植は、白血球のＨＬＡ型が合わないとできないということです。これが合わないと、奥さんの白血球が移植された心臓を攻撃して拒否反応を起こしてしまいます。ＨＬＡ型が、本多さんと奥さんで合えばいいのですが、非血縁者間で合う確率は、型にもよりますが数百分の一から数万分の一です。

二つ目は、心臓移植は、心臓が動いているうちに提供者から切除して行う必要があるということです。だから、脳だけ死んだ脳死患者から移植されるのです。本多さんが亡くなった後に移植することはできません。また、本多さんが脳死患者になる確率はゼロとは言いませんが、そうでないのに、本多さんの心臓が動いているうちに切除することはできません。

三つ目は、そもそも奥さんのような症例が心臓移植の対象になるか、ということです。移植された心臓が生着するには相当の期間がかかりますし、その心臓が造血幹細胞移植に耐えるかどうか、私は専門外なので分かりませんが難しい気がします」

直生は、それを聞いても引き下がる気はなかった。一つ目のＨＬＡ型だけでも調べてもらおうと思った。確率は低くても奇跡のように合うかもしれない。三つ目は、美貴子の主治医に聞いてみなければ分からなかったが、もし心臓移植が救いの道になるならば、二つ目の問題は、どうにでもなる気がした。要するに自分が脳死になればいいのだ。何か鋭い金属の棒でも、額の真ん中にたたき込めばいいではないかと、その時の直生は物騒なことを本気で考えていた。どうせ死ぬのなら、美貴子の役に立って死にたいと真剣に思っていた。

直生は、そう考え、ＨＬＡ型を調べることを希望したが、主治医は「治療と無関係な検査はできない」と突っぱねた。しかし、あんまり直生が懇願するので、最後は「もし、奥さんの主治医が心臓移植の可能性を認め、奥さんのＨＬＡ型を調べるようなことがあれば、本多さんの分も調べましょう」と言ってくれた。

結局は、美貴子の骨髄異形成症候群の主治医に聞いても、心臓移植の可能性を否定したため、この思い付きは実現することはなかったのだが……。

4

その後、直生は、12月24日に第2回目のニボルマブの点滴を受けた。

副作用は、第1回目と同様に、軽い倦怠《けんたい》感と食欲の低下がみられた。しかし、それ以上の症状はなかったので、12月28日に退院して、正月は直生の実家で迎えることにした。

年末から正月の1日まで直生の実家で過ごし、2日からは美貴子の実家へ行き、おせち料理やお雑煮を食べ、和やかな時間を過ごした。美貴子の母親のお腹はもう7カ月になり、かなり大きくなっていた。そのお腹を撫でさせてもらいながら、〈この中に、ミコちゃんと僕の赤ちゃんがいるんだ〉と思い、本当に不思議な気持ちがした。

家族と、そんな温かい時間を過ごしながら、直生は、

〈たぶん、これが最後のお正月だ〉と思った。

3月になれば自分たちの赤ちゃんが生まれるので、せめてそれまでは生きたい。けれども、咳は減る気配がなく、この1カ月間で、むしろ増えていた。ニボルマブには効いてほしかったが、咳の出方からすると、期待は難しいようだった。

1月7日には病院へ行き、様々な検査を行いニボルマブの効果を調べた。

直生と美貴子は、固唾《かたず》をのんで検査の画像を見、主治医の説明を聴いた。しかし、結果は、直生たちの期待に沿うものではなかった。

ニボルマブは、早いと1カ月の投与でガンの縮小が見られ、2カ月でガンがほぼ消えてしまった例もあるそうだ。しかし、直生の場合は、1カ月経過時点で、ガンの縮小は認められず、様々な検査結果からも効果は認められなかった。

主治医は、予定どおり第3回目の投与を行うと共に、21日の第4回目の投与では、抗ガン剤も併用することが考えられると言った。ニボルマブと抗ガン剤の併用療法はまだ国際的にも少なく研究途上だが、試してみる価値はあるとの意見だった。

直生は、ニボルマブで明確な効果が出なかったことに落胆したが、抗ガン剤との併用療法については断った。前回の抗ガン剤の副作用の記憶が抜けず、同様の副作用で残された時間を無駄にしたくないという思いがあった。

そして、あとは、どれくらいあるか分からない命の日々を、美貴子と二人、自宅で静かに過ごしたいと思った。


1月7日は、久しぶりに自宅へ帰った。正月はそれぞれの実家で過ごしたので、約1カ月ぶりに帰る〝我が家〟であり、とても懐かしく感じた。

壁やピアノやソファには、美貴子のクロス・ステッチの作品が飾られ、部屋の空気も美貴子の香りがするようで、何だかやさしい気持ちになった。

直生は、ニボルマブの副作用か、それともガンの進行によるものか、12月の後半から、食事があまり食べられなくなっていた。心配していた脳や肝臓への転移はなく、背骨のガンも広がっていないので、なぜだか不思議だったが、すぐにお腹がいっぱいになってしまうのだ。このため体重が減り、見た目もどんどん痩せてきた。後から考えると、この段階で直生は、末期ガン患者に多い「悪液質《あくえきしつ》」になり始めていたのかもしれない。悪液質は、ガン細胞からの分泌物質によって、慢性炎症や代謝異常、免疫異常などが起きるものだ。体が衰弱するうえ、ガンが栄養を奪うため筋肉がなくなり、痩せ衰える。

久しぶりに自宅で一緒にお風呂に入った美貴子は、直生の痩せた体を改めて見て驚いた。肋骨《ろっこつ》が1本1本浮き出ていた。美貴子は、背中をそっと洗いながら、痛々しく感じた。

〈この体の中に手を突っ込んで、ガンを全部かき出してやりたい〉

と思った。この薄い皮膚の下、数㎝の所にガンがあるのに、なぜそれが取れないのか？　どうして、それが直生の命を奪おうとしているのに、何もできないのか？　美貴子は、自分の無力を悔しく切なく思った。

〈こんなに若く清らかな命が……、もうすぐ失われてしまうなんて……。絶対に許せない〉

そう思い、ガンを激しく憎んだ。

美貴子は、自分の闘病が3年近く続く中で、「生き物は、生まれたからには、必ずみんな死ぬのだ」ということがストンと胸に落ち、かつては死ぬのが怖くてたまらなかったのが、〝自然なこと〟として受け入れられるようになっていた。もちろん、まったく怖くないわけではないが、死は、すべての生き物に共通の運命であり、当たり前のことと思えるようになったのだ。

しかし、自分の死については受け入れられても、直生については別だった。

直生だけは助けたい、まだ逝かせたくない、と強く願った。

〈でも、どうすれば……〉

二人で、やれるだけのことはやって来た。けれども、目の前の直生の姿を見ると、もう〝その時〟が近いことが直感的に胸に迫った。

美貴子は、直生の背中を洗うことができなくなり、直生の背に頭を付け、涙を流した。

〈どうすればいいの……？〉

直生の肌は、まだ若い生気をたたえているのに、もう時間がないなんて……。

もうすぐいなくなってしまうなんて……。

「死なないで……」と口にしたかったが、そんなことを言っても直生を困らせるだけだ。だから、美貴子は、ただ直生の背中で嗚咽をこらえ、すがり付き震えていた。

直生は、美貴子が動きを止めたのに気付いた。美貴子の体の震えで、嗚咽をこらえていることが分かった。言葉はなくても、しがみ付いている美貴子の気持ちが痛いほど感じられ、美貴子のあふれる想いが直生の体に沁み込んで来た。

「こっちにおいで……」

直生は言うと、冷え始めた美貴子の体にお湯をかけ、二人で湯船に入った。

直生がバスタブを背に入り、美貴子を背後から包み込む形で自分の前に導き、左肩に美貴子の頭を乗せた。直生より背が20㎝以上小さい美貴子の体は、ちんまりすっぽり直生に包まれた。

〈なんて小さく、華奢で、やわらかく、あったかいんだ……〉

直生は美貴子を愛おしく思い、抱き締めた。

「あったかい……」

美貴子が、言った。涙が頬を伝った。

素肌に伝わるお互いの生命のぬくもりは、本当に心地のよいものだった。

直生は、美貴子の体を両腕で包み、生命の感触を記憶に留めようとした。

〈ああ、もうあと少しの命だが、僕らは、今、生きている……〉

胸がいっぱいになった。

生命のぬくもり……。生命の輝き……。生命の素晴らしさ……。それを全身で感じた。

〈生きているって、素晴らしい!〉

直生は目をつぶった。

背後から抱き締めた美貴子の心臓の鼓動が、直生の胸に伝わってきた。美貴子の背中にも、直生の心臓の鼓動が伝わってきた。

お互い、もうすぐ永遠に失われてしまうのに、今、二人の心臓はトク、トク、トクと、けなげに動いていた。もうすぐ死んでしまう運命とも知らず、一生懸命に生命の鼓動を続けていた。

その心臓の鼓動が愛おしくて、自然に涙があふれた。

お互いの体が、命が、この生きている瞬間が、叫びたいほど愛おしかった。

直生は、静かに言った。

「僕は、ミコちゃんを愛した。ミコちゃんも僕を愛してくれた。この温かい気持ちは残っていくんだ……。たとえ、僕らが死んでも、僕らが愛し合った事実は消えない。僕らが失われても、この命の瞬間は永遠なんだ……」

5

直生は、あまり量を食べられなくなったが、食欲がないわけではなかった。そこで、美貴子は、直生が好む食材を使って、いろいろな栄養が取れるように工夫して料理を作った。

直生が特に好んだのは、ブロッコリーの茎のところだった。ゆでたブロッコリーの茎の部分を1㎝5㎜角くらいにサイコロのように切って出すと、「美味しい、美味しい」といくつも食べた。何の味付けもしていないのだが、

「きれいなお皿の真ん中にちょこんと盛り付けたら、フランス料理にだって負けない」

と直生はうれしそうに言った。

ほかの食材も、小さく切って出すと、いろいろたくさんの種類を食べてくれた。魚も肉も野菜も、小さく切って盛り付けると食べてくれた。直生は、

「今まで気付かなかったけれど、食べ物は1～2㎝くらいに小さく切って食べるのが、一番よく味が分かり美味しいんだね」うれしそうに言った。

そのころ、直生は残された時間が短いことを自覚し、改めて「人生でやりたいこと」を振り返ってみた。そして、一つひとつどこまでできたか、「十分にできた（できそう）＝◎、できた

（できそう）＝○、できていない＝×」で評価してみた。
「1．二人の病気を治す方法を見つける」
努力したが、結局は大した成果を上げられなかった。×
「2．二人の子供を持つ」
これは、美貴子のおかげで実現しそうだ。ただし、直生が子供の誕生まで見届けられるかどうかは分からなかった。○
「3．生きることと死ぬことについて学び、自分なりの結論を得る（死生観を持つ）」
これについては、一定の結論を得て、美貴子と二人で共有できたと思った。◎
「4．二人の思い出をたくさん作る。二人の写真をたくさん撮る」
12月に直生が入院するまでは、かなりできたと思った。○
「5．毎日あったことがそのまま消えてしまわないように日記に書く」
日記は、意地でも続けていた。書くことが、日々生きた証しになるような気がした。◎
「6．両親にちゃんとお礼をして親孝行する（二人の誕生日と両親の誕生日をお祝いする／クロス・ステッチの素敵な作品を双方の親に贈る〔美貴子〕）」
これについても、美貴子のおかげで、かなりできたと思った。お互いの両親の誕生日は、すでに三人お祝いしており、あとは3月5日の直生の母親の誕生日を残すだけだ。それを無事に祝えれば、全員にできたことになる。◎
「7．元気なうちに、会いたい人に会い、お世話になった人にお礼を言う」

会いたい人たちには前年の10月までに会い、お礼も言えた。ただし、十分に気持ちを伝えられたかどうかは自信がなかった。○

「8．小・中学校時代の大好きだった友達に会う／友達を呼んで一緒に楽しく過ごす」

これも10月まではかなり行ったが、最近は途切れていた。○

「9．自分の作品をマンガか小説など何かの形でまとめる／美貴子の絵を描く（直生）」

直生は、二人のことを小説にまとめていたが、思うように書けない所もあり、完成は難しそうだった。美貴子の絵についてもいくつか描いていたが、満足のいくものはなかった。×

「10．映画の名作をたくさん観る」「11．大切にしていたモノを、死んだとき誰に譲るか決めておく」

この二つについては、直生自身はできたと思っていた。◎

「12．いつ死んでも悔いのない日々を送る」

直生の場合、内容において「悔いのない日々」とは言い切れなかったが、精神的には、美貴子と暮らしたこの10カ月間は「悔いのない日々」だと思った。○

――振り返ってみると、12の目標のうち、◎が5、○が5、×が2だった。自分の作品が何も出来上がらないことは不満だったが、全体としてみればマアマアの出来だと思った。いずれにしても、もう時間がないのだから、そう思い納得するしかなかった。

1月下旬になると、直生は、いよいよ体力が衰え、散歩に出るのが辛くなってきた。しかし、体を動かさないとますます動けなくなり美貴子に迷惑がかかると思ったので、痩せ衰えても、午前中、一番近いスーパーまで、買い出しを兼ねて散歩に出た。

そのころから、直生は空を見ることが多くなった。

冬の空は晴れ渡り、真上の深い青から地平近くの淡い水色まで、グラデーションが美しかった。美貴子と並んで天空の大きさを感じ、雲の流れを見、鳥の鳴き声を聞く……。そうした一つひとつに、生きていることを実感した。透き通った冷たい風が頬を撫でると、その冷たさにも〝生きている感触〟を得、心地よく思った。

見上げると冬の澄み切った紺碧の空に吸い込まれそうだった。

ふと、佐渡の新婚旅行で自然との一体感を味わったことを思い出した。自分たちは、もともと大きな自然の一部なのだと思う。自然の一部として生まれ、一時《いっとき》、自然から独立した者のように生きて来たけれど、実は、一貫して自然あるいは宇宙の一部なのだろう。もうすぐ自分は消えるが、それは〝自分〟という境界が消え、この自然、この宇宙の一部に還っていくだけなのだろう。そう考え、〈何も怖れることはない〉と自分に言い聞かせた。

直生は相変わらず「死ねば無」だと思っていたが、少なくとも自分の体の分子は土や養分などの形でこの世界に還るのだと思うと、少し救われるような気がした。

2月2日は、これまで4回のニボルマブの効果を確認するため各種の検査を受けた。しかし、直生の場合、効果はまったく認められなかった。

主治医は、免疫療法薬は遅れて効く場合もあるので、もう少し試してみることを勧めた。直生は、高い薬をこれ以上使うことにためらいがあったが、それ以外の選択肢は、①強い抗ガン剤に切り替える、②ガンの治療をやめ、緩和ケアに移行する——というものだったので、なおしばらくニボルマブを使うことに同意した。

一方、美貴子の血液の数値は、赤血球が150万個／μl（正常値の下限の40％）、白血球が1500個／μl（同43％）、血小板が6.2万個／μl（同44％）まで下がった。赤血球は200万個／μlを下回ると重度の貧血であり、白血球も血小板もかなり良くない状態だ。

直生は、自分のことはともかく、美貴子にだけは奇跡が起きてほしいと祈っていた。けれども、数値で見る限り〝余命宣告〟に沿った道を歩んでいた。そう認めざるを得なかった。

こうして、美貴子も毎日散歩を続けることが難しくなった。定期的に輸血をしており、輸血をすれば元気に散歩もできるのだが、しばらくして赤血球が減ると、散歩の途中で息苦しくなってしまった。

妹の由紀は、引き続き、毎朝、洗濯物を干し、トイレなどの掃除をしてくれたが、1時間ほどで帰ってしまうため、後の家事は二人で行う必要があった。しかし、買い物でも玄米や牛乳など重い物は持つと疲れてしまい、母親の提案で、生活協同組合の宅配を頼むようになった。

そんな日々を送っていたが、美貴子は前向きだった。表情は明るく、毎朝、一生懸命に朝食を作ってくれていた。こうして1日でも長く、直生と一緒に暮らしたいと考えていた。新しい生命を迎えるまでは絶対に死なないし、直生も死なせないと心に誓っていた。

6

2月12日には、美貴子の母親が妊娠9カ月を迎え定期健診を受けた。直生は同行できず、美貴子だけが、母親と二人で車に乗り産科へ行った。

健診では予定どおり順調に育っていることが確認でき、医師からは「妊娠37週から計画分娩ができるので、3月18日に帝王切開で出産しましょう」と提案された。

〈あと1カ月ちょっと……〉

美貴子は、いよいよその日が近づいたことを実感した。

健診が終わると、二人は車に乗り、そのまま直生が待つ家に向かった。その車中、美貴子は、母親に最近の直生の病状を伝えた。

「直ちゃんには3月18日まで持ちこたえてほしい。けれど、お医者様には、最悪の場合、急変すれば数日ということもあるって言われた……」

「大丈夫。予定日を伝えれば、きっと直生さんの励みになるから……」

しかし、それを聞いても、美貴子の心は晴れなかった。

「私、直ちゃんに対して、これまでしてきたようなことで良かったのかな……」

美貴子は、今まで誰にも言えなかったことを口にした。それはずっと疑問だったのだ。

母親は、その疑問を意外に感じたが、少し考え、静かに言った。

「二人とも、とても良い時間を送っていると思うわ。もうすぐ赤ちゃんも生まれるし、あなたたちができる最良の人生を歩んでいると思うわ」

「そうかしら……」

「あなたたちは、もしかしたら、私とお父さんより、良い時間を持てているかもしれないわ」

　母親の言葉に、美貴子は少し驚いた。

「どういうこと？　お父さんとお母さんの生活は充実した時間ではなかったの？　お兄ちゃんも私も生まれ、幸せに暮らして来たように見えるけど……」

「それは幸せよ。幸せでないと言ったら罰が当たるわ。けれど、あなたたち二人ほど深い精神的な結び付きがあったかどうか……」

「でも、私たちは、夫婦になってまだ10カ月だし、これから先どうなるか分からない……」

「長さじゃないと思うの」母親は言った。「幸せは、長さじゃないわ。……そりゃぁ、私もお父さんも好き合って結婚したんだから、結婚当初は本当に幸せだった。けれど、お父さんは、朝6時に起きて30分ほどで家を出てしまうし、帰りはいつも夜10時過ぎ……。二人の時間は、あなたたちのようには持てなかった。1年半ほどでお兄ちゃんが生まれてからは、ますます二人の時間を持つのが難しくなり、平日は会話もほとんどなくなってしまった……。もちろん、幸せだったのよ。あなたも生まれ、二人とも食べちゃいたいくらい可愛いくて……。二人を見るのは無上の喜びだった。幸せではあったのよ。お父さんだって私たちを大切にしてくれた。けれど、お父さんの仕事は忙しいし、子供を育てるのは大変だし、子供に意識が向けば向くほど、お父さんとの精神的なつながりは希薄になってしまったような気がする。そして……気が付いたらアッという間に25年が経ってしまった……」

母親は、そこまで一気に言うと、やさしい目をして美貴子に言った。

「……それに比べて、あなたたち二人はたくさん一緒の時間を過ごし、とても濃密な精神的つながりを持っていると思うわ。あなたたちの思いやりと愛情に満ちた生活は、素晴らしいと思う。何十年連れ添った夫婦でも、ここまで良い時間を持てている人は少ないいんじゃないかしら……。だから、人生の充実は長さじゃないって思う」

母親は心の底からそう思った。

美貴子は、それを母親の励ましと受け取った。

「ありがとう、お母さん……」母親の言葉は、これで良かったのかと疑問に思う美貴子にとって、慰めになった。


家に着くと、美貴子は直生に、お腹の赤ちゃんが順調に育っており、3月18日に帝王切開で出産する予定だと伝えた。

直生は、〈せめて、その日までは生きていたい〉と思った。

リビングのソファの真ん中に母親を座らせ、直生と美貴子で、大きく膨らんだお腹を撫でた。

産科では赤ちゃんの超音波エコーの写真をいろいろプリントしてくれて、それを見ると、もうすっかり赤ちゃんらしく成長し、表情まで分かるものがあった。

「もうすぐね」写真を見ながら美貴子が言った。「あと1カ月ちょっとで会える」

「早く会いたいわね」母親が言った。

「お母さんには、こんな大変な負担を負わせてしまったけれど……」

「大丈夫。まだ若いから……。あなたがお腹にいた20代のころを思い出し、懐かしいわ」

「お義母さん、本当にありがとうございます」直生も頭を下げてお礼を言った。

「あら、改まって……。照れちゃうわ。この中に自分の孫がいるっていうのは不思議だけど、とってもうれしくて、負担だなんて思ってないわ」

そのとき、撫でていたお腹の一部が、突然、ボコッと膨らんだ。

「あ、蹴ってる！」母親が言った。「こんなふうに最近はよく蹴るの。すごく元気なのよ」

直生も美貴子も、赤ん坊がお腹を蹴るのを初めて見たので、少しびっくりした。

「お腹を蹴るって、どんな感じ？」

「そうねぇ、可愛いわよ。初めのころはお腹の奥で泡がポコポコはじけるような微《かす》かな感じだったけれど、今ではこんなに力強く蹴るようになって、はっきりと蹴っているのが分かる。ここに元気な赤ちゃんがいるんだなあって……、とっても愛おしいわ」

二人は、再びそっとお腹を撫でた。

直生は、お腹を撫でながら、赤ちゃんが無事に生まれてくれることを心から祈った。たとえ、自分がこの子に会えないとしても、この子が、自分の死後も美貴子に励ましと幸せをもたらしてくれる……。そうあってほしいと願った。この子だけが、結婚後1年ほどで未亡人になってしまう美貴子に、唯一遺せるものだと思った。

その翌日、直生は、赤ちゃんの誕生まで生きられなかった場合に備え、祝福の言葉を残したいと考えた。そして、今さらながら、生まれて来る子に手紙を書き、ビデオメッセージを撮ることにした。

内容は、映画「死ぬまでにしたい10のこと」を参考に、子供が20歳になるまで毎年贈る誕生日のメッセージにした。まず、各年齢の我が子に言ってあげたいことを手紙にまとめ、ビデオには、誕生日の祝福の言葉と、各年の手紙の要点をまとめて話した。具体的には、直生と美貴子の二人が「〇歳の誕生日おめでとう」と言った後、直生と美貴子がそれぞれ2～3分メッセージを入れた。生きることの素晴らしさを語ったり、生きるうえで大切なことを伝えようとした。二人で、一生懸命手紙を書き、準備を整えた。

撮影初日は、美貴子の感情がだんだん高まり、涙が止まらなくなってしまったため、5歳までの分しか撮れなかった。しかし、翌日は気を取り直して、全部撮ることができた。

将来、生まれて来る子が、どんな状況下でこのビデオや手紙を見るかは分からない。けれど、少なくとも、両親である直生と美貴子が、その子を深く愛していることを伝えたかった。

7

2月下旬になると、直生は昼間でも横になっていることが多くなった。歩くこともできたし、たいがいのことはまだ普通にできたが、長く起きていると疲れてしまうので、つい横になってしまうのだ。背中に大きな枕を重ねて、ベッドの中で上体を起こして本を読んだり、ノートパソコンに向かっていることが多かった。

美貴子は、3月5日に贈る直生の母親の誕生日プレゼントをすでに完成させていた。そこで、しばしばベッドの直生の横に入って来た。

直生の右側に美貴子が寄り添うと、直生は本を読むのをやめ、美貴子の顔をじっと見つめた。もうすぐ、自分の前から永遠に失われてしまう美貴子の姿を心に焼き付けたかった。可愛らしいおでこや、眉にそっと触れた。睫毛を伏せた目に口づけて、美しい鼻のラインや頬、唇にも、そっと指を触れた。

美貴子も「直ちゃんのお顔をよく見せて……」と言い、直生の頬に触れ、目に口づけ、耳を触り、眉や鼻梁《びりょう》を触り、唇を触り、手を握った。

そうやって、もうすぐこの世を去るお互いのすべてを心に刻み、お互いの生命を確かめ合おうとした。

直生は、これが、二人の最後の日々だと思った。

〈この美しい瞳も、愛らしい唇も、温かい心も、もうすぐ永遠に消えてしまう……、何もかもが永遠に失われてしまうんだ……〉

どんなに愛し合っていても、もう〝その日〟は近い……。

そして、改めて思う。

〈生命は、永遠の無の中に、神サマがくれた一瞬の輝きだ。その輝きを味わわせてくれて、ミコちゃん、ありがとう。神サマ、ありがとう〉

死への怖れはなおあったが、前ほど強くなかった。それより、残される美貴子のことが心配だった。別れの時が刻々と近づくのを自覚し、美貴子への愛しさがつのった。

「このまま、時が止まってしまえばいいのに……」美貴子が言った。「あなたと1分でも1秒でも長くいたい……」

切ない気持ちが痛いほど伝わり、直生の胸を締めつけた。

しかし、二人には、お互いを想うこと以上に、もうどうすることもできなかった。


あるとき、美貴子が言った。

「私がまだ高校1年生くらいの時、心中を描いた小説を読んだの。でも〝心中〟って理解できないと思った。いくら愛し合っても、死んだら終わりじゃないかって……。心中なんて何の意味があるのかって、まったく否定的な気持ちで読んでいた。……でも、今は少し分かる気がする」

直生は、えっ⁉と驚いて美貴子を見た。

「直ちゃんがいない世界なら、私も生きていたくないって……。直ちゃんがこの世から失われるなら、私も失われてしまいたいって……」

直生は、一瞬、言葉が出ないほど驚いたが、すぐにきっぱりと言った。

「これから子供が生まれるのに、そんな、心中なんてこと、言っちゃダメだよ」

「ごめんなさい。もちろん、心中したいって言ってるんじゃないの。驚かせたらごめんなさい……。心中なんて理解できなかった私が、今は、愛する人と共に失われることも理解できるようになった。かつて、あんなに怖れていた死より、あなたは大きな存在になったって……そう言いたかったの……」

美貴子は、明るい目で直生の瞳を見て続けた。

「大丈夫。これから子供が生まれるのに、心中しましょなんて言わないから……。でも、そういう気持ちは分かるようになった。死の恐怖よりも大きな気持ちがあるって……」

直生は、美貴子が本当に心中しようと言っているのではないことを知り、安心した。美貴子の言いたいことは、分かるような気がした。

同時に、できるだけ美貴子を幸せにし、笑わせてあげたいと思って来たのに、結局、こんなにも美貴子の心を悲しませ、追い詰めていたのだということを改めて感じた。

「ごめんね、ミコちゃん。君をできるだけ幸せにしてあげたかったのに、そんな思いまでさせてしまって……」

「ううん、私は幸せ。こうして一緒にいられるだけでいい。……なんにもいらない……」

ベッドの足元には、籐《とう》のタンスの上に鏡があり、寄り添う二人の姿が、永遠に残る絵画のように映っていた。

第11章　生命

1

直生は計画出産の日まで持たないのではないか、と周囲は危ぶんだ。

しかし、直生は、赤ちゃん誕生の日を迎えることができた。

3月18日、帝王切開で、無事に２４５０ｇの男の子が誕生した。

待合室で待機していた時、直生が一番心配していたのは、美貴子の母親のことだった。〈代理出産という無理をさせてしまった。とんでもない負担を強いてしまった〉という気持ちがあった。だから、ただ母親の無事を祈り、生まれて来る子のことはあまり考えなかった。

しかし、「母子共に健康」という知らせを聞き、母親の枕元に寝かされた赤ちゃんを見た瞬間、直生は、その小さな生命に心を奪われた。

〈なんて、小さいんだろう〉それが第一印象だった。

初めて見る赤ちゃんは、直生の想像よりはるかに小さかった。頭は、直生の握りこぶしほどしかなく、肘から手首までの長さは直生の中指ほどしかなかった。なんて小さく、なんて弱々しいのだろうと思った。

しかし、それでも、赤ちゃんは一個の生命として生きていた。タオルに包まれ、羊水にふやけたような赤紫色の顔をしていたが、うまく見えないはずの目でボンヤリあたりを見回していた。ゆっくり指を動かし、歯のない口を動かし、ときどきあくびのように大きく口を開けていた。

直生は、赤ちゃんを、初めて見る不思議な生き物のように感じた。

しかし、小さくても息をし、自分の意思で動いている姿を見て、次第に何とも言えない感動が込み上げて来た。

自分の子だから感動したのではない。

そこに、今まで存在しなかった一つの生命が生まれ、今ここに生命として存在していることに心が震えた。

まだ、とても小さく、危ういものだったが、これまでどこにも存在しなかった命が目の前にいて、か弱くも一生懸命生き始めているのだ。

美貴子の卵子も、直生の精子も、そのままではすぐに壊れて消えてしまう儚いものなのに、その二つが一つになり新たな命が誕生した。たった1個の受精卵から、心臓ができ、目ができ、脳ができ、こうして全身の何兆個という細胞をきちんと人間の形に整えた。その神秘的で精妙な生命の力に驚き、感動していた。

しかも、赤ちゃんは、自分の意思を持ってあたりを見回していた。「この世」を味わい始めていた。どこにも存在しなかった一つの命が、今、この世に生まれ、意識を持ち、生命の歩みを始めた！

それを見て、

〈やっぱり、生命は神サマが作った奇跡だ〉と思った。

自分もこうして生まれ、奇跡の生命を21年間も生きて来たのだと思った。

こうした奇跡が、何万年も何億年も世代交代を繰り返し、今日生まれたこの子までずっとつながって来たのだ。一つひとつは儚い命かもしれないけれど、〝物質〟とは違う〝生命の火〟が受け継がれ、ここに灯《とも》ったのだと思った。

過去には、自分のように早くこの世を去る者もいただろう。それでも、命のバトンはつながり、祖父母が生まれ、父母が生まれ、直生が生まれた。そして、今日、この子が生まれた。これまで、どこにも存在しなかった一個の生命が、ここに誕生した。

この世のすべての生命が、動物も鳥も虫も木々たちも、みんなそうやって命を引き継いで今日に至ったのだと思った。壮大な連鎖にめまいがしそうだった。

〈今、生きている自分もこの子も、生命という奇跡の連鎖の上に成り立っているんだ〉

目の前の一つの生命を見て、暗黒の宇宙に輝く光のように感じた。

2

子供の名前は、「貴生《たかき》」と付けた。美貴子の「貴」と直生の「生」を1文字ずつ取ったものだが、いろいろなことがある人生を気高く生きてほしいという願いも込めた。

貴生という名前は、両家のみんなに気に入ってもらえたが、実際はみんな「ターくん」と呼ぶことが多かった。

ターくんは、生まれて1週間後の3月25日に退院し、親子三人で自宅に帰った。

どちらかの実家に身を寄せないか、という話もあったが、美貴子の母親は帝王切開による出産後しばらく安静にした方が良いので美貴子の実家は見合わせた。一方、直生の実家は1階には直生夫婦が泊まれそうな部屋がなく、2階では片足が不自由な美貴子の負担になるため、そのまま元の家で暮らすことにした。

その代わり、直生の母親が長期休暇を取り、夕方から翌朝まで泊まりがけで子育てを手伝ってくれた。

直生の母親は、毎日、買い物をしたうえで夕方5時くらいに来てくれた。そして、夕食の支度は、美貴子と直生に委ね、ターくんが起きていれば子守りをし、ターくんが眠っていればお風呂の掃除でも何でも家事を手伝ってくれた。

夕食は、午後7時くらいから三人で食べた。たまに直生の父親の帰りが早い日は、父親も来て一緒に食べた。

夕食後は、少し休んだ後、直生の母親が美貴子に教えながら、ベビーバスでターくんをお風呂に入れた。ターくんはまだ首が座っていなかったので、美貴子は最初はおっかなびっくりだったが、すぐに慣れて、一人でも上手にお風呂に入れることができるようになった。髪の毛を洗い、ガーゼで耳の穴から下半身まで丁寧に洗った。ターくんは、初めのうちは驚いてモロー反射（新生児が両手を開いて上げる原始的な反射）をしていたが、美貴子が慣れるに従いターくんも慣れ、数日後には気持ち良さそうにバスタブに浸かっていた。

直生の母親は、そばで見守りながら、いつでもサポートできるように付き添ってくれた。

ターくんが入浴した後は、直生が、両手にバスタオルを広げて受け取り、きれいに拭いてあげた。首が座っていない赤ちゃんを扱うのは怖いようだったが、次第に慣れ、直生はターくんに毎日接するうちに、だんだんと〝父親の自覚〟が生まれるような気がした。

その後は、美貴子と直生でターくんにミルクをあげた。ミルクを飲ませている間、直生の母親がお風呂に入った。そして、ミルクを飲ませ終わりしばらくすると、母親は、ターくんを連れて2階の和室に上がり眠った。生まれたばかりの赤ちゃんは、夜にまとめて眠るような睡眠サイクルが確立していない。基本的に数時間おきにぐずるため、ミルクをあげたり、オムツを替えたり1日中しなければならない。夜中だって例外ではない。それで、初めての子育てでノイローゼになってしまう新米ママさんもいるが、直生の母親は、そうした負担を二人にかけないように、自ら夜中の子守りを買って出てくれたのだ。

二人は、病気の自分たちに配慮してくれるそのやさしさに感謝すると共に、子育てのベテランとして母親を尊敬した。

こうして、夜の間中、母親がターくんを見てくれ、直生と美貴子は1階の部屋でぐっすりと眠ることができた。

翌朝は、6時半ごろに直生と美貴子が起きて、洗濯機を回しながら朝食を作った。その間に、母親も起きてきて、身支度をした。

そして、朝食を一緒に食べた。

食後は、母親が洗濯物を干してくれた。そして、一とおり掃除をしてくれた後、買い物について美貴子と相談したうえで、母親は実家に帰った。

母親は、「実家の家事や、買い物もあるしね。それにターくんと一緒だと夜中ぐっすり眠れないから、家で寝直さないとね」と笑って言った。

直生の母親が帰った後は、直生と美貴子の二人でターくんの面倒をみた。

母親のおかげで子育ては順調に軌道に乗り、まったく苦にならなかった。

直生は相変わらず、食欲はあっても量が食べられず、続けて動くとハアハアと息切れを起こしたが、それでも、子供が生まれる前よりは元気だと自分では感じていた。ターくんが生まれる前は、ベッドで横になる時間が多く、体力や筋力が衰えた気がした。しかし今は、子育てなどで起きている時間が長くなり、筋力はむしろ回復したように思った。

赤ちゃんと暮らす毎日は新たな発見に満ち、直生は生活の中でいろいろなことを感じた。

まず、第一に感じたのは「赤ちゃんはこんなに何もできないのか」という驚きである。馬や牛のように生まれてすぐに立てないのはいいとして、動物の赤ちゃんは生まれてすぐでも自分でおっぱいに吸い付くのに、人間の赤ちゃんは乳首を口に含ませてあげないとミルクすら飲めない。それどころか、人間の赤ちゃんは、ミルクを飲んだ後はトントンと背中をたたいてゲップをさせてあげないと、せっかく飲んだミルクを吐いてしまう。

〈ゲップさえ、自分一人でできないのか〉と驚き、おしっこやうんちのお世話を含め、

〈僕も、こんなに親に手をかけて育ててもらったんだ〉と改めて頭が下がる思いだった。

二つ目に感じたのは、赤ちゃんの美しさである。「赤ちゃんの美しさ」というより「新しい生命の美しさ」と言う方が良いかもしれない。〝生まれたばかりの無垢な生命そのもの〟の輝きを感じた。よく見ると、ほっぺたやお尻など、あちこちカサカサしたり荒れたりしていたが、胸からお腹の肌は真っ白く、けがれ一つなかった。肌があんまりきれいなので、お腹にキスをすると、赤ちゃんのやわらかな匂いがした。目はまだよく見えないはずだが、黒目は澄み渡り、白目の部分は青く光っていた。それらは、ちょうど植物の新芽や若葉が美しいように〝新しい生命〟そのものの美しさだと思った。

三つ目に感じたのは、ターくんを抱く美貴子の美しさである。ラファエロの聖母像など、赤ちゃんを抱く女性は西洋絵画のモチーフとしてしばしば登場するが、その理由が分かる気がした。美貴子はもともと女性として美しいと思ったが、それに加えて、何か〝母性〟というか、生命の守り神のようなまぶしさを感じ、神々しいばかりに美しく見えた。そしてそれは、50歳を過ぎた自分の母親がターくんを抱く姿にも感じるのだった。


ターくんが生まれた日、直生はターくんを見て〝生命〟そのものを感じて感動したが、〝可愛い〟とは思わなかった。顔は、どちらかというと〝宇宙人〟のようだと思った。

けれども、毎日ミルクを飲むうちに、ふっくらしてきて、顔もどんどん変わり、赤ちゃんらしい可愛らしさが出て来たように思った。

何より、けなげに一生懸命に生きる姿が可愛かった。

赤ちゃんはミルクが欲しいときなどに泣くのだが、いきなり簡単に泣くのではない。まず顔を真っ赤にして全身に力を込めて、それから「へあぁ……」と泣くのだ。見ていると泣くのも一苦労のように感じる。一人では半日も生きられないような、か弱い存在なので、親を呼ぶときは全身で必死に呼んでいるように見えた。

ミルクを飲むときも、それだけが命をつなぐ生命線なので、懸命に飲んでいるように見えた。一生懸命飲むため、やがて疲れてしまうのか、わずかばかりのミルクを飲み切らずにウトウトしてしまうことがあった。一定量を飲ませてあげたい二人は、よく
「ターくん寝ちゃダメ。ミルク、ミルク」

と起こそうとした。揺すったりはできないので、起こすためにほっぺたを指1本でトントンしたり、顔にフーフーと息を吹きかけた。すると、ターくんは目を覚まし、またチュクチュクと可愛い音を立ててミルクを飲むのだった。

寝ている間は、ほとんど寝息も聞こえず、もちろん寝返りなどはまだ打てないので、ちゃんと生きているかどうか、耳を澄ませて何度も確認した。

そんなか弱い存在だったが、何時間見ても愛おしく、見ていて飽きなかった。直生と美貴子は、飽きずにずーーーっと見ていることが多かった。

赤ちゃんの頬に触れる幸せ……、赤ちゃんの髪に触れる幸せ……、赤ちゃんの匂いを感じる幸せ……。

そして、この幸せは、自分の子だからとか、そういうことじゃないと、直生は思った。純粋無垢な〝生命〟そのものに触れる素晴らしさなのだと思った。一生懸命に生きようとする、けなげな生命の姿そのものが、心を震わせるのだと思った。


この子は、もうすぐ、お父さんを失い、お母さんだって失う可能性が高い。せめて、物心つくまでは、美貴子だけでも生きていてほしいが、それがかなわなければ、父親も母親も知らずに育つことになる。そのことを、直生はとてもかわいそうに思った。

けれども、ここにこうして命が生まれたことは、喜んでほしい……。

お医者様が「無理」と言ったにもかかわらず、君のお母さんの必死な思いが実って誕生した命なんだよ。絶対に生まれるはずがなかったのに、お母さんが考えに考えてこうして誕生まで漕ぎ着けた命なんだよ……。

そう言いたかった。

成長を見届けてあげられそうもないけれど、そうやって生まれた命なんだよ。そして、こんなにも愛しているんだよ……。

そのことは分かってほしかった。


直生は、ターくんを見ながら、「代理母出産」なんて不自然なことをやってでも、赤ちゃんを産んで良かったと思った。このことに関しては直生の心にずっと疑問が残っていたが、今は、これで良かったと思っていた。

初めて「代理母出産」について聞いた時、「凍結卵子」だとか「人工授精」だとか、生命が〝モノ〟のように扱われているようで、何だか嫌な気がした。美貴子のお母さんにも無理な負担をかけて、これでいいのかと何度も思った。

けれども、こうして生まれたターくんを見ると、直生が中止させなくて良かったと思う。東京からウクライナに持って行った凍結卵子が、受精し、成長し、ターくんになった。一人の人間として誕生することができた。人の存在は、肉体的にはもともと〝モノ〟なのだ。しかし、その体に宿る〝生命〟とか〝心〟は、モノとは別格の素晴らしいものだ。たとえ、どんなプロセスを踏んでもターくんに会えて良かった。

「子供がいなくても一人の人間として生き切ることはできる」という思いは今も変わらない。けれど、「代理母出産」を進めた美貴子や家族の皆に心から感謝したい気持ちだった。

3

この間、退院から2週間もすると、美貴子の母親がお昼ごろに車で来てくれるようになった。

4月4日には、無事に結婚1周年の記念日を迎えることができた。その日は、月曜日だったので前日の3日、直生と美貴子、ターくん、双方の両親の七人でお祝いをした。

「直ちゃんのお父さん、お母さん、ありがとう。お父さん、お母さん、ありがとう。そして、直ちゃん、ありがとう。ターくんと一緒に、こんな日が迎えられるなんて……夢のよう……」

美貴子は、幸せの涙をあふれさせ、この世の何もかもに感謝したい気持ちだった。

4月4日当日は、パソコンで、結婚してからの二人のアルバムを見た。結婚式や、新婚旅行、直生と美貴子の誕生会、友人を招いた食事会、両家全員の那須旅行……、そしてターくんの誕生……。そんな写真を見ながら、二人は出逢った日からの様々なことを思い出した。

病院の屋上で初めて逢った時の美貴子の心配そうな顔……、似顔絵を見た時の笑顔……。

2カ月後に吉祥寺で再会した時のお互いの涙……。

クリスマス前日、駅のホームでしてくれた美貴子の祈り……。

手術前日、屋上庭園のキス……。

手術でガンを取り切れなかったと分かってからの葛藤の日々……。

――出逢ってから1年7カ月の日々があれこれ思い出された。

しかし……、その二人の歴史は、もうすぐ終わろうとしていた。二人の間にどんな歴史があっても、どんなに切ない愛情があっても、どうすることもできなかった。

それでも直生は、この世で美貴子と出逢い、一緒にいられた1年7カ月を、輝くような喜びに感じた。この世に生まれたことを幸せに思い、今は、この出逢いをもたらしたこの世のすべてに感謝したい気持ちだった。

4月上旬でニボルマブの投与は終え、苦しみを取る「緩和ケア」に移行したが、その後も直生は、衰弱しつつも自宅で生活することができた。ターくんの誕生から2カ月経った5月中旬には、ターくんを連れて、神代植物公園までバラを観に行くこともできた。直生は車椅子だったが、五月晴れの空の下、初夏の美しい自然とバラの花を堪能することができた。

そのころには、ターくんは、あやせば「アゥー」と声を上げて笑うようになり、ますます可愛くなっていた。

直生は、毎朝、目が覚めると「今日も生きている！」と、朝日に感謝した。

そう思って始まる1日は、何もかもが輝いて見え、美しく感じた。

衰弱して苦しい日もあり、あと何日あるか分からなかったが、目が覚めて、家族と一緒にご飯を食べ、ターくんを見ながら暮らせる日々……、そんな日々を心から愛し、宝物のように思った。もうすぐ死んでいく不幸より、今、生きている幸せ、これまで生きて来られた幸せを、心に沁み入るように感じた。

三人で川の字に並びお昼寝をする時、いつまでもターくんの顔を見ながら、

〈生きていることは、花が咲くのと同じで、一瞬の輝きなんだ……。でも、その一瞬の輝きが素晴らしいのだ。それを実感できたのだから、この世に生を受けた僕は幸せだ〉

そう思った。

4

しかし、その日は、突然やって来た。

5月23日、直生は朝から調子が悪く、夕食には「麻婆豆腐」をリクエストした。どうせ量は食

べられないが、辛いものが好きな直生は、香辛料の効いた麻婆豆腐で体の不調を吹き飛ばそうと思ったのだ。

しかし、午後になると、特に動かなくても息苦しくなり、直生は、窓辺に椅子を置いて、外の新鮮な空気を吸った。

それでも良くならず、直生はやがて椅子に座っていられなくなり、「苦しい……」とひとこと言って倒れてしまった。

美貴子はすぐに駆け寄り、直生の苦しみ方が今まで見たことがないものだったので、救急車を呼んだ。午後5時半ごろだったので、幸い、直生の母親がそばにいた。

救急車はほどなく到着し、美貴子は、肺ガンであることなど、これまでの経緯を簡単に伝えた。救急隊員はすぐに酸素マスクを当ててくれ、直生は呼吸が楽になった。美貴子は、涙が出るほどホッとした。

「どこへ搬送しますか？　主治医はいますか？」と聞かれたので、B病院のM先生の名前を告げると、すぐに電話してM先生と相談してくれた。M先生が救急搬送を了解してくれたので、ターくんを母親にお願いし、美貴子も一緒に救急車に乗った。

救急車の中で、直生はベッドに寝、酸素マスクを付けてもらったので、小康を得たようだった。美貴子は、不安なまま直生の手を握り、早くB病院に着くことを祈った。

幸い、思ったより早くB病院に到着し、入院することができた。緊急入院だったが、たまたま空いている個室があったのだ。早速、検査をしてもらった。

検査結果は、肺炎だそうで、ガンに侵されず無事なはずの左肺までが真っ白になっていた。

いつも柔和なM先生が顔を強張らせて言った。

「もともと悪い右肺だけでなく、左肺も放射線の影響で肺炎がくすぶっており、それが一気に広がったようです。炎症を抑える薬と抗生物質を投与しますが、かなり危険な状況です」

「危険？　危ないのですか？」

「右肺はもう機能していませんし、これまで無事だった左肺も、今は肺炎で真っ白です。薬が効けばいいのですが、効果がない場合は、最悪の場合も覚悟してください」

美貴子は、全身が冷たくなるのを感じた。

「親族を集めた方がいいでしょうか？」

「今晩すぐにどうこういうことはないと思いますが、連絡はしておいてください。今から薬を投与しますから、来ていただくかどうかは、明日の朝、判断しましょう」M先生は、そう答えた。

病室に入ると、直生は起きていて、「先生、何だって？」と聞いた。酸素マスクを付けてもらって、息は楽になったようだ。

「肺炎ですって。抗生物質で治すって」

「そう……」

直生は、肺炎の怖さを知っていたので、暗い気持ちがよぎった。しかし、明るく言った。

「麻婆豆腐、食べそこねちゃったね。……ミコちゃん、お腹すいたでしょう？　何か、食べておいでよ」

「そんな……、直ちゃんが救急車で運ばれたのに、何か食べに行く気になれないわ。大丈夫、今はお腹すいてないから……」

「ダメダメ、健康に良くないよ。……じゃあ、僕もホッとしてお腹がすいたから、コンビニでおにぎり買ってきて。おかかのおにぎり。ミコちゃんも何か買って一緒に食べよう」

美貴子は、直生に少しでも体力を付けてほしかったのでコンビニへ行くことにし、途中、1階のロビーで、直生の母親と、自分の母親に電話で現状を報告した。

コンビニで、おかかのおにぎりやお茶を買って戻ると、直生は、笑顔で「お帰り」と言い、おにぎりを四つに割って一つを口に入れた。

「美味しい」と直生は言い、「ありがとう。ようやく人心地が着いた。ミコちゃんも食べて」と促した。

美貴子も、買って来たおかかのおにぎりを一口食べてみた。思いのほか美味しく感じ、

「美味しいね」ひとこと言った。

「もちろん、ミコちゃんの麻婆豆腐が食べたかったけど、これはこれで美味しいよね」

直生が笑って言った。

美貴子も、微笑みを返した。

それから、直生は「僕のことは大丈夫だから」と美貴子に帰宅を促したが、美貴子は到底帰る気にはなれなかった。

「直ちゃんが眠ったら考える」と答え、枕元に椅子を寄せて座り、直生の手を握った。

しばらくすると、直生は疲れたらしく、眠りに落ちた。

美貴子も、そのまま椅子に座ってウトウトした。

しかし、夜中の2時ごろ、直生の咳で目が覚めた。

見ると、直生はベッドに上体を起こし、うつむいて咳込み、ティッシュに痰を出そうとしていた。何度も咳をして、ようやく口からピンク色の泡のようなものを出した。ピンクは血が混じっているからだと美貴子は思い、

「大丈夫？　直ちゃん。先生呼ぶ？」と聞くと、

「大丈夫。ごめんね、起こしちゃって……」と困ったような笑顔を見せた。

そして、1回痰を出しても次から次に出て来るらしく、また咳込んでティッシュにピンクの泡を出す。その繰り返しだった。何度も何度も咳込み、眠ることもできず、苦しそうだった。美貴子は、直生の背中をさするが、一向に咳が止まる気配はなく、泣きそうになった。

看護師を呼ぶとすぐに来てくれたが、

「今、点滴をしていますから、これで治まるはずです」

とのことだった。

直生は「ごめんね、ミコちゃん……。僕は大丈夫だから眠って」と言うが、そういう状況ではない。美貴子は、ひたすら背中をさすりながら、ピンクの泡が止まるのを待った。

結局、ピンクの泡は止まらず、夜明けを迎えた。

ようやく治まったのは朝7時ごろで、直生は、すっかり疲れてしまったのか、背中を30度くらい立てたベッドに力なく寄りかかったまま眠りに落ちた。

8時過ぎにM先生が来てくれた。

「後ほどレントゲンを撮ってみます。良くなっていればいいのですが……」

しかし、レントゲンの結果は重篤《じゅうとく》だった。M先生は本当に悲しそうな表情で言った。

「奥さん、非常に厳しい状況です。肺炎が治まりません。明日まで持つかは微妙な状況です。会わせたい人がいたら、連絡を取ってください」

「まだ、助かる見込みはありますか?」

美貴子は、一縷の望みだけでも聞きたかった。しかし、

「最期まで努力します。けれど、このまま病状が進めば、肺の中にどんどん水が溜まって窒息死することになります。回復の望みがない場合は、苦しまないように鎮静剤で睡眠状態にします。これはご主人との約束なのです」M先生は、目に涙を浮かべ、そう話した。

美貴子は、もう最期が近いことを悟った。喉が詰まって何も言葉が出なかった。

病室に戻ると、直生は目を覚ましていた。もう咳はしていなかったが、かなり憔悴《しょうすい》している様子だった。昨夜は、血液中の酸素飽和度が97%くらいあったのに、今では90%弱まで落ちていた。

M先生は、直生に顔を寄せると、

「肺炎の治療を続けますが、回復の望みがない場合は、苦しまないように薬で眠るようにします。

いいですね？」と聞いた。

　直生は「もう……、その段階なのですね」と冷静に言い「お願いします」と答えた。

　M先生が去ると、美貴子は、ベッド脇で直生の手を取り、直生の心が少しでも安らかになるように、話しかけた。

「もうすぐ、ターくんも来るわ」

「ありがとう……。僕は……、ミコちゃんと出逢えて……幸せだったよ」

「私の方こそ、ありがとう。あの日、病院の屋上であなたに逢えて良かった。神様にお礼を言いたい……」

「うん……。あの日……ガン宣告の後……、君に逢えて……、天使に見えたよ」

「こんな私を天使だなんて……」

「本当だよ。……僕の……最高の天使だよ」

「私の方こそ、直ちゃんに逢えて、救われたのよ」

「君に逢えて……、僕の人生は……最後は……良くなったよ」

「私たちは、相性の良い……ベストパートナーね……」

　美貴子の目から涙があふれた。

「君は……、僕にはもったいないような…人だった……。やさしくて……、可愛くて……」

　直生の目からも涙があふれた。

「私、直ちゃんとずっと一緒にいられて……、本当に幸せだったよ」

「僕も……。結婚できて……夢のようだった」

「ターくんも生まれたし……」

「ターくんは……、二人の宝物だね」

「ありがとう……、直ちゃん」

「僕の方こそ……、ありがとう……、ミコちゃん」

美貴子は、止めどなく流れる涙を抑えることができなかったし、あまり直生にしゃべらせてはかわいそうだと思い、それからは手を握り、じっと二人で見つめ合った。


お昼には、直生の母親と美貴子の母親が、ターくんを連れて到着した。

そして、それぞれ直生と会話した。直生は、苦しそうだったが、一生懸命お礼を言った。特に自分の母親には、産んでくれたことに感謝し、心からの愛を伝えた。

ターくんは、あまり病人に近づけない方がよかったが、ターくんが目を覚ました時、美貴子は、少しの間だけ直生のそばに寄せた。ようやく目が見えるようになったばかりのターくんが父親の顔を記憶することは無理だったが、そう分かっていても、父親の顔を見る最後の機会なので、見せてあげたかった……。

直生は、ターくんを見ると微笑んで「ターくん……」と呼びかけ、小さく手を振った。これが最後だと思うと涙が出た。ターくんは、父親が分かるのか、小さな手足をパタパタさせた。

午後3時半には、直生の父親が着き、続いて、美貴子の父親も着いた。

しかし、そのころには、朝に90％あった血中酸素が、85％以下まで落ちていた。それは、健康な人が30秒ほど息を止めた状態と同じだった。それを知っていた美貴子は、息を止めて直生の苦しみを共有しようとした。30秒息を止めてみると、苦しさは想像以上だった。

〈直ちゃんは、こんな苦しみが続いているんだ。この苦しみからもう逃れられないんだ……〉

そう思い、絶望的な気持ちになった。

直生を苦しみから解放する決断が迫られていた。


M先生は30分おきに診察に来てくれたが、午後4時の段階で美貴子ほか家族を呼び、

「もう回復は難しく、明日を迎えるのは無理でしょう」と告げた。

直生は、もはやどんなに酸素を吸わせても、肺が十分に吸収できないのだった。このまま血液中の酸素の量が下がって、苦しみながら窒息していく運命だった。それを楽にするには薬しかないが、それを使えば意識が戻ることはない。投薬の時がお別れの時だ。決断にはためらいがある。しかし、このままでは窒息の苦しみを延ばすだけだった。

家族で相談し、美貴子は、その苦しみを取ってあげるために、決断せざるを得なかった。

美貴子は、直生に顔を寄せ、手を握った。お別れを告げようとしたが、喉が詰まり、唇が震えた。最期は、直生の好きな笑顔でいたかったが、涙があふれて止まらなかった。

直生は、なお意識が鮮明だったので、美貴子の表情に最後の時が来たことを悟った。

「ありがとう……ミコちゃん……。もういいよ……。泣かないで……」

直生は、かすかな声で言うと、右手を伸ばし、美貴子の頬に触れ、涙を拭った。

「じゅうぶん……しあわせだった……。ありがとう……すばらしい……じんせいだった」

美貴子は、苦しそうな直生に一刻も早く投薬してあげなくてはいけないと思った。けれど、直生の瞳の輝きが消えてほしくなくて……極限の気持ちに追い込まれていた。

しかし、もうこれ以上、投薬を遅らせることは自分のエゴだと思った。それで、

「直ちゃん、愛しています……。私も後から行きます。また……どこかの世界できっと会いましょう……」

そう言うと、直生の瞳を見つめた。直生は微笑み、右手の小指を差し出した。

「やくそく……」

美貴子は、直生の小指に自分の小指を絡めて約束をした。そして、直生の頬に最後のキスをした。もう、これが直生との最期なのだと思い、胸が張り裂けそうだった。

美貴子に続いて直生の父母が最後の別れをし、M先生に「お願いします」と告げた。

M先生は用意していた注射器で、薬を直生の血管内へ注入した。

美貴子が、再び顔を近づけると、直生は、顔をこちらに向け、薄く目を開いていた。もう声が出ない唇で、「ありがとう」と言っていた。美貴子は、涙があふれる目で、直生の瞳を見つめた。右手で直生の手を握り、左手で直生の髪や頬を撫でた。

直生は、〈これで最期なんだ……〉と思った。

この世の最後に美貴子の顔を見られて、幸せだった。

美貴子は、直生の瞳の最後の輝きを目に焼き付けた。が、ほどなく直生の目は閉じられ、直生の意識は消えた。

それでも、美貴子は枕元で、なお脈を打ち続ける直生の手を握り続けた。そして、直生の耳にお礼の言葉を言った。

「直ちゃん、いっぱい愛してくれて、ありがとう……。

……私を勇気づけてくれて、ありがとう……。

……結婚してくれて、ありがとう……。

……私にたくさんお話してくれて、ありがとう……。

……ターくんを遺してくれて、ありがとう……。

……やさしい心をいっぱいくれて、ありがとう……」

美貴子の声は、切れぎれになりながら、ずっとずっと続いた。

午後7時56分、心電図モニターが平らになり、直生の心臓が鼓動を停止した。

M先生が直生の瞳孔を覗き、脳が機能を停止したことを確認し、「ご臨終です」と告げた。

ターくんが生まれて78日目。直生、21歳11カ月の生涯だった。

直生の口から酸素マスクが外され、医療スタッフがいったん退出したが、それからしばらくの間、誰も動く者はなかった。直生の母親の激しい慟哭《どうこく》が室内に響き続けた。

苦しみから解放され、安らかに眠っているような直生の顔を見て、父親は、

「お疲れさま。……お前は本当によくやった。褒めてあげるよ」

と言った。

美貴子は、直生から離れることができなかった。直生の頬に触れると、まだ生きているかのように温かかった。美貴子は、もう一度直生の頬にキスをして、

「直ちゃん、ありがとう。お疲れさまでした……」

と静かに言った。

涙が止めどなく流れ、初めて出逢った日からの直生の様々な姿が脳裏を巡った。思い出せば思い出すほど涙があふれた。このまま一緒に死んでしまいたいと思った。

5

それから数日、直生とのお別れの儀式が営まれた。家族は皆、半分、茫然とした状態だったが、葬儀屋との相談や、来客への対応など、雑事が悲しみの時間を紛らせてくれた。

〈お葬式って、忙しくして、家族に悲しみを感じさせないためにあるんだ〉

美貴子は、そう思った。

葬儀が終わり自宅に戻ると、美貴子は直生が遺した『大切なもの』と書かれた箱を開けた。それはかねてから、「大切なものはみんなこの箱の中に入れておくからね」と直生から言われていた箱だった。

開けてみると、美貴子宛ての遺書のほか、家族宛ての遺書が数通入っていた。お世話になった方々への封書もたくさんあった。形見分けの一覧表なども入っていた。
その中から、美貴子は、自分宛ての遺書を開いた。

ミコちゃんへ

最後の時、うまく伝えられるかどうか分からないので、手紙を書いておきます。
ミコちゃんにきちんとお礼を言いたいからです。

ミコちゃん、僕は君と出逢えて、本当に幸せでした。
もし、君に出逢わなかったら、
僕は、ただ、ガンになった不運を呪い、
この世に絶望しながら最期を迎えていたでしょう。

でも、僕は、君と出逢うことができました。
君と出逢い、人を愛する喜びを知りました。
人と心を通わす、こんなに温かい気持ちがあることを知りました。
僕はそれまで、テレビや歌で軽々と語られる「愛」をウソっぽく感じ、愛に疑問をもち、親の愛さえ疎ましく思っていました。
そんな僕に、
君は、本当の愛の意味を教えてくれました。
僕の周りに眠っていた本物の愛に気付かせてくれました。

人は、皆、やがて死にます。
命は、本当に儚いものです。
生まれる前の無と、死んでからの無と、その両方の〝無〟が本来の姿です。
僕らはその永遠の無の狭間に、ホンの少しだけ生を受けたに過ぎません。

しかし、この世に生まれ、愛の温かさを知ることができたら、
それは、永遠の無にも負けない輝きです。
死の恐怖にも勝る尊いものです。
親の愛、友の愛、恋人の愛、子供への愛……
そんな温かいものを、人生でたった一度でもちゃんと味わうことができれば、
「この世に生まれて来て良かった」って思えます。
たとえ、この生が永遠の無に包まれた、儚いものであっても、
「生きることは、奇跡のように素晴らしい！」って感謝できます。

僕は、ミコちゃんに出逢って、それを学びました。
君と出逢い、そういうかけがえのない温かい心を知ることができました。
愛する喜び、生きる喜びを知ることができました。
僕を包む多くの愛に気付くことができました。
この世が、愛と生きる喜びにあふれていることに気付きました。

ありがとう。
もう、それで十分です。
僕の人生に、そういう温かいものがあったというだけで十分です。
人生は、突き詰めれば、「生きること」と「愛すること」だと思います。
ミコちゃんのおかげで、その両方を味わうことができました。
だから、もう悔いはありません。
最後の時が来ても、幸せな心で旅立てます。
死んでいく悲しみより、
生きるという奇跡を21年も味わえた喜びと、感謝でいっぱいです。
死ぬことさえ、小さなことに思えるようになりました。

だから、僕はミコちゃんにきちんとお礼を言いたい。
この世に生まれ、僕とめぐり逢ってくれて、ありがとう。
愛の心を教えてくれて、ありがとう。
やさしい心で包んでくれて、ありがとう。
僕を励ましてくれて、ありがとう。
たくさんのステキな思い出をありがとう。
君の笑顔、君のやさしさ、君の言葉、君がしてくれたすべてのこと……、
君の何もかもすべてに感謝し、心からお礼を言います。
本当に、本当に、ありがとう。
永遠の片隅で君と出逢い、君と交わした温かい心を忘れません。

ミコちゃんを、心から愛しています。

どうか、ずっとずっと長く生きて、ターくんや家族のみんなと幸せに包まれてください。

それが、僕の願いです。

本多直生

——見慣れた直生の文字がそこにあった。美貴子は、直生がすぐそばにいるような気がした。

「直ちゃん……」

声に出して呼んでみた。
答えはなく、改めて感じる喪失感に涙があふれた。しかし、遺書のおかげで、美貴子の心には、温かいものが残った。
ふと、手の中の遺書を見ると、もう1枚便箋があった。なんと、最後に「追伸」と書かれた一文があった。

追伸
遺書に追伸なんておかしいけれど、書いてしまいます。

僕は、今でも、死後に何らかの意識が残るとは思っていません。
けれど、いつかミコちゃんが言った
「死んでも、また直ちゃんに会えると信じたい」
という言葉は救いに感じています。
君の言うとおり、科学には解明されていないことがたくさんあるから、〝精神的な救い〟として、君の言うように考えてもいいのだと思います。
そして、死後の意識を信じられない僕も、
もしかして、君にまた会えるといいな、と思って逝くことにします。

万に一つでも、死後に何らかの意識が残り、
想像もつかない形で、ミコちゃんに会えることを祈ります。

美貴子は、涙を流しながら微笑んだ。〈直ちゃんらしい〉と思った。

最後の1枚は、美貴子の心に〝救い〟を残そうと思って書いたのだろうと思った。

6

10カ月後、ターくんは、1歳の誕生日を迎えた。

美貴子は、桜が咲き始めた春の午後、ターくんをベビーカーに乗せ、母親と散歩に出た。

そのころ、美貴子は、定期的に輸血を行い、それでも白血球や血小板は減っていったが、入院はせずに、ターくんのそばで一緒に暮らしていた。

主治医からは「いつ何があるか分かりません。肺炎などになれば最悪の場合は2～3日……ということもあり得ます」と聞かされていた。だから、あと何日か、何週間か、何カ月か……、先のことは分からなかった。それでも、ターくんと暮らし、ターくんと笑い、ターくんとご飯を食べ、ターくんとお風呂に入り……ターくんの成長を見られるだけで幸せだった。

ターくんの鼻や口は直生に似ていると思った。目は美貴子に似ていたが、笑うと、直生にそっくりになった。

〈ターくんの中に、直ちゃんが生きている……〉と思った。

〈この子も、あと16～17年もすれば直ちゃんのような青年になるのでしょう……。そうしたら、女の子と出逢い、人を愛する喜びを知ってほしい……〉

その日のターくんを見てみたい気持ちはあるが、それがかなわないとしても、想像するだけで、幸せな気持ちになった。

〈大丈夫。二人の子だもの。ターくんは、きっとうまく生きていってくれる〉

我が子に手を伸ばすと、もみじのような手で勢いよく美貴子の指をつかんだ。

〈最後の瞬間まで、前向きに今ある生を味わおう。自分らしく今ある生を楽しみ、毎日を良い日にし、未来に向けて楽しい計画を立てよう……〉

ターくんを見つめながら、そう思った。

美貴子は、

〈こんなに人生に満足している人はいないいんじゃないか〉と思う。

直生が「人生は長さじゃない。中身だ。どう生き、どう自分の人生に幸せを感じるかだ」と言っていたけれど、そのとおりだと思った。

命があとどれだけあるか分からないが、この世に生まれた幸せを味わい、愛の温かさを知ることができたのだから、自分は満ち足りていると思った。

直生も自分も、短い中、命を燃やし、やるだけのことはやったという満足感が大きい。

死に対しては、もう恐れがなかった。

生の儚さとそれゆえに輝く生命、そして愛の温かさ……この世に生まれ、そんな幸せを実感し、親、友達、すべての人の愛に感謝して、満たされた思いで逝ける。

〈大丈夫。その時が来ても、直ちゃんと同じ領域に達するだけだ〉

そう思うと、安らぎに似た心を持って、死を受容できるのだった。

〈やがて私は死に、１００年もすれば私たちを知る人さえないでしょう。何も残らない……。それでもいい。それでも、この生は素晴らしく、この生の瞬間が私の永遠なんだ〉

美貴子は、春の空気を胸いっぱいに吸い込んだ。

〈あぁ、素敵な人生だったな……〉

ターくんと二人、高台からこの世を見渡して美貴子は思った。

〈病気にならない人生を望んだこともあったけれど、直ちゃんと出逢い、こんなに素晴らしい人生を味わえたんだもの。私にとって、これ以上幸せな人生はない……〉

〈何度生まれ変わっても、この人生を歩みたい〉

美貴子の心は透き通るようだった。

完

〈主要参考文献〉
・川村則行編著『がんは「気持ち」で治るのか!?』三一書房（１９９４年）
・エリザベス・キューブラー・ロス、デーヴィッド・ケスラー著『ライフ・レッスン』角川書店（２００１年）
・カール・R・ポパー、ジョン・C・エクルズ著『自我と脳』新思索社（２００５年）
・ロジャー・ペンローズ著『ペンローズの〈量子脳〉理論』筑摩書房（２００６年）
・サム・パーニア著『科学は臨死体験をどこまで説明できるか』三交社（２００６年）
・サム・パーニア、ジョシュ・ヤング著『人はいかにして蘇るようになったのか』春秋社（２０１５年）

〈参考映画〉
・「死ぬまでにしたい10のこと」イザベル・コイシェ監督（２００３年）
・「飛べ！ダコタ」油谷誠至監督（２０１３年）

※本文中にある医学関係の情報・データ等は２０１４～２０１６年時点に得られたものです。

園田　裕彦（そのだ・ひろひこ）

1956年、東京都生まれ。慶応義塾大学文学部卒業。

財団法人労務行政研究所に入所し、人事労務専門誌『労政時報』の編集に携わる。企業の人事制度を取材し、賃金・労働時間など人事労務管理に関する調査研究に従事。2003～11年、同誌の編集長を務めたほか、労働法データベース「労働法ナビ」を作成。

著書に『知らないと損！ 働くみんなの労働法』(労働新聞社)

永遠の片隅で君と

2019年4月25日　第1刷発行

著　者　園田裕彦
発行人　大杉　剛
発行所　株式会社 風詠社
〒553-0001 大阪市福島区海老江5-2-2
大拓ビル5-7階
TEL 06 (6136) 8657　http://fueisha.com/
発売元　株式会社 星雲社
〒112-0005 東京都文京区水道1-3-30
TEL 03 (3868) 3275
装幀　佐竹宏美
印刷・製本　シナノ印刷株式会社

ISBN978-4-434-25966-1 C0093